Como si no existieras

SUSANA CORCUERA

Como si no existieras

Primera edición: febrero de 2018

D. R. © 2018, Susana Corcuera

D. R. © 2018, derechos de edición mundiales en lengua castellana:
Penguin Random House Grupo Editorial, S. A. de C. V.
Blvd. Miguel de Cervantes Saavedra núm. 301, 1er piso,
colonia Granada, delegación Miguel Hidalgo, C. P. 11520,
Ciudad de México

www.megustaleer.com.mx

D. R. © Penguin Random House / Raquel Cané, por el diseño de portada

La presente edición ha sido licenciada a Penguin Random House México para su publicación en
lengua castellana por mediación de VF Agencia Literaria.
www.vfagencialiteraria.com

ISBN: 978-607-316-147-3

Impreso en México – *Printed in Mexico*

El papel utilizado para la impresión de este libro ha sido fabricado a partir de madera procedente
de bosques y plantaciones gestionadas con los más altos estándares ambientales, garantizando
una explotación de los recursos sostenible con el medio ambiente y beneficiosa para las personas.

Penguin
Random House
Grupo Editorial

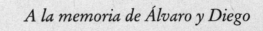

A la memoria de Álvaro y Diego

Lo único que puedo ver son los zapatos color vino y una parte del pantalón gris. Está tan cerca que distingo el crujido de las hojas cuando las pisa. Se detiene frente al jardinero para preguntar por mi hermana, después, su voz se vuelve hostil:

—¿Y a Catalina?, ¿a ella tampoco la ha visto?

El jardinero sabe que estoy encogida entre una pala y la máquina para cortar pasto, me vio cuando entró a colgar las tijeras. Que no le diga, que no le diga.

—No, señor, a ella tampoco.

Los zapatos se alejan y sólo entonces suelto el aire con mucho cuidado. El otro día, me descubrió por un ruido que nadie más que él percibiría… Nunca sé qué tan lejos está. Tengo un pie entumido y un olor a animal muerto me llena la boca de saliva agria. Me arden los ojos. Cada vez entra menos luz, pronto se hará de noche y saldrán los bichos. El pie me duele pero no me atrevo a moverlo. En el colegio me contaron de una rata que le mordió las orejas a un borracho. *San Jorgito bendito, amarra a tus animalitos con un cordón bendito*. Ya no entra nada de luz, es la hora de los fantasmas. Cuando siento que el corazón me va a explotar, oigo otra vez el crujido de las hojas. Es mi hermana. Entreabre la puerta y pregunta en voz baja si estoy aquí.

—No veo nada, Lina, hazme un huequito para sentarme contigo.

—Me va a encontrar —le contesto, aterrada, pero Eugenia ya está junto a mí, abrazándome con todas sus fuerzas.

—Vamos a salir de aquí, Lina, no podemos quedarnos para siempre.

—Yo sí, yo sí puedo.

Eugenia apoya la frente contra la mía.

—¿Sabes lo que vas a hacer cuando lo veas? Te vas a volver invisible. Vas a estar calladita, calladita, como si no existieras, como si nada de esto fuera real.

Antonio pone las manos sobre mis hombros y se inclina para verme en el espejo. Me sobresalto. No lo oí llegar. Eres tú, le digo, recargándome en su pecho, y la niña de mi recuerdo desaparece.

El nombre suena a trópico, a agua turbia, a calor. Así me imaginaba el lugar: Colutla. Y es cierto que puede convertirse en un infierno. A mediodía, las calles reverberan bajo un sol asesino y, de no ser por los perros echados en cualquier sombra, podría pensarse que es un pueblo abandonado. La gente sale más tarde, cuando el calor disminuye lo suficiente como para atreverse a dar unos pasos. Qué maravilloso refugio es la hacienda con sus techos altos, pensé en primavera, la primera vez que fui. En invierno, cambié de opinión… la tortura de atravesar los pasillos del cuarto al comedor, la nariz helada que no deja dormir, los pies insensibles, las manos torpes. Antonio me lo había advertido, pero, ¿cómo creerle durante el sopor de mayo?

En navidad, me envolví con una manta y me quedé dormida frente al fuego de la chimenea. Recuerdo la consternación de Antonio, esa expresión entre culpable y frustrada que sigue teniendo cada invierno cuando tiemblo de frío en la hacienda. Junio es buen mes: ha pasado el calor de mayo y las lluvias tardarán en llegar. Me he convertido en una experta en clima. Sé, por ejemplo, que a Colutla llegan los huracanes del Pacífico y que en agosto hay una tregua, esa calma que de apacible no tiene nada si consideramos el incesante rumor de los insectos… Pero si veo a través de los ojos de Antonio, la tregua me sorprende en la paz de las milpas, en el movimiento de la caña y en el olor de la tierra que no acaba de secarse.

De niña yo tuve poco contacto con la naturaleza, y me gusta que mi hija conozca desde pequeña los nombres de los potreros. Le cuenta a su canguro de trapo que mañana nos iremos a pasar el verano en Colutla. Tres meses en la hacienda, noventa días de cielos limpios.

¿No te aburrirás con Antonio?, me preguntaba Eugenia cuando aún no lo conocía bien, pensando que la diferencia de edades haría difícil nuestra convivencia. Que sea veinte años mayor que yo es irrelevante, lo que importa es esa forma suya, discreta, de hacerme sentir única. No, no me aburro, agradezco cada instante de paz a su lado.

Pasé mis primeros meses en Colutla tratando de acostumbrarme a la gran cantidad de insectos y plantas ponzoñosas, sin contar a los reptiles que se escabullían en mi habitación. A medianoche me sobresaltaba el aleteo de los murciélagos; el atardecer era una lucha contra los zancudos. Había llevado ropa al estilo de las películas de exploradores: shorts y camisetas, zapatos cómodos… Acabé vestida de pies a cabeza. Así es la selva baja, me decía Antonio, hay que aprender a quererla, no te esfuerces, el día menos pensado te habrá conquistado. Me costaba creerle, incluso el olor característico de la casa —esa mezcla de cítricos, leña quemada y melaza— era agresivo para mi nariz acostumbrada a la ciudad.

Una tarde especialmente bochornosa, Antonio me preguntó si empezaba a gustarme el lugar. Un poco para ver su reacción y mucho porque estaba harta de los jejenes, le contesté que prefería los bosques de pinos. Supongo que son más predecibles, contestó Antonio. Su respuesta me pareció absurda, cualquier ecosistema está lleno de cosas por descubrir… Después le di la razón: el campo de Colutla no es apacible, todo en él pica, está repleto de espinas, pero una vez que entiendes sus cambios de humor, cuesta abandonarlo.

La maleta de Ana está lista. Siete años y ya tiene ideas claras: se niega a empacar a su inseparable canguro. Le preocupa que se llene de piojos en la hacienda. Yo no quiero dejarlo atrás, me da miedo que cuando Ana se aleje de sus muñecos también se aparte de mí. Por eso, la convenzo de llevarlo con nosotros y le prometo asegurarme de que no se le suba ningún insecto.

Del comedor, me llegan las voces de algunos propietarios de ingenios. Hace días que se reúnen para lograr un acuerdo sobre el excedente de azúcar. Unos votan por venderlo a cualquier precio; otros quieren aliarse con los cañeros y presionar al gobierno para que limite las importaciones. Reconozco la voz de Sebastián y pienso en la relación de los dos hermanos. Antonio se comporta con él como un padre indulgente: sabe que nunca se ocuparía del ingenio —ni de cualquier trabajo en la hacienda— y, sin embargo, toma en cuenta cada una de sus opiniones.

Aunque soy de la edad de Sebastián, me siento más cercana a Antonio. Incluso la forma de hablar de mi cuñado me es ajena, y cuando se apasiona y defiende un argumento, debo hacer un esfuerzo para quedarme en el mismo lugar que él. A pesar de que conmigo es encantador, prefiero a la gente ecuánime… y mayor, lo confieso. Por eso, me incomoda que Joaquín pase este verano con nosotros. Hará una investigación en una ranchería cercana a Colutla y Sebastián nos pidió que lo invitáramos a quedarse en la hacienda. Son amigos desde niños, y lo conozco apenas lo suficiente como para que la convivencia durante el verano sea para mí más incómoda que si se tratara de un total desconocido.

Las voces suben de tono. Antonio interviene de vez en cuando con una propuesta concreta, después guarda silencio y escucha. Es un hombre de pocas palabras.

Nos conocimos en una exposición, y durante un tiempo creí que el arte le interesaba. En realidad, había ido a ver fotos de Colutla. Coincidimos frente a una y, sin saber que le pertenecía, dije que me gustaba la hacienda enmarcada por la torre de una vieja iglesia y las palmeras casi tan altas como el chacuaco del ingenio que también se veía. En ese lugar están enterrados mis antepasados, contestó él con la sonrisa que lo hace parecer más joven.

Recorrimos juntos el resto de las salas y salimos al jardín, donde había un pequeño coctel. Cuando ya me iba y él apuntaba mi teléfono, una mujer se acercó a nosotros y me advirtió, en tono de broma y tomándolo del brazo, que no me hiciera ilusiones, era un soltero empedernido. Nunca he podido imaginarlo en ese contexto; quizá cuando lo conocí ya había sentado cabeza, como don Guido, de Antonio Machado.

A partir de ese día, salimos un par de veces a la semana. Íbamos a restaurantes nuevos para mí, refinados y acogedores. Los meseros trataban a Antonio con una deferencia por la que mi padre hubiera pagado caro; me gustaba la amable naturalidad de sus respuestas. Al cabo de un tiempo, fuimos a su casa. Mientras él buscaba una botella de vino, me detuve a admirar los muebles y los cuadros. El retrato de una joven con una cesta apoyada en la cadera llamó mi atención. Su expresión alerta me hizo imaginar el medio donde creció, incluso visualicé a los hermanos para quienes seguramente salía a vender el pan que llevaba en la canasta. ¿Te gusta?, me preguntó Antonio al regresar de la cava, es el favorito de mi hermano, tanto, que voy a acabar por regalárselo, añadió, tendiéndome una copa de vino. Hablamos de su familia y, después de un rato, dejó su copa sobre la mesa y tomó la mía para acomodarla a un lado. Yo estaba tensa, me preocupaba mi inexperiencia, que pensara que antes nadie se había fijado en mí. A él lo único que le importó fue hacerme sentir bien.

¿Estás enamorada?, me preguntaba Eugenia antes de casarme, como si fuera una cuestión de vida o muerte. Para ella, esa palabra significaba vivir en un estado alterado de la conciencia, pensar las veinticuatro horas del día en la misma persona. Lo que yo siento por Antonio es distinto. Con él, me siento en casa.

Las voces se alejan del comedor. Oigo a Antonio despedir a sus invitados. No tardará en subir; querrá dormirse a buena hora para estar alerta en la carretera. Me gusta viajar con él, agradezco que obedezca las señales y no rebase en curva, como lo hacía mi padre. Maneja concentrado en sus asuntos, pero cuando Ana le hace una pregunta, contesta como si se tratara de algo serio. Desde bebé, la trató con respeto. No la cargaba mucho, es cierto, pero siempre iba a despedirse de ella antes de salir. Sebastián lo molesta diciendo que sus prejuicios burgueses lo hacen reprimir las emociones; a mí me gusta su forma discreta de demostrarlas.

Durante los primeros viajes a Colutla, me desconcertaba su silencio, ahora disfruto el paisaje, escuchar música y dormitar. Al llegar a los campos sembrados, sale de sí mismo y me enseña a distinguir el sorgo del maíz cuando está apenas creciendo, habla de los nutrientes que le dan color a la tierra, de las variedades de caña; de las nuevas plagas, cada día más resistentes. Ana se despierta entonces para preguntar un sinfín de cosas y él contesta cada una: Papá, ¿si cayera un meteorito, se acabarían los elotes? Depende del tamaño y de donde cayera. ¿Si fuera enorme y tapara el sol? Sí, entonces sí que se acabarían. ¿Existen los marcianos? No, a lo mejor hay vida en otros planetas, pero no en Marte. Cuando yo sea viejita como tú, ¿voy a poder ir a la Luna? Con lo rápido que avanza la ciencia, no me sorprendería. Si te murieras, ¿mamá podría casarse con un astronauta? Sería una opción. ¿Y nos llevaría a la Luna? Podría ser… Porque tú te vas a morir primero, ¿verdad? Sí, pero no te preocupes, soy mucho más viejo. ¿Seguro? ¿Me lo prometes? Casi seguro. Silencio… Bueno, y si nos fuéramos mamá y yo a la Luna, ¿nos verías desde aquí? No, está demasiado lejos. ¿Ni aunque te subieras a una montaña altísima? Ni aunque me subiera a la más alta de todas. Papá… yo creo que sí te vas a morir tú primero porque, mira, mamá no tiene canas y tú sí.

Aunque Ana no lo sepa, en esos momentos Antonio es su mundo. Si los interrumpo, ni siquiera voltea a verme. Mañana será igual y el próximo viaje también, hasta que mi niña crezca y la vida cambie.

Ana entra al cuarto a las cinco de la madrugada, lista para irse a Colutla. Duerme otro rato, le digo, el despertador va a sonar a las seis; pero lo que suena es el teléfono y la llamada cambia los planes. Ana no puede creer que el viaje tenga que posponerse. Cuando vuelve a quedarse dormida, sus suspiros son tan tristes que Antonio baja a desayunar con expresión consternada. Ahora, cada ida a la hacienda es una aventura para ella, quién lo hubiera pensado la primera vez que se despertó en el coche frente a la reja de la casa. En el ocaso empolvado de mayo, los dobles —esas tristes campanadas que anuncian la muerte de alguien— eran el único sonido. Ana debió haberse sentido en una de sus pesadillas, y cuando Antonio trató de bajarla del coche, lo mordió. Durante el resto de la zafra, en cuanto el sol se ponía, le rogaba que regresáramos a la ciudad. Él la tranquilizaba explicándole que la única diferencia entre el día y la noche es la oscuridad; que los fantasmas y los monstruos nada más existen en los libros. Con paciencia, seriamente, como si hablara con un adulto. Qué distinto era mi padre.

A los once años, ganar el primer lugar en un concurso de poesía me ilusionó al grado de atreverme a sugerirle que me cambiara al colegio que lo organizó. Él me miró por encima del periódico y siguió leyendo. Lo sensato hubiera sido dejarlo en paz pero me armé de valor para insistir. Mi padre dobló el periódico con calma y me pidió los poemas. Subí los escalones de dos en dos, cogí el cuaderno y bajé de nuevo a toda velocidad. Me temblaron las manos al entregárselo. Él lo recibió sin mirarme e hizo un gesto para que me fuera.

Pasé los siguientes días con el estado de ánimo de quien espera una sentencia. Cuando empezaba a creer que mi padre se había olvidado del tema, me llamó a la biblioteca, donde se reunía los jueves con unos amigos: Jala una silla y siéntate junto a mí, me pidió con la sonrisa reservada para los invitados: quiero que nos leas esto que has escrito.

Había escogido el poema sobre una niña que espera a su papá con ilusión. Lo escribí después de ver los dibujos de un libro de inglés en el que aparecía un perro que corría detrás de un niño en patineta mientras el padre los observaba sonriendo. La viva imagen de una familia feliz. ¿Cómo se me ocurrió dárselo? Imposible pensar en algo más distinto de la nuestra. No pude pasar del primer párrafo. Él me rodeó con el brazo y me susurró al oído: ¿Todavía quieres ser poeta?

Hace años, alguien me contó que a lo que más temía era a la nostalgia, a la sensación de haber perdido una parte primordial de la vida. Yo no conozco ese sentimiento, pero a veces me pregunto qué pasará por mi mente si llego a ser vieja: ¿Recordaré las tardes de fines de otoño en Colutla, cuando la chimenea esparce su calor por la sala y todavía se puede ir a la habitación sin entumirse de frío? ¿Sentiré nostalgia? Si para entonces Antonio ya no está, ¿me sentaré a ver pasar las lechuzas sobre los fresnos, tendré un nudo en la garganta, querré morirme?

Llora, contesta, haz algo, no eres turista en este mundo: ¿Estás viva, por lo menos? Cuántas veces lo gritó mi padre.

Eugenia se queja de que las respuestas lleguen a destiempo, yo tengo pocas. A veces, pienso que mi padre tenía razón y vivo en una nebulosa; entonces tomo la mano de Antonio para sentir cómo aprieta la mía y la niebla se disipa. En esos momentos, me gustaría haberle dicho: Sí estoy viva y yo también sé gritar… Ya no importa, basta con saber que en esta casa no soy una presencia difusa. Soy yo, Catalina.

Ana se ha hecho a la idea de posponer el viaje y ahora prepara una gran comida para sus muñecos. Tengo que hacerle entender que las lombrices sí sienten, que no debe cortarlas en pedacitos. Cuando empiezo a recoger los restos, suena el teléfono. Es Joaquín para decir que llegará a Colutla en unos días. Se oye sinceramente agradecido por la invitación y me siento culpable por mi renuencia a compartir con él la hacienda este verano. Me cuesta socializar… De niña, me escondía en un clóset para no bajar a saludar a las visitas. La noche en que mi padre me encontró ahí pensé que estaría furioso; en lugar de eso, me enseñó dónde estaba la luz y me dijo que ése era el lugar perfecto para alguien como yo: entre menos saliera, mejor.

Desde el clóset, viajé al mundo de Kasperle, de Andersen y los hermanos Grimm y, más tarde, a las llanuras americanas con Salgari y a la India con Kipling. Algunas veces, Eugenia se instalaba conmigo y leía en voz alta, cambiando de voz según los personajes. El clóset se convertía entonces en barco, desierto o selva. Cuando mi padre la descubrió y quiso separarnos, busqué nuevos refugios. El sótano era uno de ellos pero el mejor era la azotea, a la que se llegaba por una escalera metálica.

Mi madre ha ido perdiendo la memoria, sin embargo, suele hablar de lo mucho que me gustaba jugar a esconderme. Dile que no lo hacías por gusto, me pide Eugenia.

Quizá los secretos de familia se convierten en fantasmas y por eso hay espacios en los que estás cómoda y otros de los que quieres huir. Los espíritus de esta casa son presencias discretas a los que delatan el movimiento de una cortina o un olor que no viene de ninguna parte. Los de Colutla se liberan en las noches y recorren, llenos de nostalgia, los pasillos; en la terraza, las palmeras crujen cuando se deslizan entre sus ramas y en el patio tiran las naranjas aunque todavía no estén maduras. Recordarán tiempos mejores. Suyos.

¿Cómo serán los fantasmas de mi casa? ¿Los delatará el pelo erizado de un perro, sus gruñidos? ¿Abrirán las puertas de golpe? ¿Se divertirán haciendo sufrir a los vivos? Sigo hablando como si ésa fuera mi casa. Han pasado años y todavía me cuesta creer que pertenezco aquí, a la paz de sus despertares y a la suave iluminación de sus noches. Cuando pienso en que Ana crecerá en este ambiente, el alivio que siento me quita el aire. Y además tiene la hacienda, esa tierra que Antonio le está enseñando a querer. Será su ancla en las tormentas, su refugio. Aprenderá a labrarla y sus pasos se sumarán a los de quienes la han cuidado a lo largo del tiempo. Tendrá siempre un lugar adonde llegar.

Piensa o, por lo menos, inténtalo, era otra de las frases de mi padre. Con Eugenia era distinto, incluso en el lecho de muerte, buscaba su mano. Sin embargo, en el entierro, cuando el sacerdote se refirió a él como un hombre ejemplar, fue ella quien lo negó con un gesto, y, más tarde, cuando mi madre le dio la foto de una niña feliz junto a su orgulloso padre y le pidió recordar lo mucho que la quiso, la guardó en el fondo de un cajón. A mí me dio su abrigo. Según ella, me recordaría su manera especial de protegerme. Me lo puse para evocar una parte del pasado quizás olvidada, pero tenerlo puesto sólo me hizo conciente de la engañosa memoria de mi madre.

Con Antonio, mi padre usó todo su encanto. Si le preguntan acerca de él, contesta que era muy culto y tenía un gran sentido del humor. Y, sí, cuando veo sus fotos, entiendo que la gente se sintiera atraída: un hombre escandalosamente guapo, como le gustaba decir a la abuela. En él, todo era exagerado, los adjetivos banales no le iban bien. Aun en las fotos, el verde de sus ojos a mí me parece demasiado intenso y la boca carnosa, casi femenina, pero no puedo negar que es difícil apartar la vista de él. Llaman la atención sus manos largas, de uñas ovaladas. El día que murió, Eugenia se desprendió de ellas con dificultad; habían asido las suyas con tal fuerza que las marcas tardaron en desaparecer. Fuiste su apoyo hasta el final, le decían en el entierro, y ella me veía de reojo y cambiaba de tema. Le pedí que dejara de hacerlo, no tenía por qué sentirse culpable por haber sido su preferida, pero ella se tapó los oídos.

Eugenia. La guapa, la aventurera. Debió de haber estado celosa después de cuatro años de ser hija única, pero yo sólo tengo recuerdos de un amor tan incondicional por mí que incluso anuló el que alguna vez sintió por mi padre.

Una noche, él nos contó un cuento: "En un país muy lejano, vivían dos hermanas: a una de ellas los dioses le dieron el mundo entero. Las ramas de los árboles se inclinaban a su paso y los ríos detenían su camino para admirarla. En lo más alto del cielo, los cometas formaban figuras por el gusto de hacerla feliz. Como ellos, brillaba con luz propia. La otra hermana era parecida a una cuija, una de esas lagartijas transparentes, sin más gracia que su habilidad para quedarse inmóviles. Sus manos pegajosas les permiten trepar por las paredes pero es fácil dar con sus escondites, porque no tienen imaginación. Así era la hermana de la que sería reina…"

El cuento se detuvo en ese momento, justo cuando estaba más entretenida. Eugenia tenía doce años —yo acababa de cumplir ocho— y salió del cuarto, llevándome de la mano.

Algunas personas necesitan público cuando lastiman a otras, aunque ese público sea una niña desesperada por escapar. En la alacena donde nos refugiamos, Eugenia trató de contar el cuento al revés y entonces entendí quién era la cuija. A partir de esa tarde, dejé de comer dulces pegajosos: esa parte de la historia era la peor. Después pensé en que las lagartijas tienen así las manos aunque coman sólo insectos, así que le robé unos guantes a la abuela. Debí de haber sido una niña extraña: ojos enormes, tan verdes como los de mi padre, en una cara descolorida. Guantes blancos y manos pegajosas.

Buscaba en el espejo rasgos de esa niña cuando Antonio entró a pedirme perdón de nuevo. Esta mañana, lo encontré probando la mirilla de una escopeta y reaccioné de una manera absurda. Le conté que, de niña, mi padre me apuntó con una pistola y verlo a él con un arma revivió la escena. Antonio murmuró algo como "Vaya broma", y me detuve a media historia.

Qué impredecibles son nuestras reacciones: que mi padre me tuviera en la mira no me dio miedo entonces, fue al recordarlo, años después, cuando temblé. Quizá fue una broma, pero no para hacerme reír a mí.

Había comprado una pistola antigua con incrustaciones de marfil, uno de esos objetos con los que se fabricaba un pasado de noble venido a menos. Además de la pistola, guardaba en un mueble de marquetería los documentos que, según él, avalaban sus blasones. Eran unos papeles del siglo XVIII llenos de títulos: marqués de Sieteleguas, conde de Villabermejo, duque de Cantalinares… Los nombres me transportaban a otros mundos y, en mi refugio dentro del clóset, me entretenía inventando historias acerca de esos señores de nombres tan bonitos. Mi padre nunca me permitió tocar los papeles —los dejaría pegajosos—, pero a veces los sacaba después de alguna cena y oía a los invitados pronunciar los títulos con lo que me parecía gran admiración. Algunos sí lo admiran, me decía Eugenia, pero la mayoría seguramente se muere de risa a sus espaldas. Y él, ¿quién es?, le pregunté: ¿Sieteleguas, Villabermejo o Cantalinares? ¿Es como el Marqués de Carabás? Es el nieto de un español que se hizo rico en México, contestó. De noble, no tiene más que las ganas.

El día que llevó la pistola a casa, le contó a Eugenia sus peripecias para rescatarla de un anticuario. Es uno de tantos objetos de la familia perdidos en tiendas de antigüedades, exclamó con el tono que usaba para hablar de su linaje. Vale una fortuna pero la conseguí por una bicoca. Eugenia hizo un gesto de hastío, y él salió a buscar la pistola para enseñarle el pequeño escudo labrado en marfil. Regresó al poco tiempo y, como si ella fuera la única persona en el cuarto, le pidió que lo admirara. Después, me apuntó. Yo estaba concentrada en descubrir el significado de la palabra *bicoca* y no me sentí amenazada hasta oír los gritos de mi madre. Rara vez alzaba la voz y nunca frente a su marido. Sin dejar de apuntarme, él le ordenó que se callara, no soportaba a las mujeres histéricas. Bajó el arma despacio y dijo, moviendo la cabeza de un lado a otro, que yo no tenía remedio: ni la amenaza de un arma me hacía reaccionar. Me quedé quieta, inmóvil como una cuija.

En la hacienda, el verde brillante de los gecos contrasta con el negro de las iguanas. Los primeros salen sólo de vez en cuando y suelen quedarse quietos en el mismo lugar. El menor ruido los altera, y el corazón les palpita con tal fuerza que se nota su movimiento a través de la piel. Las iguanas son atrevidas pero es fácil pasar junto a ellas sin verlas porque su color se confunde con el entorno. Bajo la sombra del techo de la bodega, son negras; sobre la bugambilia, moteadas; si se suben a los fresnos, grisáceas. A la hora del café, las veo comer las flores del jocontoro o pelearse el territorio con las ardillas. Antes de conocer Colutla, hubiera querido que ganaran las ardillas pero ahora entiendo que en el campo las odien: no sólo se roban las nueces, también arrancan los brotes del frijol y es imposible almacenar granos. Las iguanas, en cambio, respetan, dice Antonio, mirándolas con cariño. ¿Y las salamandras? Son las mejores, se comen a los insectos y decoran las paredes. ¿Las cuijas también te gustan? Mucho, lástima que nada más haya en la costa. Y yo respiro, aliviada.

He pasado demasiados días en espera de irnos a la hacienda; la ociosidad me hace volver a la casa de mi infancia y, con ella, a mi padre. Siento que su recuerdo se instalará en mis genes, y después en los de Ana, y así sucesivamente, en un eterno intercambio de imágenes o de sueños. Para romper con el ciclo, intento no pensar en él pero se las ingenia para quedarse en mi vida. Quité su foto de la mesa desde donde los ojos verdes absorben el espacio; al día siguiente, apareció en el mismo lugar. Decidí romperla, pero fue imposible sacarla del marco; pensé en tirarlo todo a la basura y Antonio entró en ese momento. Lo mejor sería tomarla como a uno de esos objetos heredados a pesar de uno mismo: un jarrón que desentona con el resto de la casa, un cuadro lúgubre, un tapete con olor a naftalina… En eso quisiera convertirla, aunque sospecho que el alma de mi padre acabaría arreglándoselas para habitar algo sofisticado, como la antigua lámpara de marfil que, según él, perteneció al primer duque de Cantalinares.

Sostener un mundo ficticio debe ser agotador, quizá por eso los arranques de ira, el sarcasmo. Antonio no tiene que inventarse un pasado, es todo lo que mi padre hubiera querido ser. Desde que lo conoció, empezó a imitarlo sin darse cuenta: no sólo se compró un saco de *tweed* y adoptó expresiones suyas, sino que también cambió sus pañuelos con iniciales bordadas por paliacates, lo que sólo realzaba lo distintos que eran: Antonio los usa por comodidad y tiene tres o cuatro, deslavados por el uso. Mi padre mandó traer una caja entera del más fino algodón de Oaxaca.

A Eugenia le exasperaba verlo llegar al comedor con un gazné como el que Antonio usa en Colutla cuando el invierno lo obliga a cubrirse el cuello, pero yo tenía la esperanza de que algo de su admiración por él repercutiera en mí. Después de todo, yo fui quien lo conquistó. La creencia duró hasta el día en que me dijo que los hombres de mundo buscan casarse con mujeres insípidas que los dejen en paz. En Colutla, pensé en la oportunidad de demostrarle lo errado de sus juicios. Allá me verá como realmente soy, le dije a Eugenia. Ella se mordió el labio con escepticismo. Por qué me quitas la ilusión, le grité, y seguí hablando con una furia nueva: Quizá crees que necesitas protegerme pero, en el fondo, tienes envidia porque yo me casé con un hombre a quien mi padre admira, a lo mejor no eres tan buena y estás muerta de celos. Recuerdo bien su respuesta: Por qué habría de estar celosa, después de todo, a mí siempre… Me ha querido, acabé por ella la frase. Y la rabia me cegó. No me tengas rencor, no dejes que papá gane, repetía Eugenia, y sus palabras me enfurecían aún más. Ella tuvo paciencia hasta que le reproché por no haberse alegrado cuando supo de mi futura boda con Antonio. Tenías veinte años, y él más de cuarenta, me gritó entonces, ¿esperabas que saltara de emoción?, creí que te casabas para darle gusto a papá. ¿Todavía lo crees? Ella dudó antes de contestar y la frustración de ser considerada débil, también por ella, derrumbó mi enojo. El viaje a Colutla hizo que Eugenia cambiara de opinión. Con mi padre fue distinto.

Organicé una cena a la luz de las velas en el jardín. Hicimos una gran fogata y decoramos el camino de la casa con veladoras, acomodamos la mesa en un claro entre los fresnos y la cubrimos con el mantel más elegante, los candeleros de plata y la vajilla que mi padre envidiaba; la cocinera preparó un pato rodeado de verduras recién llevadas de la hortaliza y de esas pequeñas papas que se dan entre el barbecho. El postre era una tarta de peras con crema espesa, y el café estaba recién molido. Como si hubiera tenido algo que ver en ello, me sentía orgullosa de la noche tibia y las estrellas, de la fachada iluminada por la luna, del olor a azúcar que llegaba de los cañaverales.

Antonio prefería el comedor, pero para darme gusto, pretendió estar contento por cenar a la intemperie. Mi padre pasó un dedo por el escudo bordado en el mantel y su voz al preguntar qué significaban las iniciales estaba llena de respeto. Antonio se esforzaba por incluir a mi madre en la conversación pero ella respondía con frases cortas, mirando de reojo a su marido. ¿Es correcto lo que digo? ¿No te estoy haciendo quedar mal? Eugenia rescató el momento preguntándole a Antonio por los personajes de los cuadros que están en la sala. Creo que el de las condecoraciones es mi bisabuelo pero no estoy seguro, la genealogía nunca ha sido mi fuerte. Por el porte, se ve que pertenecían a una casa noble, intervino mi padre, pero el único dato que recordaba Antonio era la vergonzosa historia de un antepasado que, durante el trayecto de Veracruz a México, a mediados del siglo XVIII, había asesinado a un monje para quedarse con su mula. Mi padre festejó la anécdota con una carcajada.

En la sobremesa, un obrero llegó con la noticia de un accidente en el ingenio y Antonio tuvo que levantarse. Nosotros también deberíamos entrar, opinó mi madre en voz baja, ha refrescado. Así que nos encaminamos a la sala, donde Antonio se despidió. Mañana seguimos hablando, le gritó mi padre, que había bebido un poco más de la cuenta. Después, se sirvió otro whisky y se sentó a mi lado. ¿Tienen todo lo necesario?, pregunté, ¿las camas no son incómodas? Él me miró con los ojos entrecerrados y supe que iba a lastimarme:

Así que eres la dueña de todo esto… ¿Qué habrá visto Antonio en ti?

El viento siguió meciendo las palmeras mientras me refugiaba en la luna brillante detrás de la ventana, en la noche tibia. La voz de Eugenia me regresó a la sala. Cómo te gusta lastimar, murmuró, mirando a mi padre hasta obligarlo a bajar la vista. Cállate, intervino mi madre, le debes respeto. No quise escuchar más. En mi habitación, me miré al espejo: ¿Qué veía Antonio en mí? Una cara ovalada, ojos inexpresivos, un cuerpo demasiado delgado, manos largas. De haber sido un animal, sin duda hubiera sido una cuija. Me quité el vestido azul y el collar de amatistas y me puse un camisón que me llegaba a medio muslo. Ya quisiera cualquiera tener tus piernas, solía decirme Eugenia… Yo sólo vi dos columnas descoloridas. Me acosté intentando pensar en algo agradable: el vuelo de los patos, el rocío sobre el garbanzo… pero no podía detener la imagen de una niña rezando para que su padre nunca volviera a casa.

Antonio llegó cuando la luz de la madrugada se colaba entre los postigos y, creyendo que dormía, me dio un beso y acomodó la sábana. Después oí el agua de la regadera y el sonido trajo con él a los patos y al rocío sobre el garbanzo. Finalmente me quedé dormida.

Horas más tarde, encontré a mi padre en el comedor. Al verme, se levantó y sólo volvió a sentarse después de acomodar mi silla. Me sirvió café, me pasó el pan y me recomendó que desayunara huevos al plato, como si yo fuera la invitada. Me bebí el café, le unté mantequilla al pan y pedí los huevos. Mi padre cerró el libro que había estado leyendo y me observó: Te ves cansada, ¿dormiste mal? Estoy bien, debe ser el calor. Él abrió la puerta del jardín. Ahora, come. Asentí con la cabeza y le di una mordida al pan. También fruta, agregó mientras ponía un pedazo de papaya en mi plato. Me acabé la fruta, el huevo y el pan con mantequilla. Después corrí al baño y lo vomité todo.

En los relatos de mi padre, Eugenia y yo éramos los personajes. No hacía falta decir nombres. Recuerdo el de una mujer que en su interior alimentaba un fuego eterno. Su brillo se reflejaba en los ojos cálidos, el pelo vivo y la piel dorada. Al igual que la mujer de otro cuento, el mundo se derretía tras su paso. Su único problema era un absurdo amor por una hermana que, en lugar de fuego, tenía en sus entrañas un carboncito siempre a punto de apagarse. Era inútil tratar de avivarlo; en el mejor de los casos, el aire lograba una chispa casi invisible. ¿Por qué era malo que quisiera a su hermana?, pregunté, pero Eugenia interrumpió la respuesta y sus ojos brillaron como brasas. La echo de menos, espero convencerla de venir a descansar a Colutla. Lleva demasiado tiempo trabajando en el Congo.

La primavera ha llenado de colores la ciudad y el viento huele a flor de jacaranda. En Colutla el calor será insoportable, me advierte Antonio, pero yo pienso en las siestas bajo el mosquitero, en las caminatas al atardecer, en el cielo que de tan azul parece morado. Espero que las lluvias lleguen pronto, me preocupa que te hartes del sol, sigue diciendo él, y yo me imagino las estrellas en el cielo despejado. ¿De verdad no te importa quedarte allá durante todo el verano? Entonces me doy cuenta de que su preocupación es real y lo tranquilizo con las imágenes que sus preguntas trajeron. Estaré contenta en Colutla, a pesar del calor y los insectos; a pesar del intruso que romperá la deliciosa monotonía.

SANTA ÚRSULA

Había planeado llegar temprano a Santa Úrsula pero la troca que me acercaría hasta que el camino fuera intransitable se descompuso, así que tuve que caminar los seis kilómetros más empinados de mi vida. Las correas de la mochila se me incrustaban en los hombros y el polvo hacía que me lloraran los ojos. Como en un cuento de Rulfo, el pueblo en lo alto de una última loma apareció envuelto en la calina de mayo.

El proyecto por el cual estaba en medio de la sierra, sudoroso y cansado, consistía en investigar si existe una relación directa entre la violencia de un pueblo y sus leyendas. No era la primera vez que tocaba el tema. Gracias a *Violencia y mitos durante el reinado de Enrique VIII*, un libro con el que gané una beca, pude subsidiar el proyecto en Santa Úrsula. Aunque el tema me seguía apasionando, la falta de práctica en trabajo de campo y el cansancio me volvían pesimista: el proyecto era demasiado ambicioso y yo estaba oxidado…

La luna me rescató de mi negatividad. Haciendo a un lado al sol, surgió entre los árboles como toronja madura. Ningún sonido rompía el silencio, ni una voz, ni un ladrido, ni una mínima ráfaga de viento. Hubiera podido ser el único hombre en la tierra. Después supe que la soledad era engañosa: detrás de los huizaches unos niños me observaban y, en el pueblo, la gente se reunía para comentar sobre mi llegada. La noticia recorrió los cerros aun antes de que la troca se estropeara. Un vaquero me vio primero, y después, una mujer que le llevaba de almorzar a su marido. Por último, los niños detrás de los arbustos.

Me detuve antes de llegar a la ranchería para ver caer la noche sobre el valle de Colutla. Durante el trayecto, me había llamado la atención el ingenio destartalado en medio del pueblo; ahora, desde mi sitio en lo alto de la montaña, el casco de la hacienda me tentaba a desandar el camino. Antonio me había invitado a quedarme ahí, qué necedad dormir a la buena de Dios. Pero era tarde, mejor seguir adelante.

Al llegar a las primeras casas, el olor a humo de copal me recordó la euforia de despertar en medio del campo, y el sonido de mis pasos en las calles aparentemente desiertas me hizo feliz. En el abrevadero, donde por las tardes bebía el ganado, el agua reflejó a quien era yo antes, cuando la ciudad todavía no me tragaba.

En medio del pueblo, se alzaba la iglesia, una construcción de adobe cubierto de yeso deformado por el tiempo: sólo el espesor de sus muros la mantenía de pie. El interior no estaba en mejores condiciones: las polillas habían respetado las vigas y el piso de mezquite, pero del retablo sólo quedaba la parte central. Del lado derecho de la única nave, estaba la sacristía, guarida de toda clase de alimañas. Con la esperanza de que los bichos me tuvieran el mismo miedo que yo a ellos, buscaba mi linterna cuando oí los pasos de alguien que caminaba con dificultad, y una sombra bloqueó el espacio donde un día estuvo la puerta.

—Buenas noches.

—Buenas —contestó la sombra y se hizo un silencio en el que mis ojos distinguieron a un anciano apoyado en un bastón.

—Creo que debí haber pedido permiso.

—Cree bien.

—Me imagino que usted es el responsable de la iglesia.

—Se imagina bien.

—Le pido perdón. Me pareció abandonada.

El anciano dio unos pasos y me tendió la mano.

—Soy el sacristán. Faustino, de nombre. Puede dormir aquí, nomás tenga cuidado con los alacranes. Saben caerse de las vigas.

Pensé en revisarlas pero la idea de encontrarme con una fauna al acecho me hizo dudar. Como si leyera mi mente, el anciano me aconsejó desde la salida:

—No creo, pero si le llegara a picar alguno, úntese saliva.

Menos mal que tengo el remedio a la mano, me dije mientras recorría las paredes con la linterna. En algunas partes, el yeso dejaba al descubierto el adobe; en otras, la humedad formaba figuras verdosas. Mi padre hubiera encontrado en ellas personajes para sus libros; cuando lo volviera a ver, trataría de animarlo diciéndole que los escritores tienen la opción de crear mundos alternos. Se había vuelto melancólico, echaba de menos a los lectores ávidos de experiencias que sólo un buen libro era capaz de dar. Según él, la velocidad del siglo XXI no compaginaba con las descripciones largas y era difícil crear atmósferas en media cuartilla. Nostálgico perdido, añoraba hasta lo que no había vivido: la época en que el medio de transporte más efectivo era una diligencia, las noches a la luz de las velas.

En Santa Úrsula, me di cuenta de que yo también hubiera preferido nacer en un siglo menos estridente. Por eso estudié antropología, porque necesito el contacto con lo básico, con las raíces.

Salí a ver el cielo con la ilusión de reencontrarme con las estrellas que la luz de la ciudad esconde, pero el brillo de la luna era intenso y el cielo a su alrededor parecía desnudo. Gracias por acompañarme, le dije, haciendo una reverencia al acordarme de un amigo que hablaba de la luna como si fuera una diosa. Después la miré de nuevo y su belleza me dejó sin palabras.

Las sombras oscurecían los pliegues de las montañas y por primera vez en mi vida, quizá por única, me sentí uno mismo con el universo. Fue como si mi esencia se desprendiera del cuerpo para integrarse a un nivel de conciencia distinto y lo único material que quedara de mí fueran las manos. Cuando volví del trance, toqué la tierra bajo mis pies y cada parte de mi cuerpo. Esto sólo podía pasarme en la naturaleza, murmuré. Necesitaba asegurarme de que mi voz también hubiera regresado.

Esa noche, a pesar de la amenaza de los alacranes, dormí profundamente. Desperté rodeado de niños y por un momento creí que seguía soñando. Aunque desaparecieron en cuanto me incorporé, los susurros delataban su presencia detrás de la sacristía. Uno de ellos respiraba con fuerza.

—Cállate, Ulises, se va a dar cuenta de que lo andamos espiando.

—Tengo mocos.

—Trágatelos.

—No hace falta —interrumpí—, ya sé que están ahí.

Los niños huyeron a toda velocidad. Sólo el más pequeño decidió enfrentarme.

—Yo no te tengo miedo, porque dormiste en la iglesia.

—Y porque eres valiente —le dije, dándole un paliacate.

Ulises se sonó con entusiasmo antes de devolvérmelo.

—Quédatelo, tengo otro.

—¿Seguro? Está bonito, tiene caracoles.

—Segurísimo.

—Ya había venido otro como tú, no vayas a creer que eres el primero. Se llamaba Daniel y tenía dos cámaras. A mí me tomó unas fotos —me contó Ulises mientras guardaba el paliacate echo bola en la bolsa del pantalón.

—¿Las tienes?

—Dijo que iban a estar en un museo y que todo el mundo me iba a ver.

—¿Y eso te gusta?

—¿Que todo el mundo me vea? ¡Claro! —contestó Ulises con una sonrisa chimuela.

Su alegría era contagiosa.

—¿Tú podrías enseñarme el pueblo? ¿Tienen un delegado?

—Al que teníamos se le calló el corazón... pero tenemos a don Faustino. Y para los problemas ya más canijos está José, nomás que él no es letrado. Te llevo a su casa, deja aquí tus cosas, al cabo no está lejos.

En el camino, Ulises me platicó de la lluvia que destruyó el pueblo años atrás, cuando él todavía no nacía, y del niño que lloraba ante el peligro de que la presa se reventara.

—Lo sepultaron en el bordo para que avise —se quejó—. A ver, por qué no enterraron a un grande, también se murieron muchos, siempre la agarran contra nosotros.

El fotógrafo le había contado de lugares donde sacrificaban niños en unas pozas.

—Fue hace mucho —le dije—, ahora a nadie se le ocurriría.

—Quién sabe, en un apuro...

La casa de José era de adobe y techo de tejas. Por una pequeña ventana, se alcanzaba a ver un patio repleto de árboles frutales. Antes de que tocáramos, salió un hombre alto que me saludó con un movimiento de cabeza de abajo hacia arriba. Respondí con un "buenas tardes", sin estirar la mano, y entonces el hombre sonrió, como lo hizo el sacristán.

—Veo que ya tiene guía.

—Lo traje primero con usted porque preguntaba por el delegado —le explicó Ulises.

—Está loco —me dijo José—, mal guía se consiguió. ¿Me ves cara de delegado, Ulises?

—Pues no, porque no es letrado, pero como don Faustino es viejo...

—Estamos jodidos.

—Por algo piensa que sería buen delegado —intervine.

—Pregúntele si quiere pasar, papá, tenemos agua de lima.

—Así que es su hijo...

—Cómo ve. Pase, se va a asolear.

El interior de la casa olía a guayaba. Nos sentamos en unas sillas de madera con asientos de paja, y Ulises trajo el agua. A un lado de la jarra acomodó trozos de piloncillo del mismo tamaño: tres para José y tres para mí.

—Es ideático —dijo su padre.

En las paredes de la cocina, los jarros formaban círculos y la foto de una mujer embarazada estaba rodeada de veladoras en perfecto orden. Siguiendo mi mirada, José me explicó:

—Desde que murió su mamá, vivimos los dos solos... Pensará que si nos descuidamos, vamos a acabar en un chiquero.

—Era muy bonita, ¿quién tomó la foto?

—Daniel, el que me retrató a mí —contestó Ulises.

Por la puerta entreabierta se asomaron las caras de sus amigos. Antes de irse con ellos, colocó una caja entre nosotros.

—Son fotos, tenemos más que todos los del pueblo. Enséñeselas, papá.

Cuando nos quedamos solos, José me contó que Ulises no perdía oportunidad de presumir su tesoro. Mientras hablaba, giró la llave de la caja, la abrió lentamente y se cruzó de brazos. Tomando el gesto por una invitación, saqué las fotos de una en una. Todas eran de la misma mujer: lavando, recogiéndose el pelo, atándose el delantal, despidiendo a alguien en la puerta. Tenía ojos negros, líquidos, y una sonrisa incierta; entendí que el fotógrafo la tomara de modelo.

—Me las trajo don Antonio... Llegaron el mismo día del entierro.

La mujer desgranaba maíz, tendía ropa, bordaba una servilleta.

—Murió de parto... A veces agradezco que Dios haya recogido también a la criatura. ¿Usted es casado?

Las fotos habían creado una especie de complicidad entre nosotros y en poco tiempo la conversación fluía como si fuéramos viejos conocidos. Antes de darme cuenta, me sorprendí contándole de la novia que me abandonó para dedicarse por completo a la música.

—De modo que lo cambió por una flauta —dijo José, con esa sonrisa particular que no pasaba de los ojos—. ¿Tiene una foto de ella, para que la mire?

—No, fue hace mucho, quién sabe por qué me acordé. Además, no soy bueno para tomar fotos.

—Ah, yo creía que era compañero de Daniel. Don Antonio nos mandó decir que iba a venir, pero no nos comentó qué asunto lo trae por estos rumbos.

—Una investigación sobre las leyendas. Con ellas, trato de entender el mundo.

—Y para qué quiere entenderlo.

—Buen punto.

José fue a apagar la olla de los frijoles y, de regreso, respondió él mismo:

—Será que nos da miedo sentirnos huérfanos. Cuando murió Consuelo, yo me sentía desguanzado, como si no tuviera osamenta. Una cosa fea, horrible. Lo peor eran las despertadas, porque tenía la demencia de pensar que a lo mejor era un sueño y nunca había estado casado, que Ulises no me llamaba nada, que había de regalárselo a una mujer, al cabo no falta quien quiera un niño. Y a su tanteo qué fue lo que me devolvió lo cabal: el retrato de Consuelo, ése que estamos mirando. Sus ojos me seguían por el cuarto y no me dejaron en paz hasta que le prometí que iba a cuidar a Ulises. Pero no crea que lo hice por mi propia voluntad, tenía miedo de criarlo solo; se lo prometí porque de niño me contaron la historia de la Llorona, y nada más pensar que así estaría Consuelo en el otro mundo, se me enchinaba el cuero.

—La Llorona hizo una buena obra.

—Quién quita y deje de penar —sonrió José—. Ahora, Ulises y yo nos tenemos el uno al otro, y cuando miro a mi mujer, se me figura que está contenta.

Acomodó las fotos en su lugar y rompió el silencio sólo cuando la última estuvo bien envuelta en su bolsa de papel estraza.

—Hasta que vino Daniel, nomás estaban los retratos de la Virgen y el Sagrado Corazón, nadie tenía el de un familiar, pero las palabras siempre nos han acompañado, así sabemos qué ideas tenían los antiguos. En tiempos del señor cura, antes de que se reventara la presa y todo se fuera al carajo, íbamos a misa los domingos. Ahora, don Faustino nos lee los Evangelios, y yo me imagino a otros pueblos oyendo las mismas historias desde que el mundo es mundo y pienso que somos lo mismo. Blancos o prietos, ricos o jodidos, lo mismo.

—Sin embargo, las leyendas varían de pueblo en pueblo, a poco no.

—Será según la persona que las cuenta.

—Y lo que ha vivido cada lugar.

—Como los sueños. Daniel me platicaba los suyos y luego quería saber los míos, según para ver si se sueña lo mismo en todas partes. ¿Usted sueña con *cerementios*?

Como en otras zonas de Jalisco, en Santa Úrsula también se invertía la letra *r* en ciertas palabras.

—Sí, de niño amanecía con los pelos parados de miedo.

—A Ulises le pasa lo mismo desde que se murió Consuelo, nomás que él amanece llorando.

—Y con razón… ¿Y usted, José?, ¿sueña con panteones?

—Como todo el mundo.

Desde su sitio de honor, rodeada de veladoras, su mujer nos observaba.

—Consuelo no era de aquí, sino de Laderilla —continuó José—. Es un pueblo bonito, con sus calles parejas bien empedradas, no como el nuestro, todo torcido. Allá tienen muchas historias; a los santos les gusta aparecerse en sus cerros, ya son cuatro los que adornan la iglesia.

—¿Cómo se aparecen?

—En figuras de caña. Una chulada.

—¿Está lejos?

—Acaba de llegar y ya se quiere ir —se burló José.

—Era curiosidad, aquí estoy muy a gusto.

—Qué va a estar a gusto en esa sacristía llena de alacranes. Colutla está cerca, media hora a lo mucho a caballo. Yo estoy arrendando una potranca y tengo una yegua medio descuidadona, no le caería mal algo de ejercicio. Se la presto, es mansita; de ese modo, puede ir y venir todos los días: duerme en la hacienda y se devuelve temprano.

Sin darme tiempo de pensarlo, José cogió su sombrero y se levantó de la silla:

—A poco pensaba ir y venir a pie. O qué pues, ¿no sabe montar?

A un lado de las caballerizas se erguía una construcción de piedra con techo de bóveda donde se amontonaban costales de yute. Después supe que había sido una de las antiguas trojes de la hacienda de Colutla, cuando la propiedad abarcaba también la ranchería. Olía a pastura y a estiércol.

—Verá cómo se encariña con la Mora —me dijo José mientras ensillaba a la yegua—. Si quiere retozar, déjela, no es que vaya a reparar o jugarle una mala pasada. Sólo está nueva y necesita ejercicio, ¿verdad, Morita?

Yo había aprendido a montar en el rancho de un amigo, pero hacía años que no me acercaba a un caballo y éste parecía nervioso. Recordando viejos consejos, le di a oler mi mano antes de acariciarle la frente.

—Súbase con confianza, al cabo del suelo no pasa —me animó José.

Y está blandito, pensé, viendo la tierra suelta. Puse un pie en el estribo y me impulsé. La yegua dio unos pasos hacia atrás, luego caminó de lado.

—Tiene esa costumbre —me explicó José, ya montado en su propio caballo—, no le haga caso, cuando salgamos del corral, se acomoda.

Antes de recorrer el pueblo, fuimos al campo para que la yegua galopara. En cuanto aflojé las riendas, pasó al trote y, casi de inmediato, a un galope suave. Nos habíamos entendido. En el espacio circundado por montañas, me dejé llevar. El olor a tierra, el silencioso golpe de los cascos contra el barbecho, los movimientos acompasados, la respiración, tan viva, de la yegua, la sensación de libertad, su cuerpo alerta, muslos contra flancos sudados, cadencia, ritmo, todo en la armonía de un mismo placer.

—Nunca había montado un caballo así —exclamé cuando nos detuvimos—, es como si nos leyéramos el pensamiento.

—Le dije que se iba a encariñar con la Mora. Entonces así le hacemos: se la lleva a la hacienda y me la ejercita. Allá la van a cuidar, el caballerango es mi compadre, yo hago a la rienda a los caballos de don Antonio. Una chulada de animales, sabe escogerlos.

El abuelo de José había sido ayudante de caporal en la ganadería, pero él prefirió ser arrendador. Aunque en ese tiempo su abuelo se enojó porque no quiso seguir sus pasos, ahora lo felicitaba: cuando Antonio vendió el ganado, de no ser por el oficio de José, su familia hubiera tenido que buscar empleo en otras partes.

—De ahí me viene la amistad con el caballerango que me va cuidar a la Morita. Su abuelo era el caporal, y nosotros lo ayudábamos. Es bonita la vida en el cerro. Pasábamos días sin bajar al rancho.

—Pero usted prefirió vivir aquí.

—Tengo modo con los caballos, es algo que trae uno de nación.

—¿De nación?

—Desde que nace uno.

Qué bien me sentía en Santa Úrsula. Me gustaban las montañas viejas, llenas de arrugas, la voz pausada de José, sus modismos de otros tiempos. Desde mi nueva altura en la Mora, apreciaba mejor las calles disparejas del pueblo y, detrás de los lienzos de piedra, las huertas de café salpicadas de nogales. Hicimos un alto en el abrevadero para que los caballos bebieran. Al igual que el día anterior, el pueblo parecía solitario, pero ahora me daba cuenta del movimiento detrás de la aparente tranquilidad. De vez en cuando, se oía el grito de un arriero y el relinchar de un caballo; a la entrada de una casa a medio derrumbarse, un hombre cortaba yerba y a lo lejos dos niños perseguían a un burro.

José me sacó del mundo idílico que empezaba a imaginar.

—Ahí viene el Treinta. No tenga tratos con él, debe muchos muertos. Le hierve la sangre por cualquier cosa.

El Treinta acomodó su caballo junto al mío.

—Un fuereño —dijo, mientras enredaba una soga en la cabeza de la silla—. Ya van dos en unos meses, le estarán agarrando gusto al pueblo.

—Viene a hacer un estudio —contestó José—, es amigo de don Antonio.

—Y tuyo, a lo que veo.

—Sí, mío también.

El Treinta esperó que su caballo acabara de beber y se fue sin agregar nada más.

—¿Le dicen el Treinta porque ha matado a treinta personas en Santa Úrsula? —pregunté.

José se rio:

—Sería la mitad del pueblo, se quedaría sin clientes muy pronto. No, trabaja por contrato.

—Menos cuando le hierve la sangre.

—Por eso, no hay que buscarle.

—Va justo adonde están los niños. ¿Es peligroso?

—No, hasta eso, es niñero.

Como Pancho Villa, pensé. Qué importa si los deja huérfanos... José cambió de tema:

—Estaría bien que le diera las gracias a don Faustino por haberlo dejado dormir en la sacristía, le gusta que lo tomen en cuenta. Su casa es ésa que se divisa allá arriba. Háblele a la Mora, hay que llegar.

Pasamos la iglesia y la plaza, un espacio empolvado con bancas de piedra donadas por familias muertas hacía mucho tiempo; los nombres tallados aún se alcanzaban a leer. Más adelante, una pequeña escuela se defendía del abandono. La casa de don Faustino estaba en las faldas del cerro del Tempisque, que debía su nombre a unos árboles de flores amarillas y olor a animal muerto. El anciano nos había visto de lejos y nos esperaba en el zaguán. Sus manos artríticas se aferraban al bastón.

—Veo que consiguió remuda —comentó—. Deje adivino: José le emprestó a la Mora para ir y venir de Santa Úrsula a Colutla. Ya me figuraba que no le iba a gustar la sacristía. Aunque había de pasar otra noche aquí, el aire de estos cerros califica la sangre.

Pero yo me sentía muy bien de salud y, recordando a los alacranes, pensaba en una excusa para rechazar la invitación cuando José me invitó a quedarme en el cuarto de su hijo.

—De todas formas, duerme conmigo. Ya ve cómo son de visionudos a esa edad, le tiene miedo al catrín.

—Dile quién era para que se le quite —lo interrumpió don Faustino.

—Las malas lenguas creen que los hacendados inventaron la historia del catrín para llevarse al campo a las muchachas —me explicó José—. A lo mejor es cierto, sabrá Dios, el caso es que desde que don Antonio heredó la propiedad, ya no se ha sabido nada. Todavía en tiempos de su padre, la hija del herrero desapareció una noche y después tuvo un niño de la mismita figura que el patrón. Dicen que la ha de haber encontrado en el río y se le metió la demencia de estar con ella. Era un hombre cabal pero la lujuria lo animalaba. Pobre Dolores, así se llamaba la muchacha, su mamá la colgó de una viga para que confesara quién era el padre, pero ni por ésas habló. Luego creció la criatura y ya ni cómo hacerse el disimulado. Le digo que era de la mismita figura que el patrón.

—¿Y qué pasó con el niño?

—Fíjese lo que son las cosas, se crio con esa abuela, porque Dolores se murió a poco de dar a luz. Después se fue al norte y ya no supimos de él. La muchacha era novia del Treinta, dicen que se metió de matón para aliviar el coraje que lo carcomía.

—Puras mentiras —volvió a interrumpir don Faustino—, siempre supo matar. Primero animales, luego gente. Fue tu compañero en el catecismo, José, has de acordarte.

—Muy cierto, le gustaba incendiar ratas y oírlas chillar mientras se quemaban. Eso no está bien.

—Nada bien —lo apoyé, imaginando la escena.

La plática saltó a otros temas y acabamos hablando del nombre del pueblo. La patrona no era santa Úrsula, a quien debía su nombre, sino santa Bárbara. El sacerdote la cambió después de una tormenta memorable, argumentando que necesitaban una santa que respondiera en caso de emergencia. ¿Y quién mejor que la protectora contra los rayos? Además, santa Bárbara también era la patrona de los coheteros, tan importantes en las fiestas. A cada tierra su santo, así que santa Úrsula tuvo que conformarse con un nicho en la sacristía.

—Quédese a comer —me dijo don Faustino cuando terminó de contarme la historia—, me agrada su modo, la gente de aquí se ha vuelto sabe de qué forma.

—No exagere…

—Hablo de la juventud, José.

—Todos se están yendo, dentro de poco vamos a quedar puros viejos.

—Tú todavía estás nuevo, pero eres de la misma hechura que los de antes. Ahora es una vergüenza, hasta los niños del catecismo prefieren la historia del tal Gulliver que el Evangelio.

—¿Gulliver? —pregunté, sorprendido— ¿El de los viajes?

—Ese mero. Desde que el fotógrafo aquel les contó la historia, están duro y dale con eso. En tiempos del señor cura, era distinto, antes de la inundación. Asómese a la ventana, ¿ve la compuerta allá arriba? ¿Alcanza a divisar la cruz? Estábamos confiados en que, con lo que hicimos, que Dios nos perdone, estaríamos seguros, y, eso sí, de que se reviente otra vez la presa, no tenemos pendiente, pero a mi tanteo, nos cayó una maldición.

Los dos hombres se quitaron el sombrero para observar en silencio la cruz bajo la cual habían enterrado al niño que lloraba en caso de peligro. José era pequeño en ese entonces, pero don Faustino se arrepentía de no haber sepultado a la criatura en la tierra bendita del camposanto. Su amigo lo tomó del brazo.

—Venga, lo ayudo a preparar la comida, o qué, ¿ya se rajó de invitarnos?

Don Faustino hizo un esfuerzo para sonreír y dijo que iba a matar una gallina, José opinó que tardaría demasiado en cocerse, y al final se decidieron por unos huevos con frijoles y queso fresco.

—Usted quédese aquí, que para eso es invitado —me ordenó don Faustino—. No nos tardamos, las gallinas ponen aquí cortito.

Cuando creyó que ya no podía oírlos, le pidió a José que rezara un padrenuestro por el niño de la presa.

—Lo hicieron para proteger el rancho, no se sienta mal —lo animó él.

—¿Y si hubieras sido tú el chiquillo?

—Estaría orgulloso de defender a mi pueblo. Ya no piense, mejor ayúdeme a buscar los blanquillos, yo los preparo, verá que soy bueno para la cocina.

También para consolar, pensé, y lo confirmé esa noche. Había aceptado la invitación de quedarme en su casa y me despertó el llanto de Ulises. Estás soñando, abre los ojos, oí a José. Pero el niño seguía llorando.

—Es por las fotos de tu mamá, mañana se te pasa, verás que vas a amanecer contento.

—Cuénteme una historia.

—Hace mucho tiempo, vivió un hombre que tenía dos hijos. No era mala persona, pero cuando estaba tomado les pegaba con una vara de mezquite. Un día, arrepentido de sus desvaríos, se sentó en una piedra a pensar, y en sus piensos andaba cuando se le apareció una víbora, con todo y su cascabel. La víbora alzó la cabeza, sacó la lengua y…

—Usted no sabe pegar —interrumpió Ulises.

—Eso se aprende fácil.

Ulises se rio:

—Si ni aprendió a leer.

—Quieres oír la historia o vas a seguir tanteándome.

Me dormí arrullado por las palabras de José, pero en lugar de soñar con la víbora del cuento, me desperté con la sensación de haber recorrido la ranchería al lado del catrín. En cuanto acabé de desayunar, me encaminé a la piedra que José me había señalado la tarde anterior y me senté en ella para ver el paisaje con la mirada del hombre de la leyenda. A lo lejos, se veía la hacienda de Colutla. La extensión de los cañaverales me recordó el Evangelio donde el diablo prueba a Jesús. La mayor tentación de los hacendados cuando sus propiedades se alargaban hasta el horizonte, debió ser la vanidad. Los imaginé aislados en sus oratorios, oyendo algún sermón relacionado con la soberbia; quizá las palabras los hicieran reflexionar un momento, pero el poder se encargaría de devolverlos a su lugar en el Olimpo. A ellos Satanás no les ofreció nada a cambio de que todo fuera suyo: lo era desde antes de nacer.

Me era fácil imaginar a Antonio en la hacienda. Sebastián me había hablado de su relación con los empleados —según él, de un paternalismo anacrónico— y de la importancia que le daba al buen ejemplo, como si el pueblo entero estuviera pendiente de sus acciones.

—Se resiste a soltar el pasado —se quejó en una sobremesa en casa de sus padres—. Se aferra a un mundo que ya no existe.

Estábamos por terminar la universidad y, mientras yo daba clases de futbol para irme de parranda o comprar libros, Sebastián reprobaba con enjundia semestre tras semestre.

—Yo creo que tu hermano es más congruente que tú —le dije, viendo los cubiertos de plata y las copas de cristal—. Él no reparte folletos marxistas afuera de las iglesias y luego cena caviar.

Sebastián tiene muchos defectos, pero siempre ha sido buen perdedor.

—Touché —dijo, levantando la copa de vino—. No voy a discutir. Ya verás que un día de estos te vas a tragar tus palabras.

—Por ese día.

El ambiente de mi familia era muy distinto. Mi padre, un despistado escritor de novelas policiacas, tendía a tratarnos como si fuéramos personajes de ficción y no hacía el menor esfuerzo por educarnos. Si un proyectil hecho de pan pasaba demasiado cerca de él, lo esquivaba y seguía leyendo. Mi madre de vez en cuando jalaba una oreja o daba un pellizco, pero en general toleraba todo menos los pleitos serios. Siendo el mayor de cinco hermanos, yo estaba acostumbrado al caos, y el entorno de Sebastián me recordaba los libros de Jane Austen.

—Ya, en serio —le pregunté—, ¿qué vas a hacer con tu vida? Si yo no tuviera broncas de lana, recorrería el planeta.

—A ti lo que te gusta es morirte de hambre —se evadió Sebastián—. Mira que meterte de antropólogo…

Contra mis propias expectativas, me va mejor de lo que creía y agradezco haber apostado por un trabajo que me apasiona. Sebastián también parece contento con su decisión de haberse alejado de la sociedad en que creció.

—Tenía que hacerlo —me confesó más tarde—. No sabes la claustrofobia que me llegaba a dar. A ti no te pasa porque vienes de una familia alivianada; donde yo me movía antes, la gente te juzga todo el tiempo. Menos Antonio, la verdad. Será anacrónico, pero es un gran tipo. Hasta toma en cuenta mis opiniones sobre el ingenio —añadió, con una sonrisa—. Se niega a aceptar que no me guste la hacienda, pobre viejo, no se da cuenta de que su mundo está sostenido por un hilito.

Me ilusionaba descubrir el lugar del que tanto me había hablado Sebastián.

—Te la puedes pasar muy mal en Colutla —me advirtió antes de sugerirme que Santa Úrsula sería un buen lugar para mi investigación y que podría quedarme en la hacienda—. No sabes las pesadillas que tenía de niño.

Es verdad que, desde mi puesto en la piedra del catrín, el ingenio destartalado parecía ideal para una película de vampiros. Me reía acordándome de la variedad de miedos de Sebastián, cuando una voz me sobresaltó:

—Estese alerta, esa piedra no es de fiar.

Me levanté con cuidado y me di la vuelta despacio. El Treinta me observaba desde lo alto de su caballo.

—No crea que nomás en la ciudad se corre peligro. Dondequiera hay que saber cuidarse, ¿no cree?

Sin saber qué contestar, me limpié las manos en el pantalón.

—Ya se ensució —dijo el Treinta—. Así es el rancho, polvoso en las secas y lodudo en las aguas, qué le vamos a hacer. ¿Le gustan las lluvias? Ya mero entran.

—Sí.

—Menos mal, con eso de que va a quedarse un tiempo por estos rumbos… Y, bien a bien, qué lo trae por acá.

Con una mezcla de la paranoia de los citadinos y de la herencia imaginativa de mi padre, aluciné que el asesino a sueldo sospechaba que yo era un policía encubierto. Por eso, le expliqué con lujo de detalles, tartamudeando un poco, lo que intentaba llevar a cabo en Santa Úrsula.

—Así que le gustan las historias… Yo tengo una que otra. Antes se las contaba al señor cura, pero hace tiempo que no me confieso. Deje me apeo para que no tenga que torcer el cuello.

Qué asesino tan considerado, pensé, con un nudo en el estómago: Le hierve la sangre por cualquier cosa, no tenga tratos con él, me había advertido José. Antes de darme tiempo de inventar una excusa para irme, el Treinta me pidió que buscara unas piedras donde sentarnos a platicar. Si se encuentran a un asesino, era uno de los consejos de mi padre, díganle por su nombre, es una forma de hacer contacto con la parte del cerebro que más tarda en deshumanizarse… Mire, Treinta, ensayé… Qué locura.

—Se ve medio atarantado, oiga.

—Es el calor.

—Mmm… o tendrá algún pendiente.

—No, no… ¿Estas piedras le parecen bien?

—La gente de campo se conforma con cualquier asiento. ¿Quiere aguardiente? Siempre cargo, es bueno para agarrar valor.

El ánfora era de plata. Le di un trago y se la devolví. Con los ojos entrecerrados, el Treinta observaba cada uno de mis movimientos.

—¿Le gusta? Era de un hombre adinerado, Dios lo tenga en su gloria. Me la regaló antes de morir, no vaya a maliciar que soy ratero. Cada quien su negocio, ¿no cree?

Me arrepentí de haberle regresado el aguardiente y, recordando otro consejo de mi padre, traté de llevar la conversación a terreno seguro.

—Tiene razón, mejor no mezclar… Qué bien se respira aquí.

—Yo conocí a un hombre que se ahogaba nomás de oírme. Sabrá qué le habrán contado.

Un quiebre en la voz me sorprendió. Sí, se estaba burlando de mí.

—O qué se imaginaría. Ya ve que hay gente que nomás está maliciando. Pero volviendo a lo que nos ocupa: la historia que le voy a contar es de un muchacho que, por nuevo, era pendejo. Tan pendejo era que se enamoró de la muchacha más bonita del pueblo. Él no era de mal ver, su problema era la falta de centavos, así que se fue a buscar trabajo en la ciudad, donde se acomodó de albañil.

Guardó silencio en espera de un comentario.

—Entonces no ha de haber sido tan pendejo —dije, y el asesino aprobó con un gesto.

—Así me gusta, sabe poner atención.

Como en la escuela, pensé, y me quedé muy serio.

—El caso es que el muchacho aprendió a hacer mezcla, a colar castillos, a echar cemento y, en lo particular, a todo lo que un albañil debe saber. Trabajaba bien, como le digo. Dos años estuvo sin venir al pueblo más que allá cada y cuando. Y entonces le entregaba a la muchacha lo que había ganado para que lo fuera guardando, así de confiado era. Y ella correspondía, no vaya a creer que no. Pero resulta que un día regresó, ya a poco del casorio, y que se va encontrando a un vale aquí mismo, en este camino, y que el vale empieza a burlarse de él: Te hicieron buey, se reía. El muchacho, que venía con la ilusión de ver a su novia, lo juzgó de loco y siguió su camino. En el pueblo, la gente lo miraba sabe de qué modo, pero ni por ésas maliciaba nada, le digo que estaba pendejo. Ya enfrente de la casa de la muchacha, se paró muy derechito. Traía un discurso que el maestro de obras le había ayudado a preparar, una de esas tarugadas para pedir la mano, hágame el rechingado favor... La muchacha lo ha de haber visto acercarse porque la puerta se abrió antes de que le diera tiempo de aclararse el cogote. Y ahí fue donde se jodió el asunto: el muchacho con el vestido de novia que traía de la ciudad, y ella, panzona de otro. ¿A usted le ha hervido la sangre? Cómo que no sabe, si no sabe es porque no le ha hervido. El caso es que el muchacho se regresó por donde mismo hasta hallar al vale que se había reído de él; con alguien tenía que recalar y ni modo que con una mujer, por liviana que fuera. Así que lo agarró cerca de aquí y lo arrastró hasta la piedra del catrín, sí, la misma donde estaba usted sentado. Ya allá arriba, nomás fue cosa de un empujoncito, le digo que de por sí esa piedra no es de fiar.

Perdió la vista en el horizonte, como quien recuerda con añoranza, y pensé que era el momento de hacer una elegante retirada, otro consejo de mi padre, pero el Treinta se adelantó:

—Se ha quedado muy callado, ¿no le gusta la historia?

—Sí, cómo no.

—Y no va a preguntar nada.

—Pues... y qué pasó con la muchacha.

—Tuvo a la criatura sin novedad.

—¿Y él?

—¿El muchacho? Se le quitó lo pendejo, cambió de trabajo y se hizo rico. Viera qué mal pagada es la albañilería...

Estiró las piernas con un suspiro y el sol cayó sobre la hebilla plateada de su cinturón. Era bien parecido, de ojos verdes, nariz recta y quijada fuerte. Una de sus manos se apoyaba lánguidamente en la cacha de la pistola.

—Lo veo algo pálido —me dijo, pasándome de nuevo el ánfora. Aproveché para darle un buen trago. Sabía a canela, azúcar y alcohol de farmacia, un sabor que me hizo recordar la historia de un pariente que se quedó ciego por beber alcohol de madera en la época de la prohibición. Cerré un ojo y luego otro. Estaba mareado, pero distinguía con claridad las ramas de los árboles. Una sensación de ligereza me invadió.

—Le ha tomado gusto a la canela con alcohol, a lo que veo... Nomás no se me distraiga: dele una pensadita a lo que le conté. Al vale le gustaba su pueblo, por eso se quedó, aunque se le erizaba el cuero cada vez que veía a la muchacha panzona. Le gustaba porque era tranquilo y se respetaban todos los oficios, así que se iba un tiempo por cuestiones de trabajo y luego regresaba. Y una noche se agarró pensando qué haría si, de pura casualidad, llegara un fuereño con ideas distintas. Alguien, por decirlo de alguna manera, sin respeto por su oficio.

—Cualquier oficio es respetable —lo interrumpí, sintiendo una oleada de simpatía por el protagonista de la historia. Pobre tipo, traicionado por la mujer con la que se iba a casar.

—Así me gusta, aprende rápido, a lo mejor se hubiera llegado a entender con el muchacho aquel.

Una brisa bajó del cerro, dispersando polen y esporas. Estornudé y el Treinta me tendió su pañuelo.

—Viene mal prevenido. A su edad yo también creía que nada podía pasarme, que siempre iba a salir bien librado.

Luego aprendí. A golpes, aprendí. Le voy a dar un consejo para evitarle uno que otro leñazo: mientras el sol aluce los caminos, vaya y venga adonde quiera, pero cuando salga la luna, guárdese, no vaya a ser que lo confundan con el catrín y le metan un susto.

Le di las gracias por el consejo y, entre trago y trago, hablamos hasta mediodía. Regresé trastabillando a casa de José y, al día siguiente, tuve la peor cruda de mi vida. Por lo visto, me bebí el ánfora completa. No me acordaba del camino de regreso, sólo supe que alguien me acostó en la cama de Ulises y me quitó los zapatos. A partir de entonces, tuve cuidado de que la noche no me sorprendiera en los caminos.

ENTRE LAS SOMBRAS

Colutla, 20 de junio de 2013

Santa Úrsula está enclavada en la Sierra Madre Occidental. Su topografía montañosa dificulta el acceso. Las tierras de cultivo son fértiles pero la orografía complica su explotación. En invierno, la temperatura llega a bajar hasta los diez grados y sopla el aire frío de las montañas. El pueblo más cercano es Colutla, donde está la hacienda. Llegué a Santa Úrsula el primero de junio y me quedé dos días en casa de José. Trato de ir y venir diario. Hoy llega Antonio con su familia.

Joaquín arranca la hoja de apuntes y la avienta al chiquihuite con la puntería de la práctica. Cada vez que decide pasar en limpio sus notas, acaba escribiendo una especie de crónica de viaje. Debe concentrarse, pero desde que aparecen las palmeras al bajar la última cuesta de Santa Úrsula, el valle de Colutla lo envuelve en la cadencia de un tiempo propio en el que no existe la prisa.

Estira las piernas despacio para no derribar los ladrillos que detienen las patas apolilladas de la mesa y, recargándose en el respaldo de la silla, se dispone a observar las actividades del ratón, compañero de cuarto y, a veces, hasta de almohada. Se ha acostumbrado a él, como a los fantasmas locales y al ruido de las naranjas que caen de los árboles a medianoche.

La luz se filtra por los postigos; piensa en abrirlos, pero lo detiene la certeza de que el mozo los cerrará de nuevo. El ratón se pasea por el cuaderno de apuntes. Joaquín gruñe para verlo salir corriendo, cuando oye pasos y el cuarto se ilumina.

—Qué manía, cerrar los oscuros a esta hora —dice una voz ronca.

Joaquín se levanta demasiado rápido, tira los ladrillos y se golpea una rodilla. El recién llegado asoma la cabeza por la puerta:

—¿Te peleabas con la mesa?

—Siempre me gana. Qué gusto verte, Antonio —añade, dándole un abrazo—. ¿Vino también Catalina?

—Y Ana, también. La pobre se mareó, así que se bajaron en el camino, no tardan en llegar. Una lata, esta polilla. Ya intentamos todo: diesel, pentaclorofenol, gasolina…

—A ver si no incendias la casa.

—Yo creo que ni así se acabaría. Pero, dime, ¿te han tratado bien? Veo que te tienen a oscuras.

—He estado feliz, no sabes cómo agradezco la invitación.

—Nada que agradecer, me da gusto que estés aquí.

El mozo —una versión mexicana del mayordomo inglés, según Joaquín— espera órdenes a una distancia prudente. Antonio le pide que saque las maletas del coche y le enseñe a la nueva criada a desempacar. La palabra *criada* no es despectiva, le dijo Sebastián a Joaquín al ver su expresión la primera vez que la oyó. Las llaman así porque se criaban en casa de los patrones. Al igual que la actitud del mozo, a Joaquín el concepto lo remonta a principios del siglo xx. Los de arriba y los de abajo.

Antonio se despide con una palmada en el hombro:

—Nos vemos en la cena, hasta entonces —y añade, dirigiéndose al mozo—: Ten las llaves del coche, Rosalío, y no olvides bajar también el canguro de trapo que se quedó en el asiento.

Joaquín sonríe ante la imagen del mal nombrado Rosalío, que viene caminando dignamente con el peluche bajo el brazo. El atardecer ha disipado el bochorno, pero los zancudos no tardarán en aparecer. Se sienta en un equipal y se arremanga el pantalón. Ni de niño acumuló tantos moretones. Es una casa peligrosa: esta mañana, el marco de un espejo se desintegró ante sus ojos, y la tranca de una puerta al caerse por poco lo noquea. A pesar de los comentarios irónicos de Sebastián, él se había imaginado una casa elegantísima, con candiles antiguos y sillones forrados de damasco. En realidad, la única lámpara de cierto valor se sostiene por un cordón de seda luida y vibra cada vez que alguien camina por la azotea. En la época de cosechar nueces, cuando los vareadores tallen la fruta justo arriba del comedor, Joaquín desayunará entre el ruido y el temor a que la lámpara se desplome. En cuanto a la tela de los sillones, es tan vieja que ha perdido el color. ¿Cómo sería el lugar en su mejor época? Las fotos arrumbadas en un cajón son insuficientes para darse una idea.

Una puerta rechina. Con esa sensibilidad única para los ruidos molestos, Sebastián se quejaba de que en la hacienda fuera imposible tener un instante de silencio:

—Durante la zafra, la grúa cruje cada vez que se mueve y las fugas de vapor te mantienen con los ojos abiertos toda la noche: las usan para anunciar cambio de turno y para pedir que suelten agua de la presa, así que cuando estás a punto de reconciliarte con la maldita grúa, te ataca el silbido. Cuando no hay zafra, la situación mejora, pero no te hagas ilusiones porque siempre están las campanadas y, por si fuera poco, la casa se queja como si estuviera viva.

A Joaquín lo que le ha llamado la atención es la variedad de cantos de pájaros, aunque es cierto que hoy la casa amaneció especialmente quejumbrosa. Las voces de Ana y de Catalina no lo dejan oír el resto de lo que desesperaba a su amigo. La niña está pálida; Catalina, en cambio, parece llegar de un paseo. Joaquín recordaba las caderas angostas pero había olvidado el verde intenso de sus ojos. Se levanta para saludarla, y ella le da un beso en la mejilla, como una niña educada; después se inclina a preguntarle a Ana si se siente mejor y Joaquín nota el escote donde una pequeña abeja de ámbar se balancea.

—¿Tú eres el amigo de Sebastián? —pregunta Ana—. ¿Sabes contar cuentos?

Joaquín se acuclilla frente a ella.

—Ése soy yo, y sí, sé contar cuentos.

—¿Tienes hijos?

—No, pero tengo cuatro hermanos más chicos que yo.

Ana hace una mueca y él agrega, riéndose:

—Son simpáticos.

—Mi mamá y yo no queremos ni a los hermanitos ni a los bebés. ¿Verdad que no, mamá?

—¿Y al de la foto que nos mandó Eugenia?

—A ese sí, porque vive lejos.

—Eugenia es mi hermana —le explica Catalina a Joaquín—. Trabaja con Médicos sin Fronteras en el Congo. Ahora hay un congreso en Nueva York y está tratando de organizarse para venir unos días a Colutla. ¡Ojalá! —añade con ilusión.

Sebastián le había contado de Eugenia. No puedes dejar de verla, fueron sus palabras. Está a punto de preguntar si es médico cuando Ana jala de la mano a su madre: le prometió acompañarla a las caballerizas. Hubiera querido que se quedaran más tiempo. Le intriga la personalidad cálida y a la vez distante de Catalina, le gustan sus movimientos suaves, su manera de escuchar, con la cabeza ligeramente inclinada hacia un lado. ¿Por qué se habrá casado con un hombre tanto mayor que ella? Está divagando otra vez. Se obliga a regresar a sus notas, pero sospecha que la llegada de sus anfitriones será otra excusa para dejarse llevar por la atmósfera perezosa de la hacienda. Hace un pacto consigo mismo: se quedará en Santa Úrsula por lo menos esta semana. Será un trato fácil de cumplir, el cuarto de Ulises es cómodo y la ranchería tiene su propio encanto.

La ausencia de lluvia es el único tema de conversación. La caña soporta con estoicismo la sequía, pero en las milpas, las hojas del maíz se enrollan y las matas de frijol se vuelven amarillas.

Catalina sale a pasear al amanecer y divide el resto del tiempo en actividades dentro de la casa o a la sombra de los fresnos. Ajena al clamor de las chicharras, Ana dormita en una hamaca. En la cocina, los gatos observan a los ratones sin hacer el mínimo esfuerzo por cazarlos; Rosalío maldice tener que usar zapatos con calcetines, y la cocinera suda frente a la estufa. Para Antonio, atravesar al rayo del sol de la casa al ingenio, es una odisea. Ya en su oficina, trata de convencerse de que el ventilador sirve para algo más que para trasladar el aire caliente de un lugar a otro. Los obreros trabajan en silencio. En este clima, incluso hablar desgasta.

Las campanadas que anuncian cambio de turno cuando no hay zafra resuenan en el jardín. Ana se estira en la hamaca; Catalina saca un hielo de la jarra de agua y lo pasea por su cuello con un suspiro. A lo lejos, ya en la cordillera, resalta una mancha blanquecina entre el verde que el sol de mediodía unifica. Es el pueblo de Santa Úrsula, donde estará Joaquín. Catalina toma entre los dedos la abeja de ámbar que se balancea en su pecho y revive el momento en que lo sorprendió mirándola fijamente. El calor la trastorna, debe ser eso, es estúpido desilusionarse porque se quede a dormir en Santa Úrsula. Patético, vestirse todos los días con la esperanza de que llegue a cenar. Madura, Catalina, tienes treinta y cinco años, no quince. Se suponía que iba a ser una pereza compartir la hacienda con el amigo de su cuñado, no que le resultara perturbadoramente atractivo. Es culpa de la abeja de ámbar, piensa, sin lógica… Se asfixia.

En Santa Úrsula, el viento recorre el valle. Joaquín ha dedicado la última semana a entrevistar a la gente y tenía planeado regresar a la hacienda después de comer, pero José le aconseja quedarse a dormir o irse temprano. Según él, va a caer una tormenta. El citadino observa el cielo despejado.

—¿Apostamos? —lo reta José.

—Veinte pesos.

—Va a perderlos, ¿no le hace?

—Cómo voy a perder. No hay una nube a kilómetros de aquí.

—Ahí verá usted. Pero, de que va a perder, va a perder —contesta José, tendiendo la mano.

A pesar de su escepticismo, Joaquín decide aceptar el consejo e irse temprano.

Joaquín escribe a la luz de un quinqué porque un corto circuito ha dejado la casa a oscuras.

Colutla, 27 de junio de 2013

A pesar de que Colutla y Santa Úrsula están a unos cuantos kilómetros uno de otro, su gente es distinta (detallar diferencias).

Santa Úrsula:

Organización política: no hay delegado, y no parecen necesitarlo. Las cabezas son el antiguo sacristán (don Faustino) y el arrendador (José). A ellos recurren en caso de disputas.

Economía: gira en torno a la agricultura y la ganadería. Sistema de riego rodado. No usan insecticidas o herbicidas químicos, sino flores como crisantemo, cempasúchil y salvia. La plaga más dañina es una mariposa cuyas larvas se convierten en gusanos, pero en general las cosechas se dan bien (informante: José).

Educación: la escuela se cerró después de la inundación. Ahora los niños bajan a Colutla. Sólo primaria. Ausentismo severo. Don Faustino da clases de escritura y catecismo en su casa.

Salud: la clínica más cercana también está en Colutla. Recurren para todo tipo de males a la partera de la ranchería. Utiliza yerbas medicinales y remedios caseros, como friegas de alcohol, ventosas y sobas.

Datos por aclarar (contradicciones, según informantes):

—Migración.

—Cómo se formaron Colutla y Santa Úrsula. De dónde vienen las diferencias físicas y de personalidad de su gente.

—Inundación.

—Niño enterrado en la compuerta. Inscripción en la base de la cruz: P.V.S. 1950-1951.

—Papel del Treinta y relación con la gente.

—Leyenda del catrín. Hasta ahora, su versión es la única relacionada directamente con Santa Úrsula.

Un ruido lo hace levantar la vista; después de un momento, sigue escribiendo. Analiza las variaciones de la leyenda del catrín según la geografía cuando el ruido empieza de nuevo. Coge el quinqué y sale al pasillo, a lo mejor es un gato. No, no es un gato, es Ana. Tuvo que atravesar el patio para llegar hasta donde brillaban las luces del quinqué y los faroles de petróleo. ¿Y si sus papás se fueron a México sin avisarle? Joaquín la consuela diciendo que los oyó salir al ingenio.

—Me desperté solita.

—Pero si están al lado…

—Me quiero ir a México, dice Rosalío que mi abuelo muerto camina sin cabeza cuando cree que estamos dormidos.

—Cómo va a caminar sin cabeza, se tropezaría con todo. ¡Imagínate el escándalo!

—¿Te quedas conmigo hasta que llegue mamá?

—Claro que sí.

—¿Y no va a salir mi abuelo sin cabeza?

—Lo peor que puede salir en esta casa es Rosalío —contesta Joaquín, pensando en lo que habrá detrás de la aparente solemnidad del mozo. ¿A qué hora le contará historias de miedo a la pobre niña?

—Me pican los moscos.

La cubre con una chamarra de mezclilla, y al poco tiempo se queda dormida. Catalina los encuentra así: la niña enroscada en un equipal, y él escribiendo en la penumbra.

—Brillas como si tuvieras diamantitos —le dice Joaquín.

—Es azúcar —contesta ella, mostrándole las manos—. En nuestro baño no hay agua.

—Usa el mío, llévate el quinqué.

El baño está limpio y ordenado. Catalina se lava las manos hasta asegurarse de no tener residuos de ninguna sustancia pegajosa y se seca con una toalla que tiene bordado el fierro de la hacienda y las orillas deshilachadas. En la habitación, se detiene frente al espejo del armario para ver si de verdad brilla, pero lo olvida ante sus ojos, enormes a la luz de la llama. Pasea la mirada por el cuarto, sintiéndose el personaje de un cuento fantástico. Los títulos de los libros en el escritorio no hacen nada para atenuar la sensación: *Leyendas de vírgenes y demonios, Dioses y mitos rurales, Semiología de la violencia.*

Afuera, los faroles crean un ambiente acogedor. Se sienta, distraída, frente a Joaquín. Es como si una mano invisible se ocupara de todo, piensa, y recuerda a su padre diciendo que las personas débiles son fantasiosas. Cierra los ojos y cuenta hasta cinco. Al abrirlos de nuevo, se encuentra con la expresión curiosa de Joaquín.

—Cuántos recuerdos surgen en la oscuridad.

—¿Buenos o malos?

—De todo —contesta ella, alzándose de hombros.

—¿Piensas mucho en el pasado?

—No, si puedo evitarlo.

—Perdón, hago demasiadas preguntas.

Pero en la penumbra donde cintilan lenguas de fuego el pasado pierde el poder de lastimar y Catalina se sorprende contándole la historia de la mujer que nació para ser reina, y de su hermana, cuya única gracia era su capacidad de quedarse inmóvil durante horas. Alarga el relato para retener la atención de Joaquín y, cuando es imposible estirarlo más, lo mezcla con otros.

—¿Por qué te habré contado estas cosas? —pregunta cuando ya no tiene nada que agregar.

—Tendrá que ver contigo.

—Son cuentos de niñas, nada más.

—No quise decir que fueras tú la hermana destinada a ser reina, sino que…

—¿Yo, la reina? —lo interrumpe, pero Joaquín continúa:

—A lo que voy es a lo mucho que dicen los relatos acerca de quien los cuenta. El solo hecho de escoger uno en

especial habla de ti. Y éste te conmueve además. Si fuera psi-
quiatra, podría inventar que en otra vida...

Ella se ríe:

—Si fueras médium, dirás —y agrega, más seria—:
¿Cómo sabes que me conmueve?

—Ten cuidado, puedo leer tu mente.

Ana se queja en sueños, y Catalina cambia de tema.

—Gracias por ocuparte de ella, debería llevarla a su
cama, pero ésta es la única zona iluminada.

—Acuéstala en mi cuarto, estará más cómoda. Dáme-
la, yo la llevo.

Joaquín deja a la niña en la cama. Al incorporarse choca
contra Catalina, que se había inclinado sobre ella, y para que
no pierda el equilibrio la rodea con un brazo. Catalina se ve
en el espejo junto a él y sus ojos la sorprenden de nuevo. En
ese momento, los de Joaquín le son más familiares, reconoce-
ce su mirada. Una ráfaga hace temblar la llama del quinqué
y la tormenta se desata. Gruesas gotas resuenan en las plantas del patio.

—Parecemos fantasmas, ¿verdad? —pregunta Joaquín,
y sus dientes blancos destacan en el espejo. Ella no sonríe. El
sonido de las gotas sobre las plantas le recuerda otra noche.

Había acompañado a Eugenia a hacer una maqueta en
casa de una amiga y, mientras trabajaban, ella deambulaba
por el jardín. Se detuvo en la esquina donde las ramas caí-
das de un árbol formaban una cueva y jugaba a ser un duen-
de de campo cuando se desató la lluvia. Las primeras gotas
cayeron sobre las hojas sin traspasarlas; después, las ramas
se inclinaron bajo el peso del agua y Catalina corrió a la casa,
donde le prestaron ropa seca. Calientita y protegida por los
muros sólidos, apoyó la frente contra el vidrio de la ventana y vio cubrirse el pasto de granizo. Era como estar dentro
de un cuento. Ojalá dure mucho tiempo, ojalá no se derrita
nunca el hielo, dijo en voz baja. Ojalá no destruya las casas

de los pobres, contestó la amiga de Eugenia con vocecita sentenciosa.

Les dieron de cenar pan dulce, y el chocolate con leche hizo que Catalina se olvidara de los pobres. Estaba tan bien, envuelta en el humo tibio y oloroso… Cuando la lluvia disminuyó, las llevaron a casa. El trayecto era largo y se quedó dormida en el coche. Al despertar, se sintió culpable por haber deseado que el granizo no terminara nunca, pero Eugenia le dijo, entre grandes bostezos, que preocuparse por los pobres les correspondía a los adultos. Ella también estaba cansada. Se quitó los zapatos para que el crujir de la madera no despertara a sus padres y fue a su cuarto. ¡Qué ilusión dormirse bajo el arrullo del agua! Tuvo la tentación de acostarse sin lavarse los dientes, pero el miedo al dentista fue más fuerte que su pereza.

Al salir del baño, vio un bulto en la cama. ¿Se habría quedado atrapado en las cobijas su oso de peluche? No, lo que había entre las sábanas estaba vivo. El miedo la inmovilizó. De pronto, el ser se dio la vuelta y Catalina tuvo frente a ella a la niña que pedía limosna afuera de la iglesia. Se miraron en silencio, después, la intrusa cerró los ojos y se abrazó a la almohada. *Su* almohada. ¿Cómo había llegado hasta ahí? ¡Y tenía puesto su camisón! Estiró la mano para despertarla, pero se detuvo ante la sospecha de que Dios la estaba castigando por desear que el granizo lo cubriera todo. Mejor ceder una cama que condenarse para siempre en las llamas del infierno… Tiritando de frío, se acurrucó en el piso y se cubrió con la alfombrilla.

La despertaron la nariz helada y el cuerpo entumido. Se levantó sintiendo un hormigueo en las plantas de los pies y se acercó a la cama, quizá la intrusa había sido un sueño: la niña seguía en la misma postura, respirando apaciblemente. Éste es todo el castigo, ¿verdad?, le preguntó a Dios. Te prometo no volver a ser egoísta. Pensaba en un trato que ablandara la ira de su padre celestial cuando entró el que el destino le había asignado en la tierra. Aún estaba en pijama, pero lucía impecable en una bata de seda oscura con iniciales bordadas. Junto a él, su mujer era insignificante. No cabe duda de que es mejor dar que recibir, dijo, mirando a la intrusa. ¿Dormiste aquí?, quiso saber la madre de Catalina. ¿Por qué no te fuiste con tu hermana? Ella iba a contestar, pero guardó silencio ante la mirada severa de su padre. Cállense, esta pobre mendiga necesita descansar. Estás temblando, siguió su madre con voz apenas audible, ve a acostarte con Eugenia. Catalina hubiera querido explicarle que estaba pagando una culpa, pero una cama caliente era demasiado tentadora. Como si leyera sus pensamientos, su padre le bloqueó el camino diciendo que era necesario sentir en carne propia el sufrimiento de los pobres. Y, a los siete años, Catalina creyó que la rescataba del fuego eterno.

—Eso sí, él durmió comodísimo.

La interrupción de Joaquín la toma por sorpresa. Casi había olvidado que estaba contándole la anécdota a alguien.

—Así era esa época, los adultos tenían privilegios.

—No todas las familias son iguales.

—Durante mucho tiempo, la gente me felicitó por haberle cedido mi cama a una niña de la calle —continúa Catalina, ignorando el comentario.

—¿Y cómo te hacía sentir eso?

—Mi padre decía que era educativo.

—Dos pájaros de un tiro: le dio asilo al pobre y te formó en la caridad.

—Lo dices con sarcasmo, pero sí me hizo ver lo egoísta que era.

—Tu padre debe ser un hombre…

—Ya murió.

—¿Lo extrañas?

Catalina toma aire y lo exhala lentamente.

—Es una noche agradable, ¿verdad?

—Otra vez haciendo demasiadas preguntas. Y juicios, por si fuera poco —se disculpa Joaquín.

—Mi padre tenía una personalidad fuerte y no siempre era fácil vivir con él, pero era bueno, en el fondo: visitaba a los enfermos, se ocupó de un tío que vivía solo… y, ya viste, era capaz de recoger a una niña desvalida. Olvida las tonterías que te he contado.

—Las historias con los padres suelen ser complicadas.

Hablan sentados a los pies de la cama. Catalina siente el hombro de Joaquín junto al suyo y le gusta su cercanía, después, el olor de su piel le recuerda que apenas se han visto unas cuantas veces.

—Es esta penumbra —murmura sin moverse de lugar.

—Hablas sola, ¿lo sabías?

—Y tú acabas las frases con preguntas.

—Tienes perfil de virgen renacentista.

—Será la luz de la vela.

—No, no es la vela. Cuéntame más de tu infancia.

—Mejor oye el sonido de la lluvia.

Joaquín asiente en silencio. A él los temporales no le desencadenan recuerdos y, de todas formas, sentir a Catalina tan cerca los hubiera borrado.

En el ingenio, la planta de luz se descompuso y la única parte iluminada es la que está cerca de las calderas. Antonio va y viene con una linterna, pidiendo a los obreros que se queden en sus lugares: cualquier descuido podría ocasionar un accidente. Para empeorar la situación, el tubo que transporta el azúcar a la bodega donde se encostala tiene una fuga y el piso está resbaloso. Antonio maldice entre dientes al jefe electricista: es la segunda vez durante la zafra que tienen problemas con la planta. Eso, sin contar el cortocircuito del año pasado. Así como disfruta el proceso de convertir la caña en azúcar, odia los asuntos laborales. Conoce a la mayor parte de los trabajadores desde niño, y es difícil mantener la cabeza fría en situaciones en que los sentimientos amenazan el negocio. El viejo jefe electricista fue el obrero más confiable y ahora, cada vez que Antonio toca el tema de su liquidación, se le llenan los ojos de lágrimas. ¿Cuántos años tendrá? Ya era un hombre mayor cuando él todavía usaba pantalón corto. Pero la edad lo ha vuelto descuidado, para qué darle más vueltas. Antonio piensa en un sustituto cuando alguien lo llama: la centrífuga que estaban probando se averió y el responsable teme que trabaje en falso al volver la luz. Antonio sube la escalera metálica y se acerca al encargado. El olor lo delata… El gerente le ha dicho algo sobre el alcoholismo… Y hablando del gerente, ¿dónde demonios está?

Como si tuviera telepatía, el aludido surge del sótano. Cuando asoma la cabeza por el hueco de la escalera, Antonio se siente en un cuento de Dickens.

—Se metió un zorrillo al almacén.

—Nada más eso faltaba. ¿Alguna idea de cómo sacarlo sin que se asuste?

—En eso andamos. ¿No se ofrece nada por aquí?

—No, hombre, vete tranquilo, estamos felices.

Ignorando el sarcasmo, el gerente desaparece por donde había llegado. Lo último que se alcanza a ver es el pelo tieso.

La luz vuelve con la intensidad de un relámpago y se apaga de nuevo. Antonio hace una mueca ante el cambio de voltaje; después, un escándalo en la zona de los tachos lo sobresalta.

—¡No es nada, patrón!

—¡Cómo que nada! ¿Se cayó alguien?

—Soy yo, Fabián, me fui de boca, pero ya me juntaron.

—¡Les ordené que se quedaran en sus lugares! No se muevan, voy a subir.

En el camino, la linterna parpadea y Antonio se queda a oscuras a mitad de la escalera.

—¿No iba a subir, patrón?

—Se le acabaron las pilas a esta porquería, no veo nada.

—Ah, qué caray, mejor siéntese, no se vaya a desbarrancar. Aquí todo está en orden, pierda usted cuidado.

Pierda usted cuidado, repite Antonio mientras se instala en un escalón embadurnado de aceite. En Colutla, esa frase es sinónimo del *Dios dirá*, lo que significa: si no hacemos nada, las cosas acabarán por arreglarse solas. Un relámpago ilumina el arco que encuadra el patio donde descargan la caña en la zafra. La grúa se recorta en la negrura. Pues, ahora sí, ni modo, piensa Antonio.

Es una noche sin luna, pero su memoria basta para visualizar cada palmo de terreno. Durante las vacaciones de su infancia, el patio del ingenio se transformaba en una ciudad devastada por la guerra. Más adelante, en un año difícil, vendió los fierros que se amontonaban en espera de ser usados como refacciones, pero conservó la gigantesca rueda de molino en recuerdo de lo que fue el cuartel general de las batallas de su niñez. Un relámpago ilumina el aro rojizo y Antonio extraña la época en que los problemas eran asunto de otros. Aunque empezó a trabajar con su padre desde muy joven, no tuvo que tomar decisiones hasta el día en que éste murió. Ocúpate de Sebastián, fueron sus últimas palabras. Y de la noche a la mañana Antonio se convirtió en el patrón de quienes lo cuidaron de niño y en el padre sustituto de un hermano veinte años menor que él. Para entonces, su madre había perdido la memoria y se paseaba por la casa intentando no extraviarse en los corredores. Sebastián era una presencia que la sobresaltaba y, a sus diecisiete años, él lo tomaba como una afrenta personal. Ni las elaboradas explicaciones del médico ni las de Antonio, más escuetas, lo convencían de no juzgarla por comportamientos que se debían a la enfermedad. Por eso, cuando anunció que iba a desertar un tiempo de la preparatoria para irse de viaje con Joaquín, Antonio opuso una resistencia débil: quizás alejarse de su madre un tiempo lo haría recapacitar. Déjame hablar con los papás de tu amigo, le pidió solamente, esperando que ellos tuvieran todo bajo control.

Desde que se detuvo frente a la reja de la casa de Joaquín, supo que se encontraría con una familia original. Debajo del timbre, había un letrero: "Si no le abren, insista. La paciencia es una virtud". Ya adentro, esquivó a un par de niños que se peleaban por una raqueta y al perro dormido en medio del barullo. La madre lo invitó a pasar a la biblioteca, donde su marido observaba el techo en medio de una nube de humo. Ella lo sacó del trance quitándole el cigarro. Es el papá de Sebastián, vino a hablar del viaje. El escritor tendió una mano con dedos manchados por la nicotina. ¿Del viaje de…? Te aseguro que no de Marco Polo, se exasperó su mujer. El resto de la conversación giró alrededor de otros expedicionarios y Antonio tuvo que conformarse con las palabras de la madre de Joaquín: No se preocupe, con el presupuesto que tendrán, no van a llegar muy lejos. Lo dijo con una sonrisa y Antonio pensó que era una mujer atractiva. ¿Cómo sería la vida al lado de un escritor? Dependiendo de su grado de neurosis, supuso que todos lo tenían en cierta medida… aunque debía ser un buen padre, pues Joaquín hablaba de él con cariño y era un muchacho bien educado.

A veces se reprocha su indulgencia con Sebastián. Si hubiera insistido más en la disciplina… Se consuela pensando en sus ganas de vivir, en esa capacidad de acomodar las situaciones a su conveniencia. En cuanto a lo económico, mejor no pensar en eso.

La tormenta se aleja, ahora, los rayos iluminan la sierra de Santa Úrsula: ojalá el niño enterrado en la presa duerma tranquilo. Sacude la cabeza, la oscuridad lo hace imaginar tonterías… Debe advertirle a Rosalío que no le cuente esas historias a Ana, Sebastián afirma que las leyendas de Santa Úrsula siguen causándole pesadillas. Cuando él lo mira con una sonrisa escéptica, le reprocha su insensibilidad: Ese internado en Inglaterra te volvió frío, aguantas lo que sea. Pero no es cierto, simplemente prefiere mantener a raya sus emociones o, por lo menos, ocultarlas de los demás. ¿Qué caso tiene incomodar a los otros? En eso tiene razón su hermano, la educación inglesa le gustó desde el primer día. Fue un alivio tener amigos a quienes, como a él, los sentimientos exaltados les daban ganas de salir huyendo.

Cuando Sebastián regresó de su viaje por Europa, en lugar de tener una mejor actitud frente a su madre, decidió que su demencia era una forma de manipularlo. Su necedad era tal que Antonio hizo a un lado la desconfianza por los psicólogos para llevarlo con uno. El resultado fue lo contrario del esperado y Antonio necesitó toda su paciencia para soportar los reclamos más absurdos: de insensible pasaba a controlador, de controlador a fascista… Y, claro, Sebastián era la víctima. Un día, su paciencia llegó al límite y le quitó la pensión hasta que recapacitara y fuera posible vivir con él. Estaba seguro de que se hartaría rápidamente de la falta de dinero y llegarían a un acuerdo para convivir en paz. No contaba con su resistencia. Al mes, Antonio le pidió ayuda a Joaquín, quien por fin lo convenció de que la víctima no era él sino cualquiera que no actuara según sus expectativas.

La juventud de Antonio fue muy distinta a la de su hermano. A él le acomodaba seguir las reglas y prefería la fe del carbonero que perder el tiempo sorteando dilemas imposibles de resolver. Te da pereza pensar, le decía Sebastián, si todo el mundo fuera como tú, seguiríamos en la época de las cavernas. ¿Y eso sería malo?, ha sido feliz, ¿no es lo que todo el mundo busca?

El olor a tierra mojada se mezcla con el de un zorrillo en la lejanía y Antonio piensa en los animales enroscados en sus guaridas, en la habitación donde él también se protegerá esta noche, en Catalina.

La conoció una tarde de verano. Hacía calor y ella llevaba un vestido corto, sin mangas. Era la única chica sin maquillaje en la exposición de fotografía y la blancura de su piel contrastaba con el bronceado de las demás. Nunca había conocido a una mujer tan inconsciente de su belleza.

La luz regresa, se apaga, se enciende y, finalmente, se queda encendida. Temiendo por la centrífuga, Antonio se dirige a esa zona. Todo parece funcionar, puede irse a casa. Para no perder la costumbre, el gerente brilla por su ausencia.

Catalina siente que la descubrieron haciendo algo indebido. Está demasiado cerca de Joaquín. ¿Por qué le habló de su infancia?, ¿qué puede importarle su pasado?

—Gracias por darnos asilo —le dice con una sonrisa tensa—, voy a llevar a Ana a su cuarto.

Joaquín la ve irse con la niña en brazos. Es una mujer extraña. Por un momento, creyó que tenían una conexión; lástima que haya regresado la luz, disfrutaba la intimidad con ella, aunque fuera ficticia.

Los perros de Santa Úrsula ladran de madrugada; un olor a musgo se desprende de los lienzos de piedra. La silueta de José atraviesa la neblina y el sonido de sus espuelas despierta a otros perros. Él los calma con un silbido y el silencio se interrumpe tan sólo por el ruido de sus pasos. El amanecer lo alcanza en el corral.

La potranca relincha. José se acerca cantando bajito una canción remendada, pero ella repara y enseña los dientes.

—No seas arisca, bonita.

Sus manos fuertes se vuelven ligeras para tocarla. La acaricia, murmura palabras aisladas que la tranquilizan. Cuando la yegua se relaja, la ensilla con movimientos suaves. Antes de apretar el cincho le masajea los costados para que suelte el aire. Lo último es el freno. Primero el bocado, después el almartigón. Despacio, con cuidado de no tocar los ojos. Ya completamente ensillada, le da picadero alrededor del corral, después se sostiene de la cabeza de la silla, coloca un pie en el estribo y se impulsa. La yegua echa las orejas hacia atrás, pero no intenta deshacerse de él.

—Eso es —le dice José, dándole unas palmadas en el cuello.

Montado en la Mora, Joaquín lo espera cerca de la piedra del catrín para ir juntos al pueblo donde se han aparecido los santos hechos de caña. Ha llegado el rumor de una Virgen que, en lugar de Niño Dios, tiene a una niña en los brazos.

En cuanto se alejan del pueblo, la vegetación cambia y el camino se convierte en una vereda sinuosa que bordea un acantilado. Joaquín mantiene la vista en la espalda de José para no ver caer las piedras que los cascos de las yeguas hacen rodar barranca abajo. Siente que sube y baja por un esqueleto prehistórico. Sólo de vez en cuando, algunos manchones verdes rompen la monotonía del paisaje, el resto del tiempo es un transitar por páramos secos. José le enseña los cauces ahora vacíos de los ríos que bajarán cuando empiece a llover en la sierra y le describe un paisaje exuberante, imposible de imaginar en medio de la polvareda y los huesos de animales muertos. En Santa Úrsula, el rocío brilla sobre las telarañas del garbanzo, aquí hasta el aire huele a sequía. El tiempo pasa y Joaquín se deja hipnotizar por el golpe de los cascos de las yeguas contra el tepetate. José le tiende una naranja y él la come con avidez; el jugo resbala por su barbilla y de inmediato lo ataca una horda de insectos. Moja un pañuelo con el agua de su cantimplora y se limpia la cara y el cuello.

—Me duele todo. ¿Falta mucho para llegar?

—Pasando el sembradío, serán unas dos horas.

—¡Puta madre!

—Qué pasó, no hable así de la mujer que lo parió.

—¿Dos horas y aparte tenemos que llegar al sembradío?

—Está aquí cortito, yo le aviso cuando se calle.

—¿Por qué tengo que callarme? —pregunta Joaquín, malhumorado.

—Son las reglas.

—Pues de qué es el sembradío. Ah… —continúa sin esperar respuesta.

—Ora sí, pico de cera.

Joaquín piensa que caminarán a cierta distancia de las matas de marihuana, pero en ocasiones los estribos las rozan. No puede evitar ver de reojo a tres muchachos con rifles. José hace una señal con la mano izquierda y ellos responden de la misma manera. Es un campo pequeño, de no más de dos hectáreas, y la tierra está apenas desmontada. Cuando lo dejan atrás, José le indica que ya puede hablar.

—Son unos chavitos. ¿Los conoce?

—Antes bajaban a vender queso.

—¿Y luego? —el interés lo ha hecho olvidar el cansancio.

—Les llegaron los narcos.

—Son unos chavitos —repite Joaquín—, ya ni la amuelan. ¿Nunca ha venido el ejército?

—Cómo no, se oyen los aviones y luego llegan los soldados a hacer sus quemas.

—¿Y entonces?

—Pos qué va a ser, la gente limpia la parcela, le echa maíz y pasa la mariguana a otra.

—¿Han agarrado a alguien?, ¿a cuidadores?

—Qué los van a agarrar, son listos.

—¿Le da miedo que lleguen a Santa Úrsula?

—Ya sería de Dios.

Joaquín sabe que ha hecho demasiadas preguntas, pero la curiosidad es mayor que la prudencia y continúa:

—¿Y si quisieran contratar a Ulises cuando crezca?

José suspira antes de contestar:

—De eso he platicado con el Treinta, conoce el negocio. Él fue quien me dijo que no tuviera pendiente, que aquí las cosas se manejan de otro modo, no es como esos pueblos donde se los llevan a huevo.

—Quiere decir que aquí se los piden de buen modo.

—Afirmativo.

—¿Y si se niegan?

—Buscan a otros... Yo no me animaría a trabajar con ellos, nomás de pensar en la presa del Coyote se me enchina el cuero.

—¿Es la que se ve desde la iglesia de Santa Úrsula?

—Esa misma. ¿No le ha contado nada don Antonio? A lo mejor ni sabe, como no sacan agua de ahí para sus tierras... El caso es que se le hizo un portillo y, cuando se vació el bordo, que los van encontrando. Quince difuntos. Había hasta una muchacha, y todos andaban en el negocio de la droga, eran de los que quisieron agarrarlo por su cuenta. Los mataron en otro pueblo y los vinieron a tirar a la presa porque está retirada.

Joaquín se queda pensativo. Hasta entonces, el crimen organizado había sido para él una plaga que asolaba a un

México distinto del suyo, como si sucediera en otro país. Discutía con sus amigos sobre la ineptitud del gobierno y la crueldad gratuita de los asesinatos, pero en el fondo no sentía nada. Ahora se da cuenta de que la guerra sí está en su país y empieza a cercarlo, de que los muertos no forman parte de una historia lejana. Recuerda los largos paseos de Catalina y pregunta si una mujer sola corre peligro.

—Mientras no se meta uno con ellos, los narcos respetan. Va a ver más adelante las señales en los árboles: "Por aquí, sí", "Por aquí, no", es cosa de seguirles el juego. Hace unos días, un chaval quiso pasarse de listo y regresó atravesado en su caballo.

—Muerto, supongo.

—Supone bien.

Joaquín se imagina la cordillera salpicada de pequeños sembradíos de marihuana, cada uno con cuidadores propios y una red de distribución. Su padre estaría feliz de conocer físicamente esa parte de México que, a últimas fechas, aborda en sus novelas; él, en cambio, preferiría seguir enterándose por las noticias y cambia de tema cuando José amenaza con describir las mutilaciones de los muertos de la presa.

El calor y el ritmo de la yegua lo adormecen, pero la inquietud persiste en medio del sopor. Un viento repentino lo refresca cuando empieza a cabecear y aparecen las primeras casas de Laderilla. El pueblo es muy distinto de los de las tierras bajas. En lugar de guamúchiles, mezquites y árboles espinosos, en Laderilla se dan los frutales: duraznos, arrayanes, membrillos... El ambiente apacible tranquiliza a Joaquín, después recuerda que deberán regresar y propone quedarse a dormir para evitar que anochezca cuando estén en el monte.

—Ulises se nervea —contesta José—. ¿A poco lo espanté con la plática? —añade con una sonrisa—. No se apure, conozco las veredas y el Treinta nos va a acompañar de vuelta.

—Ya la hicimos —dice Joaquín con ironía.

Le llaman la atención unos niños rubios con ojos de un azul clarísimo que no ha visto en ninguna parte. La forma de ser de la gente también es distinta de la de Santa Úrsula: son personas más serias y han incorporado anglicismos en el lenguaje. Los aspersores se han convertido en *esprincos* y el aceite *liquea* en vez de chorrear. Al igual que en Santa Úrsula y en Colutla, utilizan un vocabulario notablemente extenso. Le gustan las pausas antes de calificar un objeto o una situación. Si pregunta qué opinan de la Virgen de la niña, recibe respuestas claras: para algunos es chaparrita y bien configurada. Para otros, elegante en su vestimenta; otros más la describen muy blanca, como si nunca le hubiera pegado el sol. A él le gustan su collar de perlas y los aretes de oro de la niña que hacen juego con la pulserita. Los caireles de madre e hija también son dignos de observarse. Es una Virgen vanidosa.

Por tradición, en Laderilla los cuidadores de la iglesia son menores de doce años. José le explica que a esa edad se adquiere la capacidad de razonar y se pierde la inocencia, por eso, son los niños quienes deben atender a la Virgen, sobre todo si es necesario quedarse a solas con ella.

—No me ha dicho cómo apareció en el pueblo.

—Un día, el señor cura abrió la puerta y ya estaba en su lugar.

—¿Así nada más?

—No, tuvo que caminar, unos vaqueros encontraron sus huellas en el cerro, se vino de muy lejos. Dicen que así le hacen cuando quieren advertir de un peligro.

—Y el santo que está en el nicho a la entrada del pueblo, ¿también llegó solo?

—De ése, mejor pregúntele al señor cura.

En el atrio, un hombre con un sombrero de paja que ha visto mejores tiempos poda los rosales. Cuando José lo saluda, Joaquín se entera de que él es el sacerdote.

—Vengan a comer a mi casa —los invita.

—De todas formas, tenemos que esperar al Treinta —dice José, viendo a Joaquín consultar el reloj.

En su casa, el padre cuelga el sombrero de un clavo en la pared y se inclina a acariciar a un gato que se frota el lomo contra sus piernas. Joaquín se mueve con dificultad y él se ríe sin disimulo.

—José no le advirtió que el trayecto fuera tan largo.

—Y falta el regreso.

—Por lo menos va a descansar un rato. Vaya a lavarse las manos para que comamos. Tendrá hambre.

Camino al baño, lo sobresalta una voz conocida:

—Así que vamos a comer juntos.

El Treinta se balancea en una mecedora. Tiene las piernas cruzadas y fuma un cigarro sin filtro.

—¿Quiere uno? —dice, alargándole una cajetilla de Faros—. A falta de trago...

Joaquín dejó de fumar hace años, pero para no correr el riesgo de ofenderlo, coge un cigarro y lo guarda en la bolsa de su camisa. En el baño, se lava las manos y la cara y se seca con una toalla rasposa. Después se quita las botas y desprende con cuidado los huizapoles que se le pegaron durante el trayecto. Aunque Sebastián le había hablado de la variedad de plantas con espinas, nunca pensó en lo difícil que sería deshacerse de ellas. Las pequeñas y negras son tan abundantes que se resigna a no acabar con todas, pero los huizapoles lo ponen de mal humor: se aferran a la ropa con sus garras y a los dedos cuando los jala.

Durante la comida, se da cuenta de que el Treinta es una especie de guardaespaldas del padre en sus recorridos por zonas peligrosas.

—De tantas confesiones, me agarró confianza —dice con una expresión burlona mientras se sirve arroz.

—No había mucho de dónde escoger —contesta el padre y le explica a Joaquín que lo contrató cuando lo amenazaron de muerte si no dejaba de predicar en sus sermones contra la venta de drogas.

—Y, siendo cura, lo asiste la razón —agrega el Treinta—. Es mala para la juventud. Se apendeja.

—Nunca dejarás de sorprenderme, Sansón —dice el padre.

Joaquín se atraganta con el agua:

—¿Sansón?

—Es mi nombre. ¿Le disgusta?

—No, no.

—Me iban a llamar Grabiel, como el arcángel, pero a última hora, cambiaron de parecer.

—Adivinarían el futuro —dice José.

El cura levanta las cejas:

—Te estás metiendo al callejón.

Para cambiar de tema, Joaquín pregunta sobre el santo a la entrada del pueblo.

—Malverde —contesta el padre—. Supongo que habrá oído hablar de él, es el patrón de los narcos. Alguien sacó a san Judas y lo metió a él.

—Hágame el rechingado favor —interrumpe el Treinta—, con lo milagroso que es san Juditas.

—A ti no se te halla —dice José—, a poco te ha dado por rezar.

El matón le pasa las tortillas:

—Cada quien sus piensos, o no, señor cura.

—Ni hablar.

Joaquín quisiera saber más acerca de Malverde, pero José le pide al cura que le hable de la Virgen de la niña. A eso fueron, ¿o no? Y es así como, en un pueblo oculto entre las barrancas de una montaña, el día se convierte en tarde y las sombras se alargan y vuelven a acortarse mientras un antropólogo, un vaquero, un cura y un asesino a sueldo comparten el pan. A unos kilómetros de ahí, en una bodega de láminas, dos adolescentes aprenden a matar.

Colutla, 9 de julio de 2013

Las relaciones entre la gente de Santa Úrsula son complejas. Acuerdos tácitos difíciles de discernir a primera vista. Llama la atención la facilidad con que se consigue información acerca del crimen organizado. En Colutla, hay más hermetismo. Antonio no toca el tema, y Rosalío asegura que no ha llegado a la zona. Sin embargo, en Santa Úrsula no hay venta ni consumo de droga y en Colutla sí (informante: José).

Datos por investigar:

— Malverde en la región. ¿Su historia aquí es distinta que en Sinaloa?

— Relación del cura de Laderilla con Treinta y narcos.

— Ubicar leyenda de la Virgen de la niña en contexto anterior.

Rosalío interrumpe para avisarle que Antonio lo está esperando para hacer un recorrido por el ingenio. Cuando se queda sola, Catalina suspira de alivio. Desde la noche en que se refugió con Ana en el cuarto de Joaquín, vive en un estado de confusión, como si estuviera poseída por un ser demandante que no la deja estar quieta ni un segundo. Ahora, de pronto, está en paz.

Toca la pared para sentir la rugosidad bajo su palma. Le gusta saber que otras manos, muchos años atrás, también la acariciaron. Últimamente ha tenido la sensación de que posee una vida cortada, como si cada etapa la protagonizara alguien distinto. Le cuesta reconocerse. ¿Dónde está aquella niña temerosa de su padre? ¿La adolescente insegura? ¿Dónde ha quedado la joven que pasó una noche en la banca de una iglesia? Se quita los zapatos para sentir el suelo frío y camina hacia el cuarto de Joaquín. Le atrae deambular por el mundo sin ser vista, ni siquiera percibida.

En el escritorio, hay una manzana a medio comer, llena de diminutos mosquitos, y una carta. Si Catalina fuera un fantasma podría leerla sin culpa. Como no lo es, la deja en su lugar.

El día de la tormenta, cuando estuvo ahí con Joaquín, era de noche. Con la luz del día, se pierde la magia y sus ojos en el espejo son menos grandes. En una esquina del techo, un murciélago abre las alas para dejar salir a su cría. Catalina observa al pequeño volar en círculo antes de regresar a acurrucarse bajo las alas de su madre. Cómo les temía antes de adaptarse a la fauna de Colutla. Antonio le explicó que se alimentan de fruta y no de sangre, pero ella prefería cubrirse la cabeza con la sábana. Hasta que Antonio atrapó uno para que lo viera de cerca. No puede darte miedo esto, le dijo, está mucho más asustado que tú... A veces la trata como a una niña.

Aprovechando que Joaquín tardará en regresar, se acuesta en su cama. El colchón es incomodísimo y tiene un resorte que se clava en la espalda. Lo esquiva y amolda su cuerpo lo mejor posible a los desniveles. El viento que mueve las cortinas huele a azahar. El calor la adormece.

El hueco detrás del armario es pequeño, nadie pensaría que hay una niña adentro. El polvo ya no la hace estornudar y reconoce a las arañas: las patonas no hacen nada, Eugenia las deja caminar por sus manos, y las otras, las de patas gordas y telarañas como pelo enredado, le tienen miedo a ella. Si pasa mucho tiempo en su guarida, aparece un ratoncito; una vez llegó un grillo que la veía con ojos saltones y se hicieron compañía. Como la muñeca fea, le dice Eugenia, nada más que tú eres bonita y todo el mundo te quiere. Eso no es verdad, papá se lo ha dicho y ella le cree, sobre todo cuando se inclina para verla a los ojos. Eugenia le explica que hay gente enferma que lastima con mentiras. Papá la sienta sobre sus rodillas y le da un beso. No fue a ella, se confunde. Un día rueda por la escalera y aterriza en sus zapatos recién boleados. ¡Imbécil!, le grita. Eso sí es cierto. Su hermana la consuela. Papá le dice a Eugenia que lo perdone, ella le contesta, pídele perdón a Catalina. Él le destraba los brazos para separarlas, dice que todo es culpa suya, de ella, de Catalina, la que no debió haber nacido. Eugenia la mece. Tápate los oídos, no oigas lo que dice, no lo oigas.

Se despierta sudando. Fue un sueño, se repite: tengo una casa y una hija, tengo a Antonio. En el baño, se suena y se limpia la cara. Se peina con el peine de Joaquín, suelta el aire atrapado en algún lugar de sus pulmones, se lava las manos y las seca en su pantalón para no mojar la toalla. Rosalío llega en ese momento y se detiene en el quicio de la puerta.

—Vine a revisar que el joven tuviera jabón y papel de baño, señora.

—Yo pensé lo mismo —tartamudea Catalina.

Mientras el mozo coloca un jabón nuevo en la regadera, Catalina aprovecha para salir.

Ana duerme boca arriba, con los brazos sobre la cabeza y el canguro de trapo en el estómago. Catalina se tiende a su lado y la abraza. Ojalá que Eugenia estuviera con ella. ¿Qué estará haciendo ahora? La última vez que vino a México no dejaba de hablar de un especialista en enfermedades tropicales, pero cuando le preguntó si finalmente pensaba tener una pareja, contestó, riendo, que no se hiciera ilusiones. Parece feliz. Sólo en raras ocasiones su mirada se entristece y entonces Catalina siente un golpe en el estómago. Más allá del sólido lazo que es la sangre, las unen los secretos de su niñez y perciben, incluso en la distancia, el estado de ánimo de la otra. Hace dos años, Eugenia se quedó atrapada en un pueblo donde surgió una epidemia de ébola; durante el tiempo que estuvo ahí, Catalina tuvo hemorragias nasales. A lo mejor eso me salvó de contagiarme, exclamó Eugenia cuando le contó, y ella se sintió orgullosa, como si en realidad hubiera tenido algo que ver. Aunque la vida esté llena de coincidencias, prefieren quedarse con la posibilidad de la magia.

Antonio y Joaquín han regresado del ingenio, pero se entretienen con Noé en las caballerizas. El caballerango describe los efectos de los eclipses en los animales recién nacidos: cóconos sin pico, serpientes de dos cabezas y becerros con cascos en lugar de pezuñas, son algunos ejemplos. Atraída por sus voces, Catalina se une a ellos.

—Con razón me dan desconfianza los eclipses —dice cuando Noé guarda silencio.

—Cuantimás siendo mujer —contesta él—. Es bien sabido que las embarazadas tienen que ponerse un listón rojo o una olla en el estómago y guardarse hasta que pase. Un chamaquito de aquí nació con el labio comido por la luna —añade, observando el vientre plano de Catalina. Ella inclina la cabeza para verlo también.

—¿Tú, qué opinas, Antonio? —pregunta Joaquín.

—Yo sé que en los años de eclipse muchas nueces salen vanas y hay más mazorcas con malformaciones que de costumbre. O son coincidencias, o los científicos se equivocan al negar los efectos.

—Yo creo que hemos perdido la capacidad de observar —opina Joaquín—. Como los doctores que, por centrarse en los análisis, no se dan cuenta de que ya se les murió el paciente.

El caballo de Antonio resopla y él se acerca a acariciarle el cuello. Es en ese entorno, con el sombrero que oculta el pelo ralo y su vieja chamarra de gamuza, donde Catalina lo prefiere.

Colutla, 20 de julio de 2013

Milagro de Malverde en la región: un amigo de Noé cuenta que le dijo en sueños dónde había oro. El amigo es ahora el más rico del pueblo. Según José, es dinero del narco.

Virgen de la niña: Noé cuenta que la Virgen de la niña tiene una gemela en un pueblo a dos kilómetros de Laderilla. Él cree que el mundo está cansado del reinado de Dios hijo. "En el tiempo de Dios padre, todo estaba ordenadito. Con Dios hijo, no se le haya figura." El espíritu santo pinta poco en esta zona. ¿Aceptarían a una mesías?

—Organizar ida a Yolistla (Virgen gemela).

—Punto de vista de José.

—De ser posible, punto de vista del Treinta.

Joaquín se balancea sobre el precario equilibrio de las patas traseras de la silla. El paseo de esta tarde fue una experiencia memorable. Las hectáreas de riego de la hacienda están sembradas de caña, maíz y sorgo, y en las de temporal, que se inundan cada año, los arrozales se extienden hasta las faldas de los montes. Más allá de los datos agrícolas, le sorprendió la belleza del lugar y descubrir que, detrás del hermetismo de Antonio, se oculta una persona sensible. La paciencia con su caballo tuerto por un accidente era una prueba.

—Un día le va a sacar un susto —le dijo Noé.

Antonio hizo caso omiso de la advertencia y el caballerango siguió:

—Teniendo otros caballos…

—A mí me gusta el Corsario.

—Hasta que le saque un susto. Mírelo, se espanta de la nada.

—Se acostumbrará a ver solamente con un ojo.

—No creo, ya va para seis meses.

—¿Apostamos?

—Desde cuándo aprendí a no apostar con el patrón.

Aunque Noé le habla de usted a Antonio, la confianza con la que se dirige a él es fruto de una amistad sólida. Durante el paseo por la propiedad, le explicaron a Joaquín las diferencias entre la tierra negra de Colutla y la colorada de los pueblos altos.

—Tienen distintos nutrientes —dijo Antonio.

—La colorada es la más rica, pero la negra es menos barrosa, más fácil de trabajar —agregó Noé.

—¿Y la blanca que se ve camino al Salitre?

—Demasiado porosa.

—Apenas sirve para el cacahuate, ni agarra bien el agua. La de don Antonio es buenísima, por eso se ve tan gustosa la caña.

—También porque le echamos ganas.

Noé le lanzó una mirada escéptica.

—Yo también le echo ganas a mi parcela.

Habían llegado al humedal donde se resguardan las aves. De vez en cuando, un pato surgía entre el zacate y volaba bajito hacia sus compañeros. Como si se hubieran puesto de acuerdo, los hombres detuvieron a sus caballos. Era la hora en que las garzas bajan a dormir, ya había manchones desperdigados en el humedal, y pequeñas parvadas cruzaban el cielo. Una culebra dejó su estela sinuosa en el espejo de agua y los caballos resoplaron suavemente: ellos también contemplaban el mundo. Cuando Noé habló, sus palabras le causaron a Joaquín un desánimo físico.

—¿Se acuerda que una vez me dijo que le gustaría que lo enterraran aquí, don Antonio? Cómo han cambiado las cosas… Del otro lado del lienzo encontraron a dos muertos. Sí sabía, ¿verdad? Eran un muchacho y una muchacha.

Jovencitos, los dos. Estaban amarrados con alambre de púas y tenían un portillo en la frente. El delegado dice que fue un asunto de celos, pero quién le va creer. A las claras se nota que son narquillos de otra parte que vinieron a aventar aquí.

—En esta zona siempre ha habido muertos, no tiene caso darle vueltas al asunto —lo interrumpió Antonio y Joaquín entendió su esfuerzo por evitar el tema de la violencia. Que él sepa, aún no le han pedido a nadie de la zona dinero a cambio de protección. ¿Será cuestión de tiempo? ¿Cómo reaccionaría Antonio? ¿Abandonaría sus tierras hasta que mejorara la situación?

Eso pensaba mientras subían a lo alto de un pequeño cerro desde el cual se alcanza a ver toda la propiedad. Las montañas azules en la lejanía contrastaban con el verde de la caña y el más oscuro de los nogales. Antes de pasar tanto tiempo en Santa Úrsula, para Joaquín el campo era poco más que el escenario donde llevaba a cabo algunos estudios antropológicos. En lo alto del pequeño cerro, compartió la pasión de Antonio. Le iba a dar las gracias por haberlo invitado, cuando Noé le dio un golpe en la espalda.

—Perdóneme, tenía una chinche hocicona.

—Son peligrosas —dijo Antonio—. Pueden transmitir la enfermedad de Chagas. Fíjate, qué horror: inoculan unos parásitos que hacen sus nidos en el corazón. La gente se tarda años en darse cuenta, hasta que un día el corazón se cae por el peso de los bichos.

Joaquín se sacudió como un perro lo hace después del baño y Noé soltó una carcajada.

—Ya lo espantó, don Antonio.

—Es rarísimo que pase —dijo él, disimulando una sonrisa—. De lo que sí deberías preocuparte es de usar sombrero. Te vas a dar una buena quemada.

Joaquín se pasó la mano por el pelo, demasiado largo. Su madre estaría de acuerdo con Antonio.

Catalina descuelga el teléfono con la esperanza de que se haya arreglado. Los sistemas de comunicación en Colutla son pésimos: el único internet público, además de lentísimo, rara vez está abierto; los celulares no tienen señal, y cualquier viento es excusa para que el teléfono fijo se descomponga. Nunca le había importado, pero hoy necesita hablar con Eugenia. Una fotografía de su madre le ha hecho recordar la última vez que fueron juntas a visitarla.

Después de varias discusiones decidieron internarla en un asilo. Ante las dudas de Catalina, Eugenia se hizo cargo de todo. El día de aquella visita, su madre tomó de las manos a sus hijas y les dijo que su padre había sido un buen hombre. La reacción de Eugenia asustó a los demás ancianos.

—¿Un buen hombre?, ¿porque iba a misa diario y daba limosnas? ¡Por favor!

—Cálmate —le pidió Catalina, pero ella siguió:

—Y tú tenías que haberme protegido, mamá.

—Nunca les faltó nada.

—No se trata de eso, ¿o de verdad eras incapaz de ver lo que pasaba? ¿Tanto miedo le tenías?

—*Cuatro lobitos tiene la loba, cuatro lobitos al pie de la alcoba…* —empezó a cantar su madre. Eugenia se arrodilló frente a ella para verla a los ojos.

—¿Sabes qué creo?, que has vivido toda tu vida en un mundo falso y que tu enfermedad, demencia, o lo que sea, es igual de falsa. Voy a tratar de perdonarte, pero no por ti sino porque estoy cansada de cargar con este resentimiento.

—*Uno cantaba, otro bailaba…*

Eugenia se incorporó.

—Eso es, sigue cantando —murmuró con una expresión dura, después vio a su hermana y se suavizó—: Quita esa cara, Lina, a veces exploto, lo necesito —le dijo, abrazándola, pero Catalina se separó con un gesto brusco.

—Es vieja, no está fingiendo nada, mira cómo tiembla.

—Sí. Es vieja, y tengo que perdonarla.

—¿Y yo qué? A la que nunca protegió fue a mí.

Eugenia respiró profundamente y soltó el aire de golpe. Después volvió a abrazarla, y esta vez su hermana se apoyó en ella.

Catalina cuelga el teléfono con un gesto de frustración. Sigue mudo.

—Ven —le dice a Ana, tomándola de la mano—, vamos a ver si llega papá.

Si no logra comunicarse con su hermana, por lo menos puede hablar de ella con Antonio.

Las voces de los hombres se acercan. Cuando den vuelta y la caña no los cubra, los verá. Suspira con tal fuerza que Ana se sobresalta. Ella le sonríe y piensa en la suerte de tener a un padre como Antonio. Levanta la mano para saludarlo y es Joaquín quien responde, con dos dedos formando una V. Él está concentrado en amarrar una soga suelta.

Durante la cena, Catalina tiene la piel enrojecida y le brillan los ojos. Antonio le toca la frente con el dorso de la mano y le sugiere que vaya a descansar, él llevará a dormir a Ana. Catalina dobla la servilleta y la acomoda en silencio a un lado del plato. Siente un nudo en la garganta.

El espejo de la recámara es antiguo, sus ondulaciones deforman las imágenes. Catalina busca el ángulo en el que su reflejo no se altera cuando llega Antonio.

—Me preocupa el dengue. ¿Te han picado los moscos?

Catalina lo tranquiliza.

—No estoy enferma, mi vida.

Hacía tiempo que no lo llamaba así.

—Hemos pasado poco tiempo juntos —contesta, atrayéndola hacia él.

—No dejo de pensar en Eugenia.

Antonio le acaricia el brazo:

—Se supone que llegará en estos días. ¿Hubo un cambio de planes?

Catalina niega con la cabeza.

—¿Qué pasa, entonces?

—La última vez que fuimos a visitar a mamá, Eugenia estaba furiosa con ella.

—Pero si la pobre está amoladísima.

—La acusó de fingir su enfermedad.

Duda antes de continuar. Jamás ha tenido el valor de hablar de su padre con Antonio, podría empezar a verla a través de sus ojos.

—Papá no siempre era como lo conociste —dice por fin.

—Todos cambiamos un poco dependiendo de las circunstancias, ¿pero qué tiene que ver esto con tu mamá?

No es así como debería responder, minimizando el tema mientras le da un beso en el hombro.

—Tienes las manos rasposas.

—Eso nunca te ha importado —contesta Antonio, desabrochándole un botón de la blusa. Catalina se aparta de él.

—Estoy cansada.

Antonio sonríe, resignado.

—Ve a acostarte, mañana te sentirás mejor.

Pero Catalina no tiene sueño. Se sienta de nuevo frente al espejo y lo observa desvestirse. Ha engordado.

Colutla, 21 de julio de 2013

Tilcuate. ¿Mito o realidad? Las versiones de José, don Faustino y Noé coinciden. Antonio cree que es un invento.

Cita textual de José (anexo dibujo de Ulises): "Mide como 40 cm de largor y 20 de anchor. Es negro como la tiznada y tiene los ojos rojos y una cresta en la cabeza. De no ser por la mentada cresta y por los ojos de diablo, pasaría por un tronco quemado o por una culebra ratonera, de esas gordotas. Es arrimándose uno cuando le entran ganas de santiguarse. Los machos siguen a las muchachas para hacerles sus cochinadas con esa cola que tienen partida en dos. Las hembras siguen a los hombres, mejor ni le cuento".

"No, no es un dragón, esos avientan lumbre por las narices" (Noé).

"A mi tanteo, los dragones son invenciones" (don Faustino).

"Yo creo que los dragones sí existen, nomás que se esconden, como los duendes" (Ulises). Anexo dibujo de duendes.

Buscar coincidencias con el libro de mexicanismos de Bustamante. ¿Sahagún?

Comparar con dragón de Komodo, monstruo de Gila, salamandras míticas.

Descartar averiguaciones sobre líderes de los narcomenudistas en Colutla.

Santa Muerte. Fenómeno urbano conocido en Santa Úrsula. ¿Cuáles son las vías de información?

Ordenar este desmadre.

Joaquín se estira y bosteza. El revoloteo de los murciélagos y la insistencia del ratón por subirse a su almohada apenas le permitieron dormir. Para colmo de males, Catalina organizó un día de campo a caballo. De seguir con este ritmo se le va a olvidar caminar. Se levanta para desentumirse, calcula mal la distancia entre sus rodillas y la mesa y uno de los libros que le dio su padre cuando fue a despedirse cae al piso. Había preparado un paquete completo para que no corriera el riesgo de quedarse sin lectura durante su estancia lejos de las librerías.

—Te puse un poco de todo —le explicó—: una novela de suspenso, malona, pero entretenida, *Redención,* de McEwan, la última de Barnes; algo de Italo Calvino…

—No sigas —se rio Joaquín—, pesan muchísimo.

Su padre se bajó un poco los anteojos que usaba para ver de cerca:

—Los sherpas cargan el triple sin quejarse.

—Ésa es una de las razones por las que no soy sherpa.

—¿Alguna vez lo consideraste? No sé qué te causa tanta gracia, de niño te la pasabas escalando cosas.

Su madre, que revisaba los libros, se incorporó, diciendo:

—El de suspenso suena bueno, me lo voy a quedar yo. ¿Por qué no escribes algo así tú, Manuel? Una novela lineal, fácil, sin cambios de tiempos y de voces. Seguramente se vendería mejor. Es más, podrías adaptar lo que estás escribiendo. Tal como está, es confuso. Cuando empiezas a entender la trama, te vas al pasado, al futuro, pasas a otro escenario… ¿Tú qué opinas, Joaquín?

Su padre esperaba el veredicto con los brazos cruzados.

—A mí me gustan sus libros tal como son.

—Si se vendieran más, a mí me encantarían. Pero podría hacer un esfuerzo por escribir uno comercial. No es para avergonzarse, Faulkner lo hizo.

—Qué dices, papá. Una novela de sexo y pasión.

—Nunca.

—¿De vampiros y zombies?

—Escríbanla ustedes. Yo tengo principios.

—Ni modo, mamá, eso pasa por haberte casado con un hombre fiel a su causa.

—Y necio —agregó ella.

La mirada de Manuel se suavizó.

—Tengo varios artículos por entregar, estoy seguro de que con eso vamos a salir adelante este mes. No se te olviden los libros, Joaquín, acuérdate de la historia del hombre que se quedó solo en el mundo sin nada que leer. ¿O se le rompieron los antejos? —se quedó pensativo un momento antes de seguir hablando—: Sábete, hijo, que te quiero. Con esas palabras, se despidió el héroe en una novela de caballería. Tú que estudias esas cosas, averigua de dónde salió una construcción tan rara.

Joaquín le dio un abrazo:

—No me voy a llevar los libros, pero yo también te quiero.

—Ven conmigo a la sala, me toca aleccionarte —interrumpió su madre, jalándolo de la mano.

El perro ocupaba una buena parte del sillón más cómodo. Joaquín se sentó a su lado y le rascó las orejas. Era una casa acogedora, en Coyoacán, con un pequeño jardín donde su madre pasaba la mayor parte de día.

—Es increíble que hayan logrado mantener a cinco hijos —le dijo Joaquín— y que, además, la casa esté siempre llena de flores.

—Lo que es increíble es que no haya estrangulado a tu papá —contestó su madre con una sonrisa.

Los pasos de Ana corriendo lo traen de vuelta al presente. Se pone una camisa de cuadros sobre la camiseta blanca y unas botas, y toma la cantimplora para llenarla de agua en la cocina.

—Te falta la navaja llena de cosas.

Le costó hacerse amigo de Ana, pero ahora entra y sale de su recámara como si fuera la suya, y no es raro que se despierte de una siesta para encontrarla dormida junto a él.

—Listo —contesta, subiéndola a sus hombros—. Cuidado con la cabeza.

En la cocina, Rosalío revisa la canasta de comida mientras Catalina descuelga por vigésima vez el teléfono. Si sigue descompuesto, cuando regresen, irá con Antonio a un pueblo desde donde pueda comunicarse con su hermana. Por lo pronto, intenta ayudar con los preparativos para el día de campo y desiste ante la expresión hostil de la cocinera. Antes de conocer a Antonio, se imaginaba que de casada pasaría la mayor parte del tiempo ocupándose de los asuntos domésticos, pero él ya estaba organizado cuando llegó a su vida y Catalina acabó comportándose como una invitada. Deberías imponerte, le recriminaba su madre cuando todavía estaba lúcida, es tu derecho y tu obligación. O su buena suerte que no sea esa su única función en la vida, intervenía Eugenia.

La llegada de Joaquín con Ana en los hombros la distrae. Piensa mandar a alguien a buscar a su marido, pero un trabajador le trae el recado de que no podrá ir con ellos a los manantiales.

—Espere un momento, señora —dice la cocinera al verlos encaminarse a las caballerizas—, deje le pongo el rosario a Ana. Ya está grandecita, pero uno nunca sabe.

Joaquín conoce la historia de los duendes que cuidan los veneros y sabe del miedo a que les roben el espíritu a los niños, por eso, le promete gritar el nombre de Ana cuando se alejen del agua. De esta manera, regresará sana, salva y completa.

El recorrido es agreste, y cabalgan en fila india. Las chicharras piden agua frotándose las alas, y los tábanos zumban alrededor de ellos. Algunos se prensan al cuello de los animales y al desprenderse dejan gotas de sangre. El polvo blancuzco que ha sustituido a la tierra negra se levanta con cada paso, se mete en los ojos, cubre el pelo, la cara. El sol los lastima mientras se adentran en la vegetación moribunda. Joaquín ve las lianas secas y las grietas en los troncos de los árboles. Todo tiene sed, piensa en voz alta, y su voz suena seca como el entorno. Qué distinto del camino sombreado a Santa Úrsula.

El manchón verde aparece de pronto, unas cuantas hectáreas bendecidas por los manantiales. Es un oasis que huele a tierra mojada. Joaquín ayuda a Noé a recoger leña y luego se sienta junto a Catalina en una piedra lisa que cubre en parte al manantial más grande. Ella se ha quitado los zapatos para mojarse los pies.

—No debería hacerlo —dice—, ahora no podrás beber.

—Si crees que eso me va a detener…

—Nada más te falta aventarte —contesta Catalina, viéndolo mojarse la cabeza.

Una libélula azul se detiene frente a ellos y los observa con sus ojos saltones. Cuando se va, Joaquín voltea a ver a Catalina.

—Me gustaría saber qué pasa por tu mente cuando te quedas así, perdida en tu propio mundo.

Algo en su manera de escuchar, en la actitud relajada y al mismo tiempo atenta de Joaquín, invita a las confidencias; como intentó hacerlo con Antonio, Catalina le cuenta los pormenores del día en que fue al asilo con su hermana. Le habla de su furia y de los cantos infantiles de su madre.

—¿Tu papá era agresivo con Eugenia, y tu mamá lo permitía? —pregunta Joaquín a media historia. Catalina suelta la ramita con que removía el agua.

—No, nunca era agresivo con ella.

—Entonces no entiendo —dice Joaquín, y es ella quien empieza a comprender.

Era una casa de campo pretenciosa, con estatuas en el jardín y un Tritón que escupía agua al centro de una fuente.

Aunque al padre de Catalina el rancho le parecía una monstruosidad, aceptó la invitación porque el dueño era político y podría utilizar sus influencias en el futuro. Había decidido dejar a su mujer en casa e ir él solo con sus hijas, a veces le gustaba representar el papel de padre abnegado. La comida era para más de cien personas y, aun así, a su entrada, las miradas se volvieron hacia él. Un hombre de una belleza fuera de lo común, con una hija de cada mano. Catalina caminaba distraída, sin saber dónde detener la vista: en la fuente, en los enormes floreros con plumas de pavorreal o en los sombreros de las mujeres. Eugenia iba con la espalda recta, muy seria, sintiendo la mano de su padre como una brasa. Pero esto no forma parte del recuerdo de Catalina, como tampoco el flirteo de la mujer que se sentó con ellos, el sabor de la comida o el discurso del anfitrión, seguido por el de su padre. Tampoco las risas de los invitados. El recuerdo empieza después, en una banca rodeada por estatuas de dioses griegos.

La mayoría de la gente se ha ido y Eugenia le cuenta la historia de los dioses. Su padre aparece entre Zeus y Poseidón, impecable en un traje de lino claro.

—Está borracho —susurra Eugenia.

Recuerda los pasos sobre la hierba y lo alto que era su padre, la sombra larga que las cubrió, la lentitud de Eugenia al levantarse. Quisiera no recordar las manos de su padre sobre su hermana, la rabia de él cuando Eugenia la puso por instinto frente a ella, el dolor por el empujón que la tiró al suelo cuando las apartó, las palabras: Siempre tienes que meterte entre nosotros.

El resto llega de golpe a su memoria: Eugenia la toma de la mano y pasan corriendo entre los dioses, el rayo de Zeus rompe su vestido. Oye la respiración de su padre a su espalda y el sollozo de Eugenia a su lado. Siguen corriendo a ciegas en la incipiente noche hasta rodar por un desnivel del terreno. Se abrazan con fuerza, rezando para que su padre no las descubra. Eugenia tiene las manos heladas. Aun así, con los dientes apretados para no temblar, le promete que la va a cuidar. ¿Quién la cuidaba a ella?

Ha pasado mucho tiempo desde aquella tarde, ya no hay razón para sentir el miedo como una mano apretándole la garganta. Intenta convencerse de que podrá olvidarlo todo. Eugenia se lo pidió esa noche: Vamos a encontrar un truco para olvidar lo de hoy, vamos a hacer un pacto de hermanas y nunca, nunca pensar en esto. ¿Cómo es posible que una simple pregunta haya hecho estallar su ceguera? No, su padre jamás era agresivo con Eugenia.

—Ahora entiendo por qué trabaja con niños de los que han abusado sexualmente —murmura.

—¡Puta madre! —exclama Joaquín, y añade de inmediato—: Perdón, no me esperaba esto.

—Creía que la adoraba… como un papá a su hija. ¡Qué idiota soy! ¡Y yo sintiéndome la única víctima!

Joaquín la ayuda a bajar de la piedra.

—Vamos a caminar, ven.

La toma del brazo y la lleva lejos de Ana. Ella se deja guiar por la vereda.

—No sé hasta dónde llegó mi padre, no quiero saber. Soy una cobarde. ¿Qué voy a decirle a Eugenia cuando llegue?

—No tienes que decir nada.

Catalina se detiene a medio camino y lo mira con una expresión que le recuerda a su hermana pequeña cuando le contaba que la habían molestado en la escuela. Como lo hubiera hecho con ella, le explica que en ese momento y en ese lugar todo está en orden y no debe permitir que su mente la haga sufrir llevándola al pasado o al futuro; que se concentre en lo que hay a su alrededor, en lo que puede tocar, que no trate de resolver ni de controlar nada. Catalina lo escucha con una confianza conmovedora y, al igual que su hermanita, asiente con la cabeza.

A lo lejos, se oyen gritos de emoción de Ana y la risa del caballerango. Catalina se limpia los ojos y se suena con el paliacate de Joaquín.

—¿Se nota que lloré?

—Parece que el polvo del camino te irritó los ojos.

—¿Tú crees que algunos recuerdos desaparecen y se llevan con ellos todas las huellas? —sigue preguntando ella.

—Creo que tenemos la capacidad de darle la vuelta al sufrimiento.

Catalina lo abraza con un gesto espontáneo y se dirigen hacia donde Noé prepara la comida. Hará un esfuerzo por olvidar de nuevo aquella tarde. Lo hará por Eugenia, porque se lo pidió.

Le han hablado de tantos animales desconocidos que Joaquín empieza a dudar si existen. Algunos harían la delicia de Cortázar, otros podrían pertenecer al mundo de Borges. ¿Cómo averiguar cuáles son verdaderos y cuáles un invento del imaginario colectivo? Notando su escepticismo, José le propone llevarlo a ver a un muchacho al que le picó un gusano luminoso llamado arlomo. Según la gente de Santa Úrsula, la víctima de esta luciérnaga venenosa que no sabe volar se llena de ampollas; al reventarse queman la piel. Si se desatiende, lo único que queda del enfermo son los huesos y los ojos. La cura está en la hierba donde vive el gusano, por eso, es importante saber reconocerla.

Para llegar a la casa del muchacho es necesario atravesar un callejón. En la salida, encuentran al Treinta.

—Devuélvanse —les ordena.

Gritos de mujer, un disparo, más gritos, dos disparos.

—¿Por quién vinieron? —pregunta José, sin dar un paso atrás.

—Por el Sombrita. Se lo habían advertido y no quiso entender.

Joaquín toma del brazo a José.

—Vámonos, después averigua.

Pero él continúa sin moverse.

—Por qué tres disparos.

El Treinta se encoge de hombros.

—Váyanse, o no respondo.

Otro disparo. El sonido seco se estrella contra la montaña.

—Vámonos —insiste Joaquín.

—Ya ni la friegan —dice José entre dientes. El Treinta le da un empujón:

—Moviéndose. Se puede poner feo.

Para alivio de Joaquín, su amigo por fin acepta irse. Cuando siente que se han alejado del peligro, pregunta, todavía en voz baja, quién es el Sombrita, pero José guarda silencio hasta llegar a su casa. Ulises había oído los balazos y lo encuentran detrás de una silla, con los ojos desorbitados de miedo.

—¿Le van a mochar a alguien la cabeza, como a los muertos del bordo? —susurra.

José respira profundamente y abre los puños apretados.

—No le van a cortar nada a nadie. Muchacho pendejo, cuántas veces le advertí que no agarrara el negocio por su cuenta.

Tiene los ojos llenos de lágrimas y le tiembla la boca. Sin embargo, cuando le ordena a Joaquín que se coma una tortilla para evitar la diabetes de susto, su voz es firme.

Los ruidos cotidianos resurgen poco a poco. Primero los pájaros, después los perros, los niños y las mujeres. Las voces de los hombres tardan más.

—Era uno de los chavales que cuidan los sembradíos de mariguana —dice José—. Su papá los abandonó y él aceptó el trabajo para tener con qué mantener a su mamá y a sus hermanos. Si se hubiera estado ahí nomás, calladito en lo suyo, no lo hubieran matado, pero seguro se quiso pasar de listo y vender por su cuenta.

Joaquín va a contestar cuando el Treinta se asoma por la puerta para pedirle a José que ayude a la familia. Ni modo que vaya él.

—¿Estabas al tanto, hijo de la chingada?

—Qué no, carajos. El Sombrita también me pesa a mí.

José lo mira a los ojos un momento y después pregunta, más tranquilo:

—Por qué tantos disparos.

—Novatos. Ya estuvo bueno de plática, apúrate.

—¿Me vas a dejar aquí solo, papá? —interrumpe Ulises.

—Yo me puedo quedar —se ofrece el Treinta—. Usted váyase a Colutla, Joaquín.

José coge su sombrero y, ya en la puerta, le encarga al Treinta que ponga a cocer la olla de los frijoles.

El camino a Colutla le parece eterno a Joaquín, cualquier movimiento detrás de los arbustos lo sobresalta. La Mora percibe su nerviosismo y sólo relaja las orejas al llegar a las primeras casas. El reloj de la iglesia toca siete campanadas, es la hora en que los pájaros se callan y los grillos aún no empiezan a chirriar. Una figura aparece envuelta en la luz sucia de polvo. ¿Un espíritu? En el atardecer de Colutla, cualquier cosa es posible. Joaquín se detiene y espera que la tierra se aplaque. La silueta se va definiendo hasta convertirse en una mujer. Lleva una mochila al hombro y está vestida con un pantalón de mezclilla luida y una blusa de manta. Aunque a primera vista no se parece a Catalina —es más alta y tiene el pelo castaño—, cuando se acerca, Joaquín sabe que es su hermana.

—¿Eugenia? —pregunta, bajándose de la yegua.

—Y tú debes ser el antropólogo, Catalina me habló de ti —contesta ella, mientras acaricia a la Mora.

El pelo recogido de Eugenia realza su cuello largo y Joaquín piensa que nunca ha visto unos ojos como los suyos.

—Llegaste sola —le dice con una sonrisa—. Se supone que irían a buscarte.

—Me las arreglo bien. Bueno, no tan bien… Me equivoqué de autobús y tuve que pedirle aventón a un cañero.

—Creo que también te equivocaste de día, te esperaban mañana —dice Joaquín, recordando la impaciencia de Catalina.

—Sí, me di cuenta en el camino. Espero que a Antonio no le importe.

—Al contrario, le dará gusto.

Eugenia deja de acariciar a la Mora para preguntar cómo está su hermana.

—Tiene muchas ganas de verte.

—Cuando hablamos por teléfono, se oía preocupada. No entendí bien, la comunicación era pésima.

—Me contó que trabajas en Médicos sin Fronteras —se evade Joaquín—. ¿Llevas mucho tiempo?

—En Médicos sin Fronteras, sí. En el Congo, unos meses, no sé cuántos, allá es fácil perder la noción del tiempo. Y tú, bien a bien, ¿a qué te dedicas?

Joaquín le habla de su proyecto y le sorprende su interés. Quiere saber la diferencia entre mito y leyenda, por qué escogió un pueblo de la Sierra Madre Occidental, cómo reacciona la gente ante alguien que hace tantas preguntas.

—Estoy igual a ti —se interrumpe a media frase, y añade, riendo—: para que veas lo que se siente.

La casa del siglo XVII a la que se llega por una ancha escalera de piedra aparece al fondo del camino. Una puerta de madera decorada con algunos chapetones de bronce, restos del antiguo esplendor, se abre hacia el patio rodeado de columnas. Joaquín ha vivido más de un mes ahí y todavía se impresiona cada vez que la percibe, imponente y solitaria, frente a la iglesia del mismo siglo.

Noé sale de las caballerizas para desensillar a la Mora. Al ver a Eugenia, su expresión se ilumina. Ella le da un abrazo y platican como si retomaran una conversación. Catalina poda los jazmines del patio cuando oye a su hermana. Deja las tijeras en una maceta y baja corriendo la escalera.

Colutla, 29 de julio de 2013

Adolescente muerto en Santa Úrsula.

Joaquín se detiene porque le tiemblan las manos. Mientras platicó con Eugenia, fue como si otra persona hubiera estado en Santa Úrsula durante la balacera; ahora, el significado de lo que sucedió lo abruma. ¿Cómo compaginar la amenaza constante en la que vive la gente de la región con la paz que suele respirarse? ¿Cómo entender la actitud de José, que le pide a un reconocido matón que cuide a su hijo y, además, ponga a cocer frijoles? Una risa nerviosa lo sacude al imaginarse al Treinta de ama de casa. Se pasa una mano por la cara y vuelve a sus notas, pero se levanta a los pocos minutos y sale rumbo a la cocina. Necesita moverse.

La habitación de Eugenia está abierta. Sentada en la cama, Ana abre un paquete pequeño. Cuando logra arrancar el último pedazo de papel, descubre la miniatura de una máscara *kifwebe*. La voltea por todos lados, observa los ojos rasgados, la boca en forma de corcho y la nariz aplastada, después mira a Eugenia y ella le explica que es el símbolo femenino de la pureza, la paz, la luna y la luz y, en el Congo, tiene poderes mágicos. Ana abre la caja de sus tesoros y la guarda entre una pluma de lechuza y un cascabel de víbora que Joaquín le regaló.

Cuando se queda sola, Eugenia se desviste frente al espejo del baño y pasea los dedos por el contorno de una cicatriz en el hombro. Kaysha se llama el niño que la mordió mientras le revisaban un absceso. Te va a quedar una marca muy bonita, bromeó Mark, el director de la clínica en el Congo, al curarla. Kaysha tiene buenos dientes. Arrepentido de haberla mordido, durante el tiempo que estuvo en el hospital, el pequeño le regalaba algo todos los días: un trozo de tela robada, una rana o un escarabajo, una piedra lisa… y, lo más valioso, un diente de leche que se arrancó para ella. Se ha enamorado de ti, le decía Mark, y ella se sentía halagada y muy triste. Una tarde, el niño le confesó que le hubiera gustado ser cantante o comerciante. No había cumplido ocho años y hablaba como un anciano que repasa las posibilidades truncadas de su vida.

Eugenia acaricia la cicatriz con un movimiento que se ha convertido en ritual. Ojalá la tenga siempre, será un recuerdo de Kaysha.

El agua tibia de la regadera la hace suspirar. Le gusta sentir cómo aparece su piel bajo la capa de polvo, la textura del pelo limpio. Podría quedarse horas bajo el chorro de agua transparente, tan distinta a la turbia del campamento en el Congo. Me voy a dar permiso, piensa cuando el agua se enfría.

La bata de baño está deshilachada y la marca del fierro de la hacienda que aparece en todas partes se ha deslavado, pero huele delicioso, a una mezcla de cítricos y lavanda. Es un lujo envolverse en ella. Se seca el pelo con una toalla más pequeña y se peina frente a un patio solitario, excepto por una tortuga que camina con dignidad entre las piedras. También están acomodadas para formar el fierro de la hacienda… Vaya obsesión por mantener un mundo que se derrumba a todas luces. Sin embargo, lo que en su padre le hubiera parecido ridículo, no lo juzga en Antonio.

La noche sin luna ha caído sobre Colutla, una oscuridad matizada por las escasas estrellas que brillan entre las nubes. El aire huele a lluvia y, en el campo, las hojas del maíz se abren con un suave crujido.

Eugenia se ha puesto un vestido de manta roja y unas sandalias que descubren los pies de uñas ovaladas. El pelo suelto le cae sobre los hombros y su piel lisa, del tono de la canela, contrasta con sus ojos color miel, delineados por pestañas negras. Un lunar bajo el ojo derecho es la única imperfección en su piel. Sebastián tenía razón, es difícil dejar de verla. Un zancudo se instala en su cuello y Joaquín alarga una mano para ahuyentarlo.

—Nunca me pican —dice ella—, no les gusta mi sangre.

—La mía sí —reclama Ana y se rasca con furia una rodilla. Eugenia le hace una cruz con la uña.

—Así se le quitaba la comezón a tu mamá de niña.

—Cuéntame el cuento del brujo que convierte a la reina en venado y al príncipe en gato —le pide Ana, dejando los cubiertos para centrar toda su atención en ella.

—Todavía te acuerdas, ¡qué buena memoria tienes! A ver si la mía es igual: En un país donde las hadas y los magos vivían entre la gente…

La presencia de Eugenia ha transformado el entorno. Incluso Rosalío parece de buen humor y sonríe cuando le pregunta por su familia. Catalina se levanta a abrir la puerta del jardín y al pasar junto a su hermana, le acaricia el brazo. Los cambios de voltaje llenan de sombras movedizas las paredes y la luz atrae a un mayate empeñado en chocar contra alguien. Rosalío lo atrapa con una servilleta, pero entran otro y otro más. Mejor acabarse el postre deprisa y tomar el té en la sala, donde los reciben insectos menos torpes. Eugenia les cuenta de las hormigas del Congo que devoran todo a su paso y, por si fuera poco, saben nadar. Ana escucha con los ojos muy abiertos.

—No te preocupes —le dice Eugenia al darse cuenta de que la ha asustado—. Aquí lo más que puede pasar es que nos piquen los moscos o que un mayate distraído choque contra nosotros.

Cuando la infusión de azahar adormece a Ana, Antonio la lleva a su cama y acomoda el mosquitero para que no quede la mínima apertura.

Una parte de Eugenia se resiste a estar en México y no la deja dormir. África la quiere de regreso. Cierra los ojos y ve la vegetación exuberante, las montañas que se suceden unas a otras hasta el horizonte, los ríos. Los abre y piensa en la clínica del Congo. Su primera impresión no fue muy distinta de la del orfanatorio en un basurero donde trabajó en México: las paredes estaban encaladas, y el piso era de cemento pintado de blanco. Entre las camas de fierro, había burós del mismo material, y del techo colgaban focos sin pantalla. Exhausta por el viaje, agradeció que Mark la acompañara a cenar galletas con atún y le ordenara que se fuera a dormir. Ya habría tiempo al día siguiente para explicarle qué esperaban de su trabajo. Su habitación era un cuarto de tres por tres con un catre, una silla y un tubo para colgar la ropa. Una luz neón entraba del pasillo donde estaba el baño. Eugenia cubrió el vidrio con la toalla que había en la silla, se tendió en el catre y se quedó dormida.

La despertó el olor. Una lluvia fuera de temporada había removido la basura, sumergiendo al campamento en una nube tóxica. Se cubrió la nariz con lo primero que sacó de su mochila y salió en busca de aire fresco, pero afuera la pestilencia a cuerpos en descomposición era insoportable. Entró de nuevo al campamento, abrió a ciegas una puerta y vomitó sobre el piso blanco. Era el despacho de Mark. El médico le recogió el pelo para que no se ensuciara mientras seguía vomitando, después impregnó un pañuelo con alcohol y se lo dio a oler. Perdón, se disculpó Eugenia, respirando el alcohol como si fuera oxígeno, no sé qué tengo, en México trabajé en unos basureros y nunca me pasó esto. El olor aquí es diferente, contestó él, a todos nos sucede lo mismo cuando llegamos. Aunque ahora te parezca difícil de creer, acabarás por acostumbrarte. En eso, Mark se equivocaba: se aprende a vivir con él, pero cuando desaparece, el primer instinto es respirar profundamente.

Esa semana se le fue en una lucha por no vomitar cada vez que la lluvia removía el olor. Por eso, no le llamó la atención la ausencia de enfermos hasta el día en que la despertaron a medianoche para que ayudara a recibir a un grupo de refugiados. En México, había tenido contacto con enfermedades devastadoras como la lepra, pero nada prepara para las filas de seres humanos mutilados, el murmullo de sufrimiento que los envuelve, las llagas abiertas repletas de moscas; el olor del miedo, un sudor ácido que se impregna en la ropa y altera a los perros. Para la impotencia, esa constante en el Congo.

¿En qué ayudo?, le preguntó a Walter, el otro médico de la clínica, cuando pasó deprisa junto a ella. No estorbes, contestó. Qué hago, le dijo a Mark, pero toda su concentración estaba en una anciana que se cubría el ojo con una mano. Un chorro de sangre escurría por su muñeca. En el otro extremo del grupo, Wamba —el brazo derecho de Mark— sostenía a un hombre esquelético. El resto de la gente se dirigía por su propia cuenta al refugio. Sintiéndose inútil, Eugenia entró a la clínica y le preguntó a una enfermera nigeriana si necesitaba ayuda. Con una sonrisa, ella se hizo a un lado para dejarla acabar de tender una cama. Siempre agradecerá el gesto. La enfermera se llama Joy y cree en la importancia de serle fiel a su nombre.

Para cuando acabaron de organizar a los refugiados, Eugenia había revisado las camas impecables y se sentía de nuevo inútil. Hablas francés, espero, no te quedes ahí parada, gritó Walter, y añadió señalando a una niña en un rincón: Ve con ella, muévete.

Los ojos enormes de la pequeña dejaban al descubierto gran parte de lo blanco. Le daba miedo cerrarlos y volver a ver la masacre en su aldea. Esto lo supo Eugenia por Joy tiempo después, como también que su nombre era Sarabi: espejismo. Antes de que la enfermera llegara a salvarlas de su incapacidad, lo único que ella había logrado era asustar aún más a la niña. Cualquier movimiento suyo hacía que echara la cabeza hacia atrás con una mueca que descubría los dientes. Joy se acercó despacio y, acuclillándose frente a Sarabi, repitió lo mismo hasta que la pequeña parpadeó: *Uko salama*, es decir, estás a salvo.

Encontraron a don Faustino muerto bajo el huamúchil del camposanto; la gente murmura que fue a morirse ahí a propósito, para ahorrarles el trabajo a los vivos de cargarlo desde el pueblo. El eco sordo de las campanas sube desde Colutla, rebota contra el acantilado y regresa como ola al cementerio. Las nubes se acumulan a lo lejos mientras que en Santa Úrsula un sol radiante despide al viejo acólito. Acodado en una barda de piedra, con su eterno cigarro en la boca, el Treinta vigila la entrada. Aunque a primera vista todo parece igual después de la balacera, algunas señales denotan un cambio en la atmósfera: el sobresalto ante un ruido inesperado, miradas de reojo, silencios.

A un lado del Treinta, José mantiene la vista en el suelo. De vez en cuando, se pasa una mano por la cara y entonces el asesino a sueldo le aprieta el hombro. Ulises llora sin disimularlo.

Los sepultureros cavan la tierra reblandecida por la semana de lluvia. Joaquín observa sus movimientos acompasados y el montículo cada vez mayor junto al agujero. Del otro lado está el cuerpo envuelto en mantas. José hubiera querido comprarle un ataúd, pero hace tiempo don Faustino le confesó que le daría miedo estar encerrado en una caja de madera. Dejando escapar un suspiro, recuerda su paciencia con él cuando era niño; su compañía durante la adolescencia, después de la muerte de sus padres; sus conversaciones, ya de adulto; la culpa que cargó por haber permitido que enterraran al niño en el bordo de la presa.

Las paladas se detienen. Es el momento de decir una oración. El Treinta le da un leve empujón y José por fin levanta la vista y se acerca a la tumba recién cavada. Reza un padrenuestro y un avemaría, le pide a Dios por el eterno descanso de su amigo y les hace una seña a los sepultureros. Cuatro hombres asen las cuerdas con las que han amarrado al difunto para bajarlo hasta el fondo; otro hombre vacía un costal de cal sobre el cuerpo, una mujer lanza flores blancas que recogió del monte, otra más salpica agua bendita. Es todo. Las paladas empiezan de nuevo. El montículo disminuye deprisa y cuando la tierra está debidamente apisonada, José acomoda una cruz de mezquite: "Faustino Martínez: 1922-2013".

Joaquín se inclina a dejar la corona de flores que compró en Colutla, y cuando se incorpora, el Treinta le dice en voz baja:

—Hágase el disimulado un rato y alcánceme en la piedra del catrín.

Joaquín platica un momento con la partera. Es una mujer alta y fuerte, de carácter recio. Además de traer niños al mundo, tiene un jardín lleno de plantas medicinales y una lechuza que sale a cazar de noche y regresa de madrugada a dormitar en una viga del patio. Los adultos le tienen miedo, sobre todo cuando abre los ojos que parecen anunciar la muerte. Los niños, en cambio, se sienten seguros en casa de quien los trajo al mundo. Vienen a que les platique cómo nacieron, le ha contado a Joaquín. Entre más feos les digo que estaban, más contentos se van. Es la única persona adulta que lo tutea en Santa Úrsula y ha pasado una buena cantidad de tiempo platicando con ella bajo la mirada amarilla de la lechuza.

—Ven a visitarme un día de éstos —le dice en la salida del camposanto—. Hice ponche de granada.

—Te llevo tequila para echarle un chorrito —contesta Joaquín.

A pesar de que su relación con el Treinta es cordial, lo alivia ver también a José.

—Le pedí a Sansón que le explicara cómo están las cosas, no le vayan a sacar un susto —le dice en cuanto se acerca.

El Treinta arroja al piso el cigarro y lo apaga con la bota:

—A nadie le conviene otro muerto, así que pare bien las orejas. Hasta que mataron al Sombrita, el pleito por la plaza de Colutla y sus alrededores era entre los líderes de la región.

El caso es que la noche de la balacera se apersonó en mi casa un vale amigo nuestro desde chiquillos. ¿Digo bien, José?

—Dices bien.

—Para no hacerle el cuento largo, resulta que ultimadamente se involucró con una organización nueva, más poderosa y, como le digo que es buen amigo, vino a avisarme que nos andemos con cuidado.

—Y qué tengo que ver yo en el asunto —pregunta Joaquín.

—Si se queda callado y no sale con alguna tarugada de querer denunciar y esas chingaderas, nada.

—No entiendo por qué me lo cuentan, ni me hubiera enterado.

—Ahí está la cosa. Se va a enterar. De un modo u otro, se va a enterar. Anteanoche llegaron a posicionarse los Halcones, los va a ver usted mismo: uno en el cruce del camino a Aguaprieta, otro pasando el río, y el último ya casi llegando a Colutla, a un lado de la cruz.

—Los Halcones se ocupan de avisarle a los de arriba si llega el ejército o la Federal —le explica José—. Por eso, lo estamos poniendo al tanto, no vaya a hacerle la pregunta equivocada a la persona equivocada. Vaya y venga como antes, nomás cuídese de no hablar de más —y agrega, dándole un cuaderno—: Tenga, son las notas que hacía don Faustino para usted.

Joaquín lo recibe por instinto. En ese momento, lo último que le interesa es su trabajo.

—¿Y si son ellos los que me hacen preguntas a mí?

—Nadie le va a preguntar nada —contesta el Treinta—. No tiene ninguna información que les interese.

—Pero, ¿si llegaran a preguntarme?

—Diga la verdad.

José intenta tranquilizarlo:

—Mientras siga las reglas, va a estar seguro.

Joaquín lo observa con escepticismo y él le da una palmada en el hombro.

—Nunca le he quedado mal, ¿o sí? Como dice Sansón, usted no les interesa. Nada más no ande metiendo las narices donde no lo llaman.

—Concéntrese en su trabajo —interrumpe el Treinta—, no se agüite —y añade, como si se tratara de un niño—: ¿No le da curiosidad la libreta del viejo?

Se nota que el Treinta sabe de lo que habla, por algo el padre de Laderilla confía en él para que lo acompañe en sus recorridos por territorios peligrosos. Sin embargo, lo que convenció a Joaquín de seguir sus consejos y no salir huyendo de la ranchería no fueron ni él ni la confianza que le inspira José. Fue ese ambiente mágico que envuelve también a Colutla y que, a pesar del asesinato, se resiste a abandonar.

Al abrir el cuaderno de don Faustino, descubre una letra cuidadosa y muchos dibujos. Lo imagina concentrado en cada trazo.

La onza viene siendo de la familia de los animales de uña. Su tamaño es como el de un perro grande y su ferocidad como la del changoleón y su inteligencia como la de uno. Es habitante de la sierra y tiene sus bien sabidas diferencias con el mentado changoleón. A él se le mira en las tierras bajas y sabe esconderse en los cañaverales. Es negro y de piel brillosa, cola larga como de una cuarta y peluda. Aunque es tímido, no hay que hacerle confianza. La onza es jaspeada y tiene la cola más larga y más pelada. En la Antigüedad, seguido se comía a uno que otro cristiano hasta que se malició que le tiene miedo a las sogas. Por eso, los hombres de a caballo sueltan la soga detrás de ellos, de modo que la onza no se les arrime.

Para concentrarse en el escrito de don Faustino, Joaquín lee en voz alta, pero con cada ruido se asoma a ver si Antonio llega del ingenio. Necesita saber qué tan informado está sobre el crimen organizado en la región. Después de la conversación con el Treinta y José, se siente responsable de la seguridad de la familia. La tarde en que regresó del entierro no pudo evitar mirar de reojo a los Halcones en sus puestos de vigilancia. Eran hombres comunes y corrientes, a primera vista, desarmados.

Hojea de nuevo el cuaderno del viejo acólito. Una frase cerca del final llama su atención:

El pueblo se echó a perder para siempre después de eso. La tierra ya no es la misma, ya hasta los animales que antes bajaban del cerro nos tienen miedo, sabedores de nuestra grandísima maldad. Que Dios nos perdone.

Joaquín pasa las páginas hacia atrás y empieza a leer desde el principio:

Después del diluvio universal, Dios les prometió a sus hijos que no iba a acabar con ellos de ese modo. Pero nosotros, los hombres de Santa Úrsula, somos incrédulos por nación, y a sabiendas de que era cosa mala, enterramos a un niño que se había muerto en la inundación. Pedro Virgen Sención era su apelativo completo. La tierra desgajada del cerro enterró a su familia, y a él lo hallamos de puro milagro abajo de un mezquite que el agua arrancó. Seguía lloviendo, como si no fuera a parar nunca de llover. Se oían lloridos por dondequiera y los gritos de los perros lastimados que ya no sabían ladrar. En las nubes renegridas se había abierto un portillo y por ahí se vislumbraba un pedacito de cielo. Pensamos que era una señal, eso quisimos pensar los hombres. Las mujeres tenían otros piensos, ellas son inocentes de lo que hicimos. Yo me confesé con el señor cura que teníamos entonces, cuando el pueblo no se había jodido. También me confesé con el de Colutla y fui de rodillas a ver a la Virgen de Talpa aunque no creo que ni por ésas Dios me perdone los muchos años de purgatorio que merezco, porque yo fui el de la idea. Había oído que se acostumbra enterrar a un niño en los bordos para que avise si va a inundarse el pueblo y había pensado que estaba mal. Para eso está el camposanto con su suelo bendito. Lo otro es herejía. Cambié de parecer a mi conveniencia el día que nos tocó a nosotros y el que salió perdiendo fue Pedrito. Lo enterramos justo en medio de la compuerta, ni muy arriba ni tan abajo, y lo encementamos bien. Ya ni cómo sacarlo después, ya ni cómo sepultarlo como Dios manda en el camposanto. El pueblo se echó a perder después de eso. La tierra ya no es la misma, ya hasta los animales que bajaban del cerro nos tienen miedo, sabedores de nuestra grandísima maldad. Que Dios nos perdone. Por eso, digo que a mi tanteo los narcos de ahora, no los mariguanos de antes, de los que siempre ha habido en estas tierras de en medio, se van a apropiar del pueblo y van a hacer desde aquí sus maldades. Pensarán que somos sus iguales, que también nos aconseja Satanás. Yo estoy por retirarme de este valle de lágrimas y es por este motivo que escribo en esta libreta mis piensos y mis vivencias, ojalá los que se quedan aprendan de lo que hicimos los viejos y oigan mis advertencias. Porque el infierno es muy grande y dura una eternidad.

Un murmullo en el patio hace que Joaquín levante la vista; es viento entre las ramas. Le gustan los sonidos de la casa al atardecer: de las caballerizas, le llegan las voces de Noé y de Ana, que extienden juntos la alfalfa en el pesebre; del jardín, el escándalo de los pájaros. Un poco más tarde, las lechuzas saldrán del campanario y sus gritos sustituirán la algarabía de las calandrias. Joaquín piensa en sus rutinarios vuelos mientras observa a tres golondrinas con el pico desproporcionado apretujarse en su nido. La luz tiñe el aire de anaranjado y transforma la caída de las semillas de laurel en una lluvia dorada.

Si nada más hubiera estado presente en el asesinato del muchacho, si no hubiera tenido que atravesar el sembradío de marihuana de camino a Laderilla, si José y el Treinta no le hubieran advertido sobre los Halcones… entonces podría continuar con su trabajo pensando que lo del muchacho fue un acontecimiento aislado. Ahora tiene demasiada información.

Se pregunta cómo ha logrado una relación casi de amistad con un asesino a sueldo. El papel del Treinta en el negocio de la droga es una incógnita, lo único seguro es que los altos mandos lo respetan. En una de sus pláticas con don Faustino, insinuó que quizá no había matado a nadie: es difícil hacer coincidir la imagen del hombre de plática amena, cariñoso con los niños, con la de un sicario. La respuesta del anciano fue contundente: No se haga bolas, sabe matar. Y cuando no está matando, es a todo dar, piensa Joaquín con ironía.

El poco tiempo que lleva trabajando en Santa Úrsula le ha enseñado más acerca del ser humano que el conjunto de sus estudios anteriores, y ha reforzado la importancia de conocer el pensamiento profundo de las comunidades. Recuerda la expedición organizada por Santiago Genovés para determinar las causas de la violencia en el ser humano. Sus declaraciones, adoptadas por la UNESCO, establecen que el principal detonante es la búsqueda del poder. No existe ningún factor que la determine biológicamente, no es genética ni herencia de nuestro pasado animal, sino netamente cultural. Lo sorprendente es que la mayoría de las opiniones coinciden en su inutilidad para la supervivencia de nuestra especie.

Joaquín apoya la nuca en las manos entrelazadas y observa con una sonrisa al murciélago en su rincón del techo. Cualquier elemento que cimbre la teoría de ser simples vehículos de ADN lo alegra, y lo inútil o superfluo para la supervivencia del ser humano es uno de ellos. Oyó hablar de esta teoría por primera vez cuando ingresó a la universidad. Todavía recuerda la angustia al sentir cómo se tambaleaba su visión de la vida basada en la trascendencia, el vértigo de no ser más que un vil recipiente de ácido desoxirribonucleico. Aunque las preguntas existenciales lo atormentan menos, a menudo lucha contra la sensación de ser parte de una maquinaria, de que el libre albedrío es una ilusión. Entonces sus anclas son el arte, las leyendas y los artículos científicos que lo hacen emocionarse ante la elegancia de lo que a primera vista parecería de una desalentadora complejidad. Las cadenas de ácido desoxirribonucleico son un buen ejemplo de ello: toda la información de la vida condensada en una estructura armoniosa y sencilla. En los campos abiertos de Colutla, en la soledad del camino a Santa Úrsula, en las noches repletas de estrellas o en el rugido de las nubes, reconoce algo mucho más grande y maravilloso de lo que nuestra mente es capaz de imaginar. La muerte del Sombrita y la conversación con el Treinta no han hecho nada para resquebrajar esta intuición, pero sí para preocuparlo seriamente. Necesita saber si Antonio está al tanto de lo que ocurre en el monte.

Lo encuentra revisando la contabilidad en su oficina, un cuarto pequeño y mal iluminado que huele a aceite para motor.

—¿Qué te trae por aquí? —le pregunta con una sonrisa de bienvenida—. Me gustaría ofrecerte algo de tomar, pero sólo tengo agua.

—Estoy bien, gracias —contesta Joaquín, sentándose frente a él en una silla destartalada.

—Cuidado —le advierte Antonio—, está coja. Nunca tengo tiempo de arreglar este cuartucho. Era la oficina de mi padre, un hombre austero, como verás.

—Igual que tú.

—Yo soy más bien perezoso —y añade—: Te ves preocupado. ¿Sucede algo?

Joaquín se levanta a cerrar la puerta y le cuenta sin más preámbulos su conversación en Santa Úrsula.

—Me preocupa tu familia. Los paseos por el campo…

Antonio lo interrumpe:

—Te lo agradezco, pero estos asuntos es mejor ignorarlos. Aquí siempre ha habido conflictos y muertos a balazos. Mientras nos mantengamos al margen, no pasa nada.

—Según el Treinta, la cosa se ha puesto peor, y ahora hay que tener cuidado —sigue diciendo Joaquín.

—El único cuidado es no involucrarse.

—Perdón que insista: los grupos nuevos ya no se conforman con vender un poco de marihuana por aquí y por allá. Éstos le entran a todo: extorsiones, secuestros, derecho de piso…

Antonio vuelve a interrumpirlo:

—¿Y qué se supone que debo hacer? ¿Dejar la casa en manos de Rosalío y el ingenio en las del gerente para irme a la capital, donde, dicho sea de paso, también hay todo eso?

—Creo que hay que tener más cuidado.

—Te repito que lo mejor es seguir como si nada pasara y enterarse de lo menos posible.

—La técnica del avestruz.

Antonio guarda silencio. Lo único que delata su enojo es un músculo tenso en la quijada.

—No quiero ofenderte, eres mi invitado, pero conozco mejor que tú este lugar.

—¿No te da miedo que Catalina salga a pasear sola? —pregunta Joaquín y Antonio se levanta a abrir la puerta.

—Sé cuidar a mi familia.

—Eso me queda claro. Sin embargo, a veces la mirada de alguien de afuera…

—Ya me diste tu opinión, gracias. Nos vemos más tarde.

Joaquín hace un gesto de impotencia cuando la puerta se cierra detrás de él. Un obrero se acerca para pedirle la hora, y sus compañeros se burlan diciéndole banquetero, no aguanta ni una hora de trabajo duro. El ambiente despreocupado parece darle la razón a Antonio.

El río que baja de Laderilla se desbordó, y para llegar a Santa Úrsula, Joaquín tendría que dar un largo rodeo, así que se ha quedado la última semana en la hacienda. Por la mañana, ordena sus notas y, después de comer, se reúne en la sala con las hermanas, donde leen o él y Eugenia platican mientras Catalina le enseña a Ana a dibujar. Joaquín desconoce el pacto que hizo Catalina consigo misma para olvidar una parte del pasado y le intriga su actitud aparentemente tranquila después de lo que le contó en los manantiales. Tampoco sabe lo que le cuesta controlar la conmoción que le causa estar en el mismo cuarto que él.

Sebastián le había dicho que Eugenia era aún más seductora que su hermana, y era verdad. No son solamente la piel ni los ojos que brillan como si estuvieran llenos de sol. Es la pasión que transmite, la manera de observarlo todo con interés. La calidez de su sonrisa. Es difícil creer que su padre haya abusado de ella. Aunque, ¿qué sabe él, en realidad? Su conversación con Catalina fue entrecortada y pudo haberla malinterpretado.

Durante una de esas tardes, con Ana dormida en el regazo, Eugenia habla por primera vez de África.

—El Congo es el infierno —dice, asegurándose antes de que la niña no se haya despertado—: erosión, agua contaminada, enfermedades, plagas, violencia, hambre… Lo que diga es poco. Y, en medio de la devastación, el horror de los niños violados. Sí, también niños hombres. El abuso sexual se ha convertido en una forma de control, un modo de establecer supremacías. Qué impotente me sentía cuando llegué. Muchas veces estuve a punto de regresar a México, hasta el día en que una niña murió en mis brazos. Entonces supe sin lugar a dudas que debía quedarme. Haber estado con ella hasta el final, tocarla de manera que recordara, o descubriera, que el contacto físico puede ser bueno, hizo que valiera la pena.

Los ojos se le llenan de lágrimas; su emoción conmueve a Joaquín.

—La enterramos en un cementerio improvisado por unos misioneros a unos kilómetros del campamento. Como no tenía familia, Mark y yo nos hicimos cargo.

—¿Mark es el médico del que me has hablado? —pregunta Catalina, y Joaquín se siente absurdamente celoso.

—Sí, es el director de la clínica. Buscamos un espacio sombreado, junto a una pila de agua limpia, y le pusimos una cruz y un nombre nigeriano: Adamá, que significa preciosa. Esto es lo que más me duele de los niños lastimados, que nunca sepan lo valiosos que son.

Hace una pausa para acomodar a Ana y continúa, dirigiéndose esta vez a su hermana:

—¿Cuándo se vuelve un monstruo el ser humano, Catalina? —y ahora ve también a Joaquín—: Algunos chiquitos ya tienen la mirada dura. La mayoría no, pero sí ves en ellos una enorme desesperanza. ¿Será eso lo que los vuelve capaces de tanta maldad cuando crecen? ¿Haber perdido la esperanza?

—Detente —la interrumpe Catalina—, me da demasiada tristeza.

Eugenia le acaricia el pelo a Ana.

—Tienes razón, una vez que empiezo a hablar de esto, me cuesta detenerme.

Sigue protegiendo a su hermana, piensa Joaquín, y a pesar de que quisiera seguir escuchando, respeta el silencio.

Eugenia se sirve agua de la jarra que le han dejado en el buró y vuelve a cubrirla con la servilleta bordada. Después del campamento, Colutla le parece sofisticada. ¿Será que percibimos el mundo mediante comparaciones?, se pregunta. De ser así, quizá lo que un día nos parece de vital importancia, al otro puede sernos indiferente... Eso pensó cuando Joaquín le contó del asesinato en Santa Úrsula. Y se sintió mal por pensarlo: un muerto es un muerto, desde donde se quiera ver, y el de la ranchería era, además, un muchacho. Pero fue una muerte rápida, y él era conciente de las implicaciones de su trabajo. Lo que sucede en el Congo es distinto, y nada atenúa el horror de las violaciones sistemáticas. Para las mujeres, salir a buscar agua o leña se ha convertido en una actividad de alto riesgo. En México también pasan cosas terribles, claro que lo sabe, pero el país funciona y cierto grado de esperanza en un futuro mejor es razonable. Joaquín cuestiona su trabajo en África, cuando aquí hay tanto por hacer. Ella también se lo cuestionaba antes de vivir en la cotidianidad del infierno; ya no.

Le gustaría aprender alguno de los idiomas del Congo: swahili, kikongo, lingala, tshiluba... El francés obliga a los músculos de la cara a mantener la misma postura durante un lapso de tiempo, por eso, le parece que muchos congoleses sólo se ríen cuando hablan en su propio idioma. Porque desde el primer día, le sorprendió la risa en medio de la tragedia. ¿Qué te imaginabas?, le preguntó Mark. La mente siempre buscará consuelo. Una mente clara, despejada, lúcida. Una mente eficiente y compasiva, ése es Mark. Walter es distinto: cuesta descubrir al gran ser humano detrás del hombre siempre furioso. ¡Cómo gesticula cuando defiende a su pueblo! Los belgas no somos el rey Leopoldo, es la frase de ese voluntario en el país que su pueblo destruyó.

Eugenia se acuesta boca arriba, resignada a otra noche de insomnio. Lo mejor será dejar fluir los pensamientos y las imágenes. Ha aprendido que si opone resistencia lo único que consigue es agotarse.

Trata de ver la cara de Mark y sólo se definen sus ojos atentos. Él opina, contra todas las evidencias, que el ser humano es cada vez menos cruel. Argumenta que la conciencia del dolor del otro ha ido en aumento: ya nadie se atrevería a organizarse en familia para ir a ver una ejecución pública. Mucha gente busca ejecuciones por internet, contestó Eugenia la tarde en que lo discutieron. Sí, pero suelen hacerlo a escondidas, y eso me parece un adelanto, creo que la conciencia colectiva está cambiando.

¿Qué opinará Joaquín? Está informado sobre la situación del Congo, aunque le advirtió que la mayoría de sus conocimientos se basan en novelas. Ella había leído *La Biblia envenenada,* y llegó al campamento con la idea de que los misioneros eran como el fanático pastor del libro. Para que no se quedara con un punto de vista único, Mark le dio el texto donde otro pastor denunciaba, con riesgo de su propia vida, los crímenes del rey Leopoldo y a sus tropas de caníbales.

La historia ha estado y estará llena de líderes capaces de cualquier cosa para cumplir sus objetivos, eso no la sorprende, lo que la asusta son los personajes como el rey Leopoldo, considerado en su país un filántropo que promovía la civilización en África cuando, en realidad, bajo su mando asesinaron a diez millones de congoleses. Semejante incongruencia la hace dudar incluso de ella misma. ¿Podría convertirse en otra persona? Peor aún: ¿se daría cuenta? Ésta es una de las razones por las cuales le gusta estar con Mark, su estabilidad. Es la constante que todos buscan durante las crisis.

En el entierro de Adamá, después de acomodar la cruz en la que habían grabado el nombre y la fecha, fueron a visitar a los misioneros. En cierto momento, uno de ellos le preguntó a Mark si era creyente. Su respuesta la sorprendió: Sí, creo que alguien recibirá a Adamá. Ella hubiera asegurado que a una persona como él, que había vivido de cerca las peores abominaciones, la fe le parecería una superstición más. Entiendo que fueras creyente en tu campiña inglesa, le dijo de regreso al campamento, pero ¿aquí? Mi fe no tiene nada que ver con la razón, fue la respuesta de Mark. Y añadió con una sonrisa: A veces me siento infantil y, siempre, absolutamente irracional. Sin embargo, así es: en medio de todo esto, creo en un Dios compasivo. ¡Compasivo!, exclamó Eugenia. Si, como dice la Biblia, Dios hizo al hombre a su imagen y semejanza, ¿qué clase de Dios es? Cuando Mark iba a contestar, vieron a Wamba hacerles señas en el bordo del camino. Había ocurrido una nueva masacre y la clínica estaba rebasada. ¿En qué clase de Dios crees?, insistió, pero Mark ya se había bajado del coche y corría a ayudar a un hombre cubierto de sangre.

En el Congo, a ella el Dios con el que creció le parecía más verosímil que la divinidad compasiva de Mark: el suyo era sentencioso, vengativo, siempre listo para castigar, como en la historia de una niña buena que murió justo después de cometer la única maldad en su corta existencia y se fue al infierno. En Colutla, supone que si hubiera tenido la vida de Antonio, su Dios estaría ligado a los ciclos de la naturaleza. Su fe nunca ha sido consistente; dejó de rezar porque le molestaba la idea de tener que apaciguar por medio de alabanzas a un ser al acecho de nuestros errores. Durante años, para ella, los creyentes eran ilusos. Mark la hizo entender que el tema es más complejo.

El ruido de la lluvia la adormece y sus pensamientos se vuelven inconexos. Joaquín le habló de una Virgen que tiene a una niña en los brazos y le cantó una canción de Génesis. ¿O la historia de la Virgen surgió por esa canción? "Lilywhite Lilith, she gonna take you thru the tunnel of night, she gonna lead you right…"* A lo mejor la niña de la Virgen es Lilith que sale poco a poco de la oscuridad, le dijo Joaquín. ¿Hablaba en serio? Lilith, la primera esposa de Adán, la mujer representada como un demonio, envuelta en víboras, con una mueca de odio. Ésa es la imagen que nos han vendido, le dijo Joaquín, en realidad la condenaron porque no era abnegada. Le gustaría saber más, por eso, le pidió que la llevara a conocer a la Virgen de la niña, pero según él, el trayecto es peligroso… como si el Congo no lo fuera.

---

* "Lilywhite Lilith te llevará a través del túnel de la noche, ella te guiará por el camino correcto." (Traducción libre)

Catalina observa a su hermana platicar con Joaquín. Desde el primer día, sus discusiones han sido intensas, y en las últimas, Dios está en todas. Eugenia parece obsesionada con la religión, al único al que no le ha preguntado si es creyente es a Antonio: oírlo salir a misa de siete cada mañana es suficiente respuesta. Hasta ahora, Catalina nunca se había cuestionado la fe que le inculcaron de niña, y los argumentos de Eugenia la incomodan. Piensa cómo cambiar de tema cuando las palabras de Joaquín la sorprenden. En su esquema mental, un antropólogo es una persona atea, de izquierda, que fuma un poco de marihuana. Joaquín debería encajar en el molde en vez de decir que le gusta creer en un Dios con sentido de la estética.

Están tomando café en la terraza. Eugenia pierde la vista en la rama de un tabachín donde se balancea un pájaro de pecho amarillo, la alza y se encuentra con un cielo color jacaranda que empieza a cubrirse de nubes. El Dios del Congo no puede ser el mismo que el de esta tarde en la hacienda.

—Y ese Dios cuya mayor virtud, según tú, es el sentido de la estética, ¿por qué crearía a unos seres empeñados en destruir su obra? —le pregunta a Joaquín.

—Los hombres también construyen maravillas. No nada más obras físicas, sino en la imaginación. Piensa en una buena historia.

—Me haces sentir pesimista.

—¿Pesimista tú? No, lo que pasa es que yo nunca me he enfrentado a lo que has vivido en el Congo. En comparación, mi trabajo debe parecerte inútil.

Otros pájaros de pecho amarillo se posan en el tabachín y el barullo se mezcla con las voces.

—Al contrario. Además, el mundo sería insoportable si toda la gente se tomara las cosas tan en serio como yo —añade Eugenia.

—Eres apasionada —contesta Joaquín.

Su tono cercano, íntimo, crea en Catalina una sensación nueva, parecida al odio. No hacia él, sino hacia Eugenia. Horrorizada con ella misma, se levanta para tomar distancia. En el cielo, las nubes grises se amontonan sobre las blancas y el rumor de los truenos es un diálogo de leones.

—¿Qué ves con tanta atención? —le pregunta su hermana.

—Va a granizar.

—¿Cómo sabes?

—Lo huelo. Son las cosas que Antonio me ha enseñado.

Los pájaros del tabachín se han ido pero la rama aún se balancea. El cielo es ahora totalmente gris y el rugido de los leones se convierte en chicotazos.

—Me gustan las cosas que sabe Antonio —dice Eugenia, y añade, como para sí misma—: La primera vez que vi llover en el Congo, el olor que el agua sacó a flote se me quedó impregnado en la nariz durante días.

—No sigas —le pide Catalina, y su actitud le recuerda a Joaquín uno de los pocos malos momentos con su madre.

Su padre tenía la costumbre de dejar comida para los gatos callejeros, que con el tiempo, invadieron el jardín de la casa. Por las noches, sus gritos al aparearse mantenían a la familia con los ojos abiertos; el día se iba en pleitos para decidir quién limpiaba, porque no eran gatos civilizados como la mayoría de sus congéneres. Aunque le gustaban los animales, la paciencia de la madre de Joaquín llegó al límite y le pidió que se deshiciera de ellos: ya tenía suficiente con sus hijos pequeños y un marido en la estratósfera. Joaquín intentó ahuyentar a los gatos de mil maneras hasta que un veterinario lo convenció de que lo mejor sería darles un veneno que los matara sin sufrimiento. Su madre organizó un fin de semana en el campo y se fue con el resto de su familia, no sin antes recordarle hasta el cansancio que no olvidara deshacerse del veneno. Lo que sucedió fue terrible: en lugar de quedarse dormidos, como se lo aseguró el veterinario, los animales vivieron una espantosa agonía. Cuando la familia regresó, no quedaba evidencia de la masacre, pero esa noche, Joaquín quiso contárselo a su madre. Ella vio sus ojos llenos de lágrimas y, tapándose los oídos, le gritó que no quería saberlo. Mucho tiempo después, Joaquín le reclamó: Han pasado años y sigo soñando con esos pobres gatitos, hubieras podido cargar conmigo la culpa. O, por lo menos, oírme.

Quizá la obsesión de Eugenia por Dios se deba a su necesidad de que alguien sepa por lo que ha pasado, por lo que seguirá pasando en el Congo, al hambre que tenemos de ser escuchados y de sentirnos acompañados.

—¿El Congo te ha cambiado? —le pregunta.

Eugenia piensa un momento antes de responder.

—¿Han leído *El africano*?

Aunque se dirige a ambos, Catalina sabe que la pregunta es para Joaquín. Él niega con un gesto.

—El protagonista es un médico militar a cargo de un territorio enorme. Su esposa lo acompaña en sus expediciones y pasan la mejor parte de su vida en un mundo ideal para ellos. Pero durante la Segunda Guerra Mundial, él se queda varado en Nigeria sin noticias de su familia. No me quedó muy claro si es ahí donde empieza a convertirse en un hombre amargado, o si es más adelante, cuando ve a África llenarse de violencia y de una nueva clase de miseria. El caso es que el libro no es nada más una crítica al colonialismo, también te hace pensar cómo una situación o un lugar pueden transformarte en alguien irreconocible.

—No contestaste la pregunta de Joaquín —interviene Catalina.

—A eso voy. Mi experiencia con África ha sido lo opuesto. A mí su parte maravillosa se me ha revelado raras veces y en destellos que desaparecen en cuanto vuelvo a enfrentarme con lo que están viviendo los congoleses. Ya había trabajado en México con niños lastimados, pero no se compara con lo que he visto allá. La pregunta de Joaquín me recordó el libro de Le Clézio porque me asusta que, como el protagonista, acabe enfocándome sólo en lo negativo.

—Eso a ti nunca te pasaría —contesta Catalina, haciendo a un lado los celos—. Tú siempre encuentras lo bueno.

No, no siempre encuentra la parte buena. Ha llegado a querer matar con sus propias manos a quienes hacen sufrir a los niños.

Uko salama: estás a salvo, le repetía Joy a Sarabi mientras, a unos cuantos kilómetros del campamento, hombres locos de odio violaban y asesinaban.

Uko salama, sin tocarla, porque para Sarabi el contacto físico era sinónimo de violencia.

Uko salama, en cuclillas, porque la altura implica superioridad.

Uko salama, viéndola a los ojos, sin sonreír, porque la risa puede ser peligrosa.

Uko salama, sabiendo que mentía.

Después de unas semanas, Sarabi empezó a seguirla por todas partes, hasta que se atrevió a tocarle el vestido. Fue la señal esperada, Joy le tendió la mano y la niña la tomó. Poco a poco, a su paso, los tocó a todos, y cada uno reaccionó a su manera: Wamba, con palabras en un idioma que Eugenia no entendía; Walter, con sorpresa; ella, con un alivio que nunca había sentido. Mark estaba frente al escritorio cuando fue su turno. Cerró el expediente que revisaba y dejó que la niña se sentara en sus piernas. Cuando Eugenia entró a la oficina, la encontró dormida, con la cabeza apoyada sobre el hombro del médico.

La aldea de Sarabi había sido destruida por un ejército de adolescentes y niños apenas mayores que ella. Su propio hermano fue reclutado para trabajar como guardia en una mina de coltán. Sarabi le habló a Joy del día en que unos soldados bajo el mando de uno de los señores de la guerra irrumpieron en su casa y se lo llevaron junto con otros niños.

Coltán, diamantes, oro, cobalto, uranio, petróleo y otros elementos codiciados se ocultan bajo la tierra fértil del Congo. Paradójicamente, su riqueza ha sido su perdición: su caucho hizo posible el auge de la bicicleta y el automóvil en Gran Bretaña; su cobre recubrió una buena parte de los proyectiles de los aliados en la Primera Guerra Mundial; su uranio se utilizó en las bombas atómicas, y nuestros teléfonos móviles tiene coltán del Congo. Esto pertenece a la historia reciente, pero ya desde finales del siglo xv, los portugueses habían descubierto en él una fuente en apariencia de inagotable riqueza: seres humanos fuertes, fácilmente exportables como esclavos, siempre y cuando el país se mantuviera en el caos y la pobreza. Todo esto le contó Mark a Eugenia durante el trayecto de Kinshasa al campamento cuando llegó al Congo. Wamba conducía concentrado por la carretera rota, después, por la terracería llena de hoyos, y sólo de cuando en cuando lo interrumpía para corregir algún dato. Ella no estaba preparada para el golpe emocional que significa un país controlado por la ley del más cruel. Desde el primer día, el Congo se le presentó en su peor faceta: una caravana de niños atados con cuerdas que caminaban bajo la supervisión de adolescentes armados.

Aunque no tuvo tiempo en México para averiguar mucho sobre el país, el problema no fue la falta de información, sino el enfrentamiento con una realidad a la que se había acercado de manera puramente racional.

En Colutla, gracias al interés de Joaquín, Eugenia es capaz de expresar con palabras lo que ha sentido en esa tierra tan generosa como vejada. Con él, por fin ha hablado de las miradas suplicantes y de los cuerpos abandonados pudriéndose en los caminos.

La magnitud de lo que el hombre ha destruido en el Congo se le reveló con especial claridad cuando lo conoció en su estado primigenio. Una tarde, después de haber permanecido en la clínica durante dos semanas de lluvia incesante, por fin se calló el ruido del agua sobre el techo de lámina. Ven, le dijo Mark, tienes que conocer al Congo recién bañado. De camino al sitio donde la quería llevar, hicieron una escala en el cementerio. La tumba de Adamá, la pequeña que había muerto en sus brazos, estaba cubierta de florecitas blancas con forma de estrellas. Mark se inclinó para apisonar la tierra alrededor de la cruz; cuando se incorporó de nuevo, estrechó a Eugenia contra él.

Siguieron por una vereda interrumpida en ocasiones por raíces intrincadas. Los rayos de sol que lograban atravesar las frondas de los árboles realzaban la diversidad de la flora y los matices en los tonos de verde. Unos pájaros azules, grandes y ruidosos, se posaron en lo más alto de una ceiba para observar desde ahí a los humanos insignificantes entre la exuberancia del bosque de niebla. Por alguna razón, los insectos que vuelven insoportable cualquier caminata en la selva estaban quietos. Fue como si el Congo se hubiera deshecho de su lado oscuro. El olor de la hojarasca debía ser el mismo que olieron sus primeros habitantes, cuando el hombre blanco aún no lo descubría. Un sendero más ancho los llevó al puente de madera bajo el que corría un arroyo. Acodado en el barandal, Mark le enseñó algunos nombres en swahili: *banda, utanzu, mwiba*, es decir, palmera, rama, espina, tres armas en potencia, mortales si sus cortes se infectan. Acariciando el barandal de caoba alisada por el tiempo, Eugenia le dijo que esa costumbre suya de relacionar todo con algún padecimiento era una horrible deformación profesional. Él iba a responder cuando de pronto la madera cobró vida y sus brazos se cubrieron de hormigas.

El cielo y el infierno unidos, así es el Congo, piensa Eugenia, como la naturaleza humana.

—Estás en la luna —dice Joaquín.

—En África, más bien. Me cuesta alejarme de ella. ¿Te acuerdas de cuando hablamos de tu teoría sobre la violencia? Yo no creo que el detonante sea la búsqueda de poder. ¿Dónde dejas los celos, el miedo o hasta la vergüenza?

—A fin de cuentas, esas emociones están relacionadas con el poder.

—¿Por qué una persona poderosa tendría todo lo anterior resuelto? No sé, yo creo que, como tantas otras teorías, la tuya obedece a la necesidad que tenemos de explicar lo inexplicable. Las respuestas nos tranquilizan. Además, si fuera cierta, nos faltaría encontrar de dónde le viene a nuestra especie su descomunal ansia de poder.

La luz ha pasado del anaranjado a un rosa que colorea la palidez de Catalina y brilla en la piel de su hermana. Joaquín guarda silencio y los tres contemplan la caída de la tarde: Catalina con tristeza. Eugenia, agradeciendo la serena belleza de las tardes en la hacienda. Aquí, el olor a leña quemada reconforta, y las voces de los hombres en la lejanía no son una amenaza. Qué poco tiempo fue suficiente para que el Congo la hiciera olvidar el privilegio de vivir sin miedo, de prestar atención a los detalles que conforman la existencia. Sonríe al ver a un sapo surgir de la tierra y brincar hasta un charco donde se oculta de nuevo.

Un rayo de luz se ha instalado en el dorso de la mano de Catalina. Abre los dedos y la línea cambia de lugar. El movimiento ondulante amenaza con llevarla a una escena del pasado. Sacude la mano como si tuviera un animal ponzoñoso. El olor agrio y dulzón de la melaza acumulada en un tanque la reconforta; la casa de su infancia está muy lejos. El rosa de la luz es cada vez más tenue, y una sombra, aislada y perezosa, baja de la montaña. Es la noche que se acerca.

En el pueblo de Colutla, los traficantes de droga al menudeo guardan las bolsas de jícamas y mango enchilado, la marihuana y el cristal. Más arriba, camino al pueblo de la Virgen de la niña, los muchachos que cuidan los sembradíos se envuelven en sus cobijas. Indiferente a los proyectos de los vivos, en su tumba recién estrenada, don Faustino libera su culpa.

La tristeza de Catalina se convierte en apatía. Debe bañar a Ana, pero cualquier movimiento implica un esfuerzo. Las voces de los otros le llegan amortiguadas por el letargo y, como tantas otras veces, se convierte en espectadora. Cuando se pone de pie, nadie parece darse cuenta de que se va. En la cocina, Ana hace tortillas deformes bajo la mirada crítica de la cocinera. Tampoco ellas notan su presencia. Su recámara es el refugio donde la soledad no importa. Abre un cajón cerrado con llave y saca una novela que empezó a escribir hace unas semanas, cuando Eugenia todavía no llegaba.

El estrépito de las primeras lluvias que bajan del cerro y llenan el lecho del río asusta a los niños. La corriente arrastra lo que encuentra a su paso, salta piedras, destruye hormigueros y aterroriza a los insectos instalados en el cauce. El agua cargada de la tierra roja de las laderas tiñe la ropa de un color cobrizo imposible de lavar.

Lo agreste del camino hace que Mateo desista de ir junto a Mariana. Al poco tiempo, el choque rítmico de los cascos contra las piedras y el zumbido de los tábanos que los caballos espantan a coletazos los hacen caer en una especie de trance. Pedazos de río aparecen de pronto para volver a desaparecer entre la maleza. El sudor forma remolinos de espuma bajo las ancas de los caballos y brilla en sus flancos. Conocen de memoria el camino, sus patas esquivan sin titubeos las piedras sueltas. Cuando Mateo empieza a cansarse, aparece la parte más ancha del río.

Amarran a los caballos a la sombra de un árbol y caminan hacia la pequeña playa de arena suave. Mariana se quita los zapatos, se arremanga el pantalón y cruza el río hasta llegar a una piedra grande y lisa. La brisa ha ahuyentado a los insectos, el zumbido deja en su lugar una quietud caliente, pegajosa.

Mateo se acerca a ella; embebido por el murmullo del agua, comprende su pasión por esa tierra que se deja querer a regañadientes. Entiende sus silencios, la mirada perdida, las eternas caminatas. Mariana entreabre los ojos, y la mirada que la recorre la hace olvidarse de todo menos de su cuerpo. Los ojos de Mateo tienen un color indefinido, es fácil verse en ellos. Él le toca el cuello y desliza la mano hacia abajo, siguiendo con los dedos el contorno de una vena. Ella se incorpora sin prisa, oprime la mano que amenaza sus sentimientos, la deja sobre la piedra tibia y no la suelta hasta estar segura de haber recobrado el control. Se levanta, sonríe con pesar y atraviesa de nuevo el agua, pensando en su marido y en su hijo esperándola en casa.

Mateo se queda solo a la mitad del río. La imagen de los párpados de Mariana abriéndose sobre unos ojos que hasta hace unos momentos le parecían serenos, le impide ordenar sus ideas. Todo fue demasiado rápido: ¿de verdad tocó su cuello y ella retuvo su mano más tiempo del necesario o lo habrá imaginado? Mejor quedarse con el recuerdo de la sonrisa apesadumbrada de Mariana y no con el de su paso decidido al alejarse.

Catalina busca otro pasaje:

Cuando el camino se vuelve intransitable, se bajan de la camioneta. Mariana y Mateo toman la delantera y pronto dejan atrás a los demás. Después de un momento, las voces del marido de Mariana y de su hijo son tan sólo un murmullo lejano. Mateo se acerca a ella, sus manos se rozan.

—No sé qué hacer —le dice—. Yo quería descansar aquí del alboroto de la ciudad, pero en lugar de eso, me confundí. Y luego llegaste tú.

—El que llegó fuiste tú.

Mateo ve el perfil de Mariana, su mirada en un punto lejano, y se separa un poco.

—No contaba con esto. Parecía un juego; ahora ya no sé qué hacer en las noches cuando tu marido no está.

Ella ve sus ojeras nuevas y los hombros anchos. Los brazos fuertes, jóvenes. No quiere ver sus manos.

—No hagas nada —le dice—. Y si lo haces, que mi marido nunca lo sepa.

Oyen entonces las voces que se acercan y esperan ahí, sin tocarse, a que los alcancen.

Catalina pasa las hojas bruscamente, sin importarle que se rasguen.

Mariana se despierta con el ruido del viento que sacude las palmeras. Su marido duerme profundamente, cansado de haber pasado el día en el campo. Se ha quitado la cobija y su cuerpo se mueve bajo la sábana con cada respiración. Dormido, su expresión es igual a la de su hijo. Eduviges olvidó cerrar los postigos. Mariana se viste con la luz del patio y sale sin hacer ruido.

La luna está rodeada de un arcoíris que se difumina hasta volverse negro, como si la tierra estuviera dentro de un pozo. Hace un calor intenso. Mariana sube a la azotea, le gusta ver los campos iluminados de luna. Se sienta en el *suelo, contenta con su soledad. Allá arriba, todo adquiere una dimensión distinta, también sus emociones: la nariz de Mateo es muy grande, está demasiado asoleado, a veces tartamudea... Su marido es siempre el mismo, y su sonrisa, al verla, ilumina sus ojos.*

—¿Dándote baños de luna? —dice una voz a su espalda. No oyó llegar a Mateo.

—No te acerques.

Sin hacerle caso, Mateo se sienta a su lado, después se acuesta para ver el aro alrededor de la luna. Ella no se da cuenta de que se ha incorporado hasta que siente la mano sobre su pie desnudo.

—¿No te dan miedo los alacranes?

—Me das miedo tú —murmura ella.

Mateo le acaricia el tobillo y sube la mano despacio, hasta el borde del camisón corto. Si no me levanto ahora, después no voy a poder, piensa Mariana. Pero la mano que sigue subiendo la obliga a cerrar los ojos.

Catalina empieza a arrancar las hojas, oye pasos que se acercan y las guarda deprisa. Es Rosalío. Viene a pedirle que revise los floreros del comedor. Lo había olvidado. Ahora tendrá que soportar una cena a la luz de las velas.

Catalina lleva puesto un vestido verde de lino y aretes de perlas. Eugenia, el único que llevó a Colutla, de manta roja, y un collar de semillas de jocontoro que Ana hizo para ella. Antonio está atento a los movimientos de su mujer, a las líneas clásicas de su perfil. Aislada de la conversación, ella recuerda la primera temporada que estuvo en Colutla. El ingenio y la supervisión de las siembras mantenían ocupado a Antonio durante gran parte del día, y ella pasaba mucho tiempo recorriendo la propiedad. Sin embargo, no se dejó seducir por el campo hasta una mañana calurosa que el viento entibiaba.

Antonio la guio entre la caña, pidiéndole que se protegiera con los brazos. Cuando ya no sintió los rasguños de las hojas afiladas, abrió los ojos y se encontró en un claro. La tierra negra contrastaba con el verde intenso de la caña que, mecida por el viento, sonaba líquida. Embriagada de olor a azúcar y sol, se tendió con Antonio sobre la tierra húmeda de rocío y le devolvió cada beso, cada caricia. Las manos de Antonio la llevaron adonde lo único real era el contacto de la piel, la humedad, el pulso en las sienes, en el cuello, el vientre. El grito que salió de ella venía de su ser más profundo, el que vivía encerrado. Más tarde, se despertó abrazada por Antonio, con yerbas en el pelo y oliendo a barro.

Había olvidado la plenitud que debía durar para siempre y nunca se repitió.

—¿En qué piensas? —le pegunta Eugenia, y ella hace un esfuerzo para involucrarse en la conversación, pero las velas no la ayudan, siente que flota, que no hay piso bajo sus pies.

Después de la cena, Rosalío lleva a la sala infusiones de flores de laurel y hojas de naranjo recién cortadas; ella prefiere ir a su cuarto. Antonio la encuentra frente al espejo y se queda un momento en el quicio de la puerta. Recordando esa mañana que se convirtió en tarde en el cañaveral, Catalina se acerca a él y empieza a decirle algo, tal vez una frase cursi de la que luego se avergonzará, o a pedirle perdón, quién sabe de qué, hasta que huele el jabón desinfectante que Antonio usa en Colutla. Y ese olor que lo separaba del mundo frívolo de su padre ya no es símbolo de nada, sino algo molesto que hace desaparecer la ilusión de recuperar lo que sintió esa tarde entre la caña. Antonio percibe su rechazo y se separa de ella.

La noche le parece eterna a Catalina. Nunca había sido tan conciente del sonido de la respiración a su lado. Harta de dar vueltas sin conciliar el sueño, se levanta a oscuras, se baja de la cama con cuidado y se viste en el baño para no despertar a Antonio. Es una madrugada fría para la época y un vientecillo húmedo la recorre cuando sale al patio. Busca la luna y encuentra estrellas. La recámara de Joaquín está encendida. Lo imagina pensando en ella… en Eugenia.

Tiene los dedos entumidos, le cuesta quitar la tranca de la puerta que da al campo. Una vez afuera, se pregunta si tanta luz puede venir tan sólo de las estrellas.

El frío disminuye bajo el laurel de ramas gruesas como árboles, sus pies esquivan las raíces y, más lejos, reconocen la tierra apisonada de la vereda. Sabe que ha llegado a los campos labrados porque de nuevo le cala el frío: la caña lo atrapa antes de esparcirlo a su alrededor; los mezquites, en cambio, se mantienen tibios. Ha aprendido esto de Antonio, antes pensaba que el clima era igual entre los cultivos que entre los árboles, bajo una loma o sobre ella.

Se dirige hacia el final de la propiedad, hasta llegar al lienzo de piedra que la delimita, y trepa para pasar del otro lado. En las faldas del cerro, la oscuridad se adensa, ahora camina cuesta arriba. Aunque conoce bien la brecha, se sentiría más segura si hubiera luna y si el viento soplara lo suficiente para atenuar el silencio. Sube la pendiente, concentrada en la cadencia de sus pasos y el ritmo de la respiración.

Cuando empiezan a dolerle las piernas y el corazón se acelera, siente el final de la cuesta.

El amanecer la sorprende. Las cimas de los montes bajos se asoman entre la bruma que se extiende por el valle. A lo lejos, se recorta la cordillera azul. Son las seis y media, lo sabe por las campanadas, pronto el paisaje se llenará de vida. Se imagina a las mujeres encendiendo el carbón, a los hombres preparándose para salir al campo, y se siente extranjera. Una arañita zigzaguea sobre el dorso de su mano, y ese movimiento le recuerda la escena que había logrado evitar.

Eugenia se recuperaba de una operación de apéndice y estaban solas con su padre. Como cada fin de mes, su madre se había ido a un retiro. Cuando Catalina bajaba la escalera para ir al colegio, Eugenia le gritó que fuera a su cuarto. Quédate conmigo, le suplicó con voz alterada. Su padre entró en ese instante, le dio un beso en la frente y le dijo que no tardaría en regresar. Catalina se va a quedar conmigo, contestó estrujando la mano de su hermana, pero él le tocó los labios con dos dedos y le ordenó a Catalina que fuera al coche: él mismo la llevaría al colegio, el chofer aún no llegaba y no quería correr el riesgo de que llegara tarde. Hicieron el trayecto en silencio, sólo una vez su padre volteó a verla y su expresión la hizo encogerse. Era una mañana lluviosa y un hilillo de agua se reflejaba en el dorso de su mano. Pensando que si se concentraba en el movimiento ondulante se volvería invisible, lo observó todo el camino. La estrategia pareció funcionar porque su padre la ignoró hasta que llegaron a la escuela: Muévete, niña, no te quedes ahí sentada con cara de tonta, le dijo entonces, y alargó el brazo para abrir la puerta. Tenía prisa. Catalina había visto la reja cerrada, pero guardó silencio, y cuando el coche dobló la esquina, se sentó en la banqueta, bajo un toldo que la protegía de la lluvia. Para su desgracia, la madre de un compañero que tampoco se había enterado de que ese día no habría clases la llevó de regreso a casa.

El jardinero había dejado la puerta abierta y Catalina caminó de puntas hasta el vestíbulo. Subió evitando los escalones que crujían, debía ser silenciosa como un ratón. Si tenía suerte, llegaría a su cuarto sin que nadie la viera. La voz de su padre la hizo detenerse: una voz suplicante, muy distinta a la que usaba para dirigirse a ella: Eugenia, ábreme, sólo quiero hablar contigo.

Otros recuerdos la atacan: las noches en que Eugenia se metía a su cama, las manos crispadas entre las suyas, el miedo que no entendía. La tarde en que quiso contárselo todo, y ella se fue corriendo.

Cuenta despacio hasta diez mientras revive la firmeza de la mano de Eugenia rumbo al salón de clase; una de las formas de distraerla cuando su padre la humillaba; su furia si alguien se atrevía a molestarla en el recreo, los cuentos en los que su hermanita siempre era la heroína. Quiere pedirle perdón por no haberla escuchado, debe darse prisa, es importante que sepa que siempre estará con ella. Pero cuando aún no ha empezado el descenso, recuerda que iba a salir muy temprano a la ciudad y se detiene. A esta hora ya estará lejos de Colutla. Mañana hablará con ella… O quizá sea mejor callarse. Su cabeza es un avispero.

Una ola de calor azota el occidente de México. Como cada año, la gente no habla de otra cosa que no sea la sequía a mitad de las lluvias: El clima ya no es el mismo, será que Dios se cansó de nosotros y nos va a quemar, será que tantas ofensas ya no tienen perdón. Así es la calma de agosto, murmura Antonio por enésima vez, sorprendido por la falta de memoria climatológica de la gente.

Joaquín regresa agotado de Santa Úrsula. El sudor hace que la camisa se le adhiera al cuerpo y le ardan los ojos. Nunca había tenido una sed igual; cuando traga, su garganta hace un ruido seco. En la cocina, bebe tres vasos de agua seguidos.

—A esta hora, las tuberías se calientan y no hace falta prender el bóiler, por si quieres bañarte —dice Catalina.

—Parezco náufrago, ¿verdad? —contesta Joaquín con una sonrisa que resalta los dientes blancos en su cara cada vez más quemada por el sol—. Estoy hecho un asco.

—Espérame aquí, te traigo una toalla: Rosalío decidió quitarlas para darlas a lavar.

En la azotea, el aire es tan caliente que Catalina debe aspirarlo en pequeñas bocanadas. Coge la toalla más grande y la pasea por su cara antes de llevársela a Joaquín; al abrir los ojos, lo encuentra frente a ella.

—No puedo creer lo fresca que te ves —le dice él con una mirada apreciativa y le da un beso en la mejilla. Cuando coge la toalla, sus manos se rozan.

Instalado en la frescura imaginaria de la terraza, Antonio vuelve a leer el mismo párrafo del reporte del jefe de campo. Las últimas veces que ha intentado acercarse a Catalina su actitud lo ha hecho desistir. Me duele la cabeza, le dijo ayer. Como las mujeres del siglo pasado, piensa, y se traga un suspiro.

Ana duerme en una hamaca improvisada con dos costales y una soga. Tiene el pelo empapado de sudor y sigue en pijama. Debería haberla vestido él, pero es inútil para esos asuntos. Le quita un mechón de la frente y aprovecha para revisar que no tenga fiebre: el dengue se ha desatado y es imposible mantener a raya a los zancudos. La hacienda está sumergida en una burbuja de aire liviano que no alcanza a llenar los pulmones, quizá la gente tenga razón y sea una calma distinta.

Mientras Antonio busca la forma de recuperar la paz mental, Catalina retoma la novela que ha estado escribiendo; una historia trillada y cursi, lo sabe, pero necesita contarle a alguien, aunque sea a un lector inexistente, las emociones de esta protagonista que cambia de estado de ánimo con cada página.

Mariana abre la puerta con cuidado, temerosa de encontrar despierto a su marido, pero él duerme sobre el mismo costado de siempre. Sus pantuflas están a un lado de la cama, de manera que pueda ponérselas en cuanto se despierte, al igual que la bata en el respaldo de una silla.

Mariana entra de puntas al baño. Los únicos objetos de su marido son un cepillo de dientes, una rasuradora de acero con navajas intercambiables, una brocha, crema para rasurar y un peine. El conjunto ocupa una esquina, el resto está invadido por sus cosas.

El espejo le devuelve la imagen de una mujer distinta, de piel y ojos luminosos. Pasea los dedos por los labios hinchados y sonríe. No, no se siente culpable, lo único que desea es estar de nuevo con Mateo, oírlo decir su nombre.

No quiere seguir escribiendo, necesita salir. Para no encontrarse con Antonio, da un rodeo por la parte de atrás. Aunque él no puede verla, lo oye hablar con Ana y duda antes de seguir andando. Después, acelera el paso. La lluvia se desata a medio camino. Catalina levanta los brazos y se deja empapar. La blusa blanca se amolda a su cuerpo; se imagina la mirada de Joaquín y se llena de euforia. En su novela, Mariana regresaría a casa, donde Mateo estaría recordando su encuentro de la otra noche en la azotea. Catalina está confundida. Una parte de ella quiere aparecer en la sala, así como está, con la blusa que se ha vuelto transparente. La otra le pide cautela. Sólo hay una vida, reclamaría Mariana, por una vez, manda al diablo a la razón. Sin dudarlo más, Catalina se dirige a casa. El pantalón también se amolda y es consciente de sus piernas largas y de la firmeza de su cuerpo, de su juventud. Le gusta el contacto de la pequeña abeja de ámbar sobre la piel desnuda de su pecho. Se detiene en la puerta de la sala y, tomándola entre los dedos, se acaricia los labios. Luego, empuja la puerta con suavidad.

Joaquín está sentado muy cerca de Eugenia, mirándola como nunca la ha visto a ella.

Todo fue un invento: el roce de las manos, su cuerpo contra el suyo aquella noche en la azotea. El deseo la hizo olvidar que tiene un marido y un hijo, una casa propia, un cuarto que da al jardín, un florero lleno de azucenas, una chimenea en invierno y un patio sombreado para el verano, una jacaranda que ella misma plantó, una vereda que lleva al río. Cómo pudo olvidarse de lo único que debe tener presente cada día, cada hora, cada minuto, cada maldito segundo.

La voz de Eugenia la interrumpe. Guarda el cuaderno en su escondite, después va al baño y abre la regadera, pero su hermana sabe que no se metería a bañar cinco minutos antes de la cena y toca a la puerta. Ella apoya las manos en el lavabo y aprieta la quijada.

—¿Catalina? —insiste Eugenia y la preocupación en el tono la desespera. Se incorpora bruscamente y abre la puerta.

—Has estado llorando —le dice su hermana.

—Me siento mal.

—No es eso, dime qué tienes. ¿Discutiste con Antonio?

—Estoy harta de que siempre quieras saber qué tengo. Déjame en paz.

Consternada, Eugenia da un paso hacia ella. Catalina la empuja.

—¿Hice algo malo?

—Tú todo lo haces bien.

No es la primera vez que discuten, pero hay algo nuevo en la actitud de Catalina, una dureza en su mirada.

—Has cambiado —le dice Eugenia—. Lastimas.

Catalina la ignora y vuelve a encerrarse en el baño, furiosa con su hermana, con ella misma, con Joaquín, con las estúpidas fantasías que la obsesionan.

El ambiente pesa. Catalina se ha quedado en su cuarto y los demás cenan en silencio. Antonio está serio y a Joaquín le cuesta apartar la vista de Eugenia. Ella está distraída.

Ajeno a las tribulaciones de los otros, Rosalío pasa la bandeja sin prestar la mínima atención al murciélago que revolotea sobre la mesa. Una polilla se ha caído en el arroz. Antonio la coge de las alas y se la da.

—Están en todas partes ahora, literalmente, hasta en la sopa.

Rosalío asiente con seriedad y continúa sirviendo, la bandeja en una mano y la polilla en la otra.

En el segundo plato, Antonio se acuerda de que es el anfitrión, y buscando un tema para llenar el silencio, le viene a la mente el libro de Vasconcelos que leía en la mañana. No se le hubiera podido ocurrir una idea peor.

—¿Estás de acuerdo con él? —lo interrumpe Eugenia cuando habla de la raza cósmica—. A mí me parece un tipo horrible, lleno de prejuicios raciales.

—¿Serán prejuicios? No estoy seguro… Dicen, por ejemplo, que el cerebro de los negros de ciertas tribus pesa menos que el de los blancos. Por eso los crímenes de los europeos en África son doblemente reprochables —continúa deprisa, al ver el gesto de su cuñada—. Al que más tiene, más se le debe exigir.

—Es decir que, según tú, ¿el peso del cerebro determina la inteligencia?

—Según yo, no, según los científicos del artículo que leí. Que nos cuente Joaquín, los antropólogos saben de eso.

—¿Cuáles científicos? —contesta él—. En ese plan, también se podría deducir que, a menor peso, mayor evolución.

Eugenia se encoge cuando el murciélago vuela cerca de ella y pregunta de nuevo:

—Pero tú, Antonio, ¿crees que los negros son inferiores?

—Creo que los de algunos lugares han evolucionado de una manera que les hace difícil vivir en el mundo creado por los blancos. Por eso, tenemos una mayor responsabilidad con ellos. Lo mismo creía Bartolomé de las Casas.

—¡En el siglo XVI!

Dos polillas sin alas se pasean por el mantel hasta llegar al candelero. Joaquín se entretiene observándolas trepar por los caminos de cera y piensa en voz alta:

—En ese siglo me siento ahora.

—¿De qué hablas? —pregunta Eugenia con el ceño fruncido—. ¿Tú también crees en una raza superior? Es lo más retrógrada que he oído.

Antonio interrumpe:

—Según las pruebas de coeficiente intelectual, sí hay diferencias.

—Unas pruebas seguramente manipuladas por quienes se sienten superiores —empieza a decir Joaquín, pero Antonio sigue hablando:

—Gracias a ellas se ha llegado a la conclusión, por ejemplo, de que las mujeres tienen una mayor inteligencia emocional.

—¿Que los negros?

—Que los hombres —dice Antonio, ignorando el sarcasmo de Eugenia.

—Lo que debe significar que estamos mejor capacitadas para el trabajo del hogar.

—Entre muchas otras cosas —contesta Antonio, y ella se prepara para recibir unas palmaditas en la cabeza.

—Mi papá hubiera estado de acuerdo contigo, qué horror —suelta.

En ese momento, Ana entra llorando y se abalanza sobre Antonio para contarle una pesadilla. Él la escucha como si se tratara de un asunto de gran importancia y la consuela con palabras precisas, sin aspavientos. Sentada sobre sus rodillas, Ana lo observa con los ojos muy abiertos. Sus comentarios hacen sonreír a Joaquín. Antonio, en cambio, sabe que podría herir su amor propio y responde con seriedad. La niña se tranquiliza, cierra los ojos, y al poco tiempo, se queda dormida.

—¿En qué estábamos? —pregunta él entonces.

Eugenia ya no quiere discutir. Antonio podrá defender teorías que le parecen fascistas, pero nunca lo ha visto ofender a alguien. Y para ella, eso es lo único importante.

—¿Quieres que la lleve a su cama? —le ofrece, y la calidez de su sonrisa disipa la tensión. Antonio le devuelve la sonrisa.

—Yo la llevo, gracias. Estoy cansado, hasta mañana.

Para desilusión de Joaquín, ella también se levanta. Tendrá que resignarse con la compañía de los murciélagos.

Catalina oye a Antonio en el cuarto de Ana. Pocos minutos antes, había fingido dormir cuando Eugenia entró a buscarla. Se conocen demasiado, la empatía entre ellas se ha vuelto incómoda.

Ahora es Antonio quien se acerca, le acaricia el brazo y le da un beso en el cuello. Tiene ganas de encogerse, pero se mantiene en la misma postura, con los ojos cerrados y la respiración pausada. Al igual que Eugenia, él también se aleja.

Calladita, calladita, como si nada de esto fuera real. Tienes que aprender a ser invisible: invisible cuando, en lugar de encontrar a Eugenia, su padre se topaba con ella y su expresión ansiosa se transformaba en odio; cuando iban los tres en el coche, y él intentaba acariciar la pierna de su hermana… Calladita, calladita, como si no existieras. Sí, es mejor así, no se puede lastimar a quien no está vivo.

La casa parece dormir, pero sus puertas esconden tristezas, deseos y ansiedades. La de Eugenia se abre despacio; Joaquín se levanta del equipal en donde fumaba el último cigarro de la noche y espera, inmóvil. Cuando Eugenia llega a su lado, la toma de la cintura y la atrae hacia él.

Más tarde, desnudos en la cama de su habitación, Joaquín le confiesa el esfuerzo que debía hacer para no tocarla cuando pasaba cerca de él, las noches en las que se imaginaba con ella, como ahora.

—Hacer el amor contigo me hizo descubrir que sí existe la magia —le dice y acaricia la cicatriz del hombro, los pechos que se amoldan tan bien a sus manos, el lunar en la curva de la cadera; sigue con los dedos unas pequeñas heridas, como arañazos, en el vientre y empieza a besarla de nuevo, pero ella se aparta. Se ha puesto seria, una vena palpita en su frente.

—¿Catalina te ha hablado de cuando éramos niñas?

La respuesta la tranquiliza.

—Me ha dicho que le contabas cuentos.

La luz de la luna entra al cuarto, y las cicatrices blancas que apenas se adivinaban en la penumbra contrastan con el vientre moreno.

—¿Cómo te hiciste esto? —pregunta Joaquín, recorriendo el laberinto de delgadas rayas.

—Fue hace mucho, ya no duelen —se evade ella, cubriéndose con la sábana.

—¿Segura?

—Sí, segura.

Un amigo de su padre los había invitado a pasar un fin de semana en la costa y, a sus trece años, Eugenia se sentía incómoda en bikini. La alberca estaba repleta de gente, pero en la playa sólo una pareja se asoleaba en la parte más lejana, donde las olas rompían contra una roca. Eugenia caminaba hacia al extremo opuesto cuando encontró un pedazo de coral entre la espuma del mar. Lo recogió con cuidado para no cortarse y empezó a dibujar en la arena. De grande, se compraría un velero para recorrer el mundo entero. El caracol que dibujaba se convirtió en el mapa de un lugar remoto en el que Catalina y ella tendrían una casa en lo alto de una montaña, por eso de los tsunamis. El caracol pasó de molusco a mapa y de mapa a mar embravecido.

Supo que su padre había llegado por su sombra, esa sombra que conocía bien. Levantó la vista y, a pesar del temblor en las piernas, sostuvo su mirada. El instinto le decía que demostrar fortaleza era su única arma contra él. Esta vez necesitaría más que eso.

—Tu piel es perfecta.

Eugenia blandió el coral como si fuera un arma.

—No te acerques

Él se rio quedito:

—No voy a hacerte daño. Sólo quiero tocar esa piel de durazno, esa maravillosa piel…

Antes de que diera otro paso, sin dejar de mirarlo a los ojos, Eugenia se hirió el vientre con el coral. Después corrió, como si de eso dependiera su vida.

Es verdad: las cicatrices ya no le duelen. En el entierro de su padre, se juró que no permitiría que un muerto la atormentara. Y aunque él luchó por seguir con ella desde el mundo de los espíritus, un día, Eugenia se despertó sabiendo que podría liberarse.

—No regreses al Congo —le pide Joaquín en la hacienda—. Quédate conmigo.

—Tengo que regresar.

—¿Alguien te espera? ¿Un doctor heroico con el que no puedo competir? —añade para restarle seriedad a la pregunta. Ella se incorpora sobre un brazo. Le gustan las pequeñas arrugas que aparecen en las comisuras de sus ojos cuando sonríe.

—Haces demasiadas preguntas.

—Y tú contestas muy pocas.

Eugenia apoya la cabeza sobre su pecho y se queda quieta, oyendo los latidos rítmicos de su corazón.

—Mañana, cuando regreses de Santa Úrsula, te contestaré lo que quieras. Ahora quiero estar así, contigo.

Faltaba poco para el amanecer, y Catalina había salido a tomar aire porque no soportaba la respiración de Antonio ni el calor que se desprendía de su cuerpo. Afuera, el olor a melaza le dio náuseas. La hacienda le había inspirado muchas emociones, pero jamás esa aversión. Incluso las sombras en las paredes parecían retarla. Una de ellas llamó su atención. La vio dividirse, unirse de nuevo y separarse por última vez. No fue necesario buscar de dónde venía: el perfil de Joaquín se dibujó en la pared y sólo desapareció cuando la puerta del cuarto de Eugenia se cerró tras ella. Habían pasado la noche juntos.

La Mora avanza por las brechas convertidas en lodazales. El río que baja de la montaña invade una parte del camino, pero la yegua encuentra la zona menos profunda, donde el caudal se aquieta y sobresale un montículo de piedrecillas blancas. Confiando en la certeza de sus pasos, Joaquín suelta la rienda. Aunque del otro lado del montículo la corriente es fuerte, la Mora lo lleva a salvo a la orilla.

El pueblo dormita en el calor húmedo que se desprende del suelo, de las paredes, de los lienzos de piedra tapizados de helechos que morirán en cuanto terminen las lluvias. Joaquín amarra a la yegua en la rama de un huamúchil y se dirige a casa de José. Adentro, su amigo bebe agua de lima con el Treinta.

—¿Interrumpo? —pregunta desde el quicio de la puerta.

—Lo estábamos esperando —contesta José.

El Treinta saca una bolsa con tabaco, aplana sobre la mesa una hoja de papel de arroz y forja un cigarro. Lo enciende con calma y pregunta:

—Le dices tú o le digo yo.

José se aclara la garganta:

—Le digo yo. Verá, Joaquín: ayer, como a las ocho de la noche, calculo que serían las ocho porque ya había bajado el calorón, aunque, pensándolo bien, serían pasaditas de las siete porque los cuerporruines todavía no llegaban a beber… o quién sabe, a lo mejor no me di cuenta y ya estaban volado por ahí, el caso es que andaba yo sembrando unos rabanitos y aquí mi amigo andaba conmigo, nomás mirando, cuando…

El Treinta lo interrumpe:

—Párale, hombre, ni que fueras a escribir un libro. El caso es que se va tener que ir del pueblo, Joaquín.

—Así, ¿de plano?

—Así, de plano. A los que ahora quieren controlar el negocio de la droga les molesta que sea preguntón. Ya les expliqué su asunto y les dije que no tiene interés en ellos, pero algunos son desconfiados. Por eso, es mejor que se retire, no le vayan a sacar un susto. Con los de aquí no hay problema, yo respondo por ellos, pero ha llegado gente de fuera.

—El negocio ha crecido demasiado —dice José—, ya no se conforman con dos o tres hectáreas de mariguana por aquí y por allá.

—Y tienen miedo de que yo dé el pitazo. ¿Qué les hace creer que no lo haré cuando me vaya?

—No se me adelante… Eso es lo otro que me trae por aquí —contesta el Treinta, quitándose de la lengua una brizna de tabaco—. Verá: a mí me desagrada andar de mensajero, pero le he agarrado aprecio, será que me recuerda al muchacho pendejo que fui de joven. El caso es que tienen sus datos, yo que usted no me arriesgaría, ni cuando estuviera lejos. Seguro ha oído hablar de los mentados servicios de inteligencia del gobierno. Esas son chingaderas. La inteligencia la tienen los narcos. A poco no sabía.

Joaquín le da un trago al agua de lima. Sabe amarga.

—¿Y los de la hacienda? ¿También corren peligro?

—Por ellos no se preocupe, son más listos que usted. Don Antonio conoce a su gente, sabe manejarse.

—Por lo visto, aquí el único pendejo soy yo.

—Ya me está entendiendo. Quite esa cara, puede quedarse hasta el fin de semana, José les ha hablado de su estudio y se les hace bonito. Al jefe también le gustan las leyendas.

El Treinta apaga el cigarro con la suela de una bota con punta de plata y coge su sombrero:

—Entonces, qué pues. ¿Se da por informado?

—Qué otra —contesta Joaquín, con la mandíbula apretada.

No es pendejo: es pendejísimo. Hasta ahora cae en la cuenta de que el matón a sueldo también es cabeza de los traficantes de droga en Santa Úrsula.

El Treinta le tiende la mano:

—Entonces aquí nos despedimos. Y no deje de hacernos llegar el estudio de las leyendas.

—No lo puedo creer —dice Joaquín cuando se cierra la puerta.

José recoge los vasos y los lava en silencio. Todavía no caen las primeras gotas, pero ya huele a lluvia, y el rumor de los truenos es constante. Una ráfaga hace temblar la llama de la veladora siempre encendida.

—Va a caer un tormentón, quédese a dormir —lo invita José—. De todas formas, el río no lo va a dejar pasar.

—Estoy agradecidísimo con usted. Me voy a acordar de nuestras conversaciones.

—Lástima que se tenga que ir sin acabar su trabajo.

—Sí, lástima. Pero lo peor no es que no lo acabe, sino el motivo por el que me voy. ¿Cuándo se metió el Treinta al negocio?

—La curiosidad mató al gato. Ya oyó a Sansón.

Joaquín lo observa acomodar las flores frente a la foto de su mujer y recuerda lo cariñoso que es con su hijo, la forma en que consolaba a don Faustino cuando lo atacaba la culpa por haber enterrado al niño en el bordo de la presa. ¿Cómo puede ser amigo de un asesino? De pronto siente frío.

—Una última pregunta: ¿está seguro de que no van a reclutar a Ulises?

José se pasa las manos por el pelo entrecano y hace un gesto vago.

—Yo ya no estoy seguro de nada, para qué lo engaño.

Joaquín se muerde la lengua mientras más preguntas se le vienen encima. Han hecho una buena amistad y le apena saber que no volverán a verse. José saca de un cajón una botella de tequila:

—Me la regaló Sansón cuando cumplí cuarenta años y hasta ahora no me había animado a abrirla. ¿Nos la tomamos?

Hace mucho me preguntó si creía en los milagros y le contesté que sí. Necesito agarrar valor para decirle la verdad.

Las nubes han cubierto por completo el sol y la luz de la veladora apenas atenúa la penumbra de mediodía. José sirve el tequila y sigue hablando:

—Dios me perdone por lo que voy a decir, pero si existen los milagros, más nos valdría no haber nacido. Verá: cuando mi mujer, que en paz descanse, se estaba desangrando después del parto, yo recé con la fe que mueve montañas, con esa mismísima fe con la que Jesucristo le pidió a su padre que lo salvara de una muerte de cruz. ¿Y nos hizo caso? No, ni los lamentos de su propio hijo lo conmovieron. Y hace unos días, cuando mataron al muchacho, los gritos de su madre pidiéndole a Dios que no se lo llevara helaban la sangre. Y, dígame, ¿le hizo caso? Y luego me vienen a contar que a fulano le hicieron este o este otro milagro, que san Judas salvó a sabe quién de que le mocharan los dedos del pie. Y yo me agarro pensando en ese Dios que tiene a sus preferidos y me da vergüenza, o miedo, no ser uno de ellos. Y ahora que me estoy envalentonando, se lo voy a decir: ultimadamente lo que me da es coraje y hasta ganas de sacar a la calle a los santos, al cabo no me han servido para una chingada.

Joaquín nunca lo había visto alterarse.

—O estaré encabronado porque el pueblo está jodido y les echo la culpa a ellos. O tendré al diablo adentro.

—O estará cansado.

—¿Será?

Desde su foto, su mujer parece observarlo con desaprobación. Él le devuelve la mirada, y Joaquín siente estar presenciando algo íntimo. Con la intuición que lo caracteriza para captar los estados de ánimo, José cambia de tema:

—No vaya a creer que era el único que hacía un estudio. Ulises y sus amigos lo estuvieron siguiendo y uno que según sabe escribir bien, anotaba en una libreta todo lo que hacía.

Ulises era el encargado de los dibujos. Lo pintó con los pelos parados.

Joaquín se ríe. Ahora entiende por qué los niños salían corriendo cuando los descubría detrás de los huizaches. A Eugenia le gustará la historia. Va a extrañar los recorridos por las calles torcidas de Santa Úrsula, las cabalgatas y el olor de las hierbas que ha aprendido a reconocer en el camino: anís, manzanilla, gordolobo… Pero, sobre todo, echará de menos a José.

La lluvia se desata. ¿Dónde se refugiarán los adolescentes que cuidan los plantíos de marihuana? ¿Los Halcones? Recuerda la primera vez que vio el pueblo. Cuánta vida detrás de la aparente calma. Se imagina al Treinta recorriendo las calles desiertas. Bien montado en su caballo retinto, envuelto en su manga gris, sombrero cubierto con un forro de plástico, espuelas de plata.

Catalina siente la tormenta dentro de ella. Su cuerpo vibra con cada trueno, como si una corriente eléctrica lo recorriera. Se tapa los oídos con las manos y camina de un lado a otro. ¿Qué caso tiene seguir martirizándose? A esta hora, Eugenia y Antonio ya habrán llegado a Guadalajara, y aunque quisiera dar marcha atrás, no sabría cómo hacerlo. Eugenia es fuerte, tiene una vida en el Congo. Y allá la espera Mark. Un relámpago ilumina un árbol detrás de la ventana. Las ramas parecen esqueletos. Cuando el trueno hace vibrar los objetos en la mesa de noche, Catalina se deja caer en la cama y se cubre la cabeza con la almohada.

Vaya ilusa, cómo creyó que podría brillar al lado de su hermana. *Calladita, calladita, como si no existieras, como si esto fuera una película.* Qué bien se aprendió el truco, cuánto ha visto siendo invisible. Ha descubierto a Antonio observar con disgusto su calva en el espejo; a Rosalío, meter nueces en pequeñas bolsas que sus hijos venden en la dulcería de la esquina. Ha oído a Ana contarle a su canguro que le gustaría tener un ojo de vidrio y ha escuchado los tristes monólogos de la cocinera; ha descubierto a Joaquín dibujar sirenas en su cuaderno y a Eugenia tararear en otro idioma mientras se acaricia la cicatriz del hombro.

Conoce los proyectos de cada uno mejor que ellos mismos, casi podría corregirlos cuando se desvían. Sí, ha hecho su trabajo, es una gran espectadora, un espíritu hábil para entrar en las rendijas más pequeñas e incursionar en pensamientos ajenos. Incluso ahora, con los ojos cerrados, puede adivinar lo que sucede detrás de cada puerta y más allá todavía, en la Santa Úrsula de Joaquín. Repite el nombre en voz alta: Joaquín, el que sabe escuchar, el de las preguntas. El amante de Eugenia.

Cuando los descubrió, se quedó un largo rato sentada en el suelo del patio. No era el momento de enfrentar a su hermana, se lastimarían demasiado. Primero debía calmarse.

Sin apartar la vista de la cordillera envuelta por nubes cada vez más densas, Eugenia se mordía el labio con expresión distraída. Catalina notó el pelo recogido en la nuca, la blusa de manta y el pantalón luido. Aun así, vestida de cualquier manera, era más atractiva que ella.

—Va a caer una tormenta espantosa —dijo Eugenia al sentir su presencia.

Catalina se detuvo a su lado.

—No te preocupes por Joaquín, José no lo dejaría regresar con este clima.

Eugenia le acomodó un mechón de pelo.

—Ya no estás enojada. ¿Me vas a contar qué pasó el otro día?

El gesto y el tono de voz, igual al que usaba para expresarle su cariño cuando eran niñas, amenazó la voluntad de Catalina. Por eso, se apartó antes de pedirle que se fuera de la hacienda. Aunque lo hizo con suavidad, su actitud era firme.

Como siempre que hablaba de él, Eugenia enderezó los hombros y alzó la barbilla.

—Tiene que ver con papá, estoy segura.

Catalina se quedó callada.

—Te quiero más que a nadie, lo sabes —siguió diciendo Eugenia.

Ella también la adoraba y las palabras que había preparado perdían validez frente a este hecho.

—Necesito aire.

—Y sientes que te lo quito.

—No es eso, es que necesito apartarme de ti para saber quién soy. Quiero saber cómo es el mundo real, no el que inventamos de niñas. Ya no quiero ver todo como si fuera una película.

—Eso te decía yo.

—Para protegerme.

—Pero salió mal.

—Perdóname, lo último que quiero es hacerte daño —contestó Catalina—, y añadió, mirándola por primera vez a los ojos—: También te pido perdón por haberme creído la única víctima de papá, por…

Eugenia la interrumpió:

—Así que nos va a seguir lastimando. Un muerto empeñado en separarnos.

Catalina trató de abrazarla y ahora fue Eugenia quien se apartó.

—Está bien, me iré.

—No así.

—Ojalá Dios exista, y papá esté en el infierno —contestó Eugenia con los dientes apretados. Después cambió de tono:

—Quita esa cara, Lina. Pase lo que pase, tú y yo siempre vamos a estar unidas.

La tormenta se desató con furia. Eugenia tomó a su hermana de la mano y corrieron a resguardarse.

Antonio estaba a punto de darse por vencido: el reporte del jefe de campo era un desastre, nada cuadraba, ni siquiera los croquis de los potreros con el número de hectáreas. Echaba de menos la minucia del anterior, a veces hubiera querido no haberlo descubierto en tratos por debajo del agua con un cañero. Cerró el registro y se levantó de la silla, adolorido por haber pasado horas sobre los papeles. La intensidad de la lluvia al abrir la puerta lo hizo dudar antes de correr a casa. Catalina entró al baño cuando se quitaba la camisa.

—¿Te pasa algo? —preguntó, inquieto por su expresión.

—No dejes que Eugenia se vaya sola.

—¿Que se vaya sola adónde?

—A Guadalajara. Cuídala, después hablamos —le pidió, pasándole la ropa para que se diera prisa en cambiarse.

Eugenia se limpió las lágrimas con un movimiento brusco. Odiaba llorar; una vez que empezaba, era imposible detenerse. Se sentía en uno de esos sueños en los que es imposible empacar. Se limpió de nuevo los ojos con las palmas de las manos y se concentró en acomodar todo dentro de la mochila. Quería irse de Colutla lo más pronto posible, de ser necesario, caminaría hasta llegar a un pueblo donde pudiera tomar un autobús hacia la ciudad. Debía estar lejos cuando Joaquín regresara.

Antonio la encontró en el borde de la cama, con la mochila a medio cerrar sobre las piernas y los ojos hinchados. Le quitó la mochila, acomodó la ropa y apretó las correas. Hubiera querido encontrar palabras para consolarla, pero sólo le dijo que él la llevaría a la ciudad. Su cuñada le apretó la mano en señal de agradecimiento, y él le preguntó si ya se había despedido de Catalina. Eugenia asintió y su cara volvió a llenarse de lágrimas.

—Bueno —contestó Antonio, después de un leve titubeo—, empaco cualquier cosa y nos vamos.

Cuando se quedó sola, Eugenia se acercó al espejo. No era bonita como su hermana, su padre debería haberlo notado. Pensar en él la hizo cambiar la tristeza por rabia. En el Congo, recuperaría la paz interior: el fantasma de su padre era cobarde, no se atrevería a cruzar el océano.

Antonio empacó en una maleta pequeña lo necesario para una noche. Cuando se inclinó para despedirse de Ana, la niña se hizo a un lado.

—Me voy un día —le dijo él, recogiendo el peluche que se había caído al suelo—. Y tienes a tu canguro.

Sin esperar la respuesta de Ana, Catalina lo ayudó a ponerse el impermeable y lo empujó hacia la salida. Eugenia era capaz de irse sin esperarlo.

Hicieron el trayecto hacia la ciudad en un silencio cubierto por el ruido de la tormenta. Apoyada contra la ventana, Eugenia se dejaba hipnotizar por los limpiadores del parabrisas. De vez en cuando, Antonio la miraba de reojo para cerciorarse de que estuviera bien. A pesar del mal tiempo y de la velocidad, Eugenia se sentía segura con él.

Cuando el coche se detuvo, se dio cuenta de que no había planeado qué hacer al llegar a Guadalajara. Antonio se hizo cargo: después de instalarla en el hotel donde él solía quedarse, pidió que le llevaran al cuarto un consomé caliente y le ordenó, como lo haría con su hija, que tomara un baño de tina antes de acostarse. Eugenia agradeció que se despidiera desde la puerta, que no hiciera preguntas ni intentara consolarla.

Antes de quedarse dormida, se distrajo pensando en el campamento del Congo: la sonrisa de Wamba al verla llegar, el abrazo de Joy, la mal disimulada alegría de Walter. La serena bienvenida de Mark. Ya habría tiempo para buscar un momento a solas con él y contarle todo, desde el inicio.

Al día siguiente, Antonio la esperaba en la recepción. Desayunaron juntos y no nada más la ayudó a reservar los vuelos, sino que pagó los boletos a la Ciudad de México, incluso le preguntó si necesitaba ayuda para organizar el viaje a Kinsasha. Ella, tan capaz, se hubiera sentido perdida sin él.

—Dile a Catalina que la quiero —le pidió en el aeropuerto.

—Ya lo sabe.

—De todos modos, recuérdaselo —y añadió, abrazándolo con fuerza—: A ti también te quiero.

Antonio se quedó en el mismo lugar hasta verla pasar la puerta rumbo a las salas de abordaje.

Y ahora, Catalina se pregunta si realmente todo sucedió de esa manera, si es posible transformarse a lo largo de un verano.

Primero regresó Joaquín. Ató a la yegua de cualquier forma en la caballeriza y entró deprisa en la casa. Cuando supo que Eugenia se había ido, se recargó en la pared. Así que volvió con su inglés, dijo para sí mismo. Después hizo un esfuerzo y le sonrió a Catalina.

Comieron solos. Ella supuso que Antonio había aprovechado el viaje a la ciudad para conseguir alguna refacción necesaria en el ingenio. Únicamente lo supuso, como también que Joaquín decía la verdad al explicarle sus motivos para irse de Colutla. Había dejado de confiar en su habilidad para leer la mente de los otros.

Joaquín tenía los ojos rojos. Estarían irritados por el polvo del camino, imposible que hubiera llorado, nadie se enamora así en unas cuantas semanas... Aunque era difícil convencerse al ver el esfuerzo que hacía para comer. Eugenia estará bien, pensó por enésima vez. Recuperará a Mark y a sus niños del Congo, su vocación.

Sin embargo, su lealtad con ella la llevó a tratar de explicarle a Joaquín la verdadera razón por la que se fue. Él hizo un gesto con la mano y cambió de tema: ya había decidido qué creer.

Empacó esa misma tarde, y lo oyó despedirse de Rosalío, de la cocinera y del caballerango. También lo vio tomar la cabeza de la yegua entre las manos y darle un beso en la frente. Inventaría una excusa para no cenar con ella y se iría temprano a la mañana siguiente.

Así fue. La conmovió verlo en cuclillas frente a Ana y contarle el mismo cuento al que le cambiaba el final.

—Quédate con nosotros —le pidió la niña—. Puedes dormir en un cuarto sin ratón.

—Es un ratón educado —contestó Joaquín, poniéndose de pie—, buen compañero de cuarto, pero tengo que irme.

Cuídalo por mí. Le gusta que le dejen maíz al lado de su agujero, así no se come los libros. Catalina —le dijo por último a ella—, siempre recordaré estos meses. Gracias.

Lo mismo que escribió en la carta que dejó para Antonio.

Lo acompañó a la salida y, cuando su espalda fue una mancha a lo lejos, se encaminó a su recámara con la esperanza de encontrar un objeto suyo. Había dejado las cobijas, las sábanas y la colcha dobladas al pie de la cama, y la ventana que solía mantener abierta estaba cerrada. Incluso había llevado las toallas a la lavandería. Catalina se acostó sobre el colchón desnudo. Cuánto daría por convertirse de nuevo en el ser invisible que sólo Antonio notaba, por recobrar la serenidad que su presencia ecuánime le transmitió durante años; por no angustiarse ante el prospecto del resto de la vida con él. Odió el día en que Joaquín la hizo creerse deseada por un hombre joven, la noche en que se confío a él. Cuánto daría por seguir pensando que su vida plana era feliz; por alimentarse, como antes, de los proyectos de los demás.

Pensando encontrarlo vacío, abrió el cajón del buró. Ahí estaba el cuaderno donde Joaquín dibujaba sirenas y, entre las páginas, una carta escrita poco después de su llegada a Colutla.

Querido papá:

Antonio me dio la carta que me mandaste y no me había sentado a escribirte porque me la he pasado a caballo de un lado a otro. Así ando por estos rumbos. Espero poder mandarte esta nota de alguna manera, porque aquí no hay correo. He pensado mucho en ti: te encantaría este lugar. Es como si el mundo se hubiera detenido, sin darle tiempo al progreso de echarlo a perder. Desde la azotea de la casa, la Sierra Madre es un espectáculo. La naturaleza y el ritmo de las horas tienen un efecto raro sobre mí. Algunas mañanas, no me sorprendería encontrar un bastón junto a mi cama y ver que me hice viejo sin darme cuenta. Las campanadas de los domingos son el único punto de referencia, y muchas veces me despiertan cuando yo aseguraría que la semana apenas empieza. Catalina (la esposa de Antonio) dice que ella siempre ha perdido con facilidad la noción del tiempo, que tiene que hacer cuentas para saber cuántos años tiene. Es una mujer guapa, con perfil de virgen renacentista. Su personalidad, un poco distante, te serviría para una de tus novelas. Por cierto, te gustaría el lenguaje de la gente de Santa Úrsula, lástima que te quede tan lejos y que te hayas vuelto perezoso, a pesar de los mil pasos diarios que tanto me has presumido. Apreciarías como nadie el aislamiento y el olor a tiempos remotos. Sobre todo, te gustaría el camposanto, tan distinto a los cementerios que, como su nombre lo indica, están llenos de cemento. Las tumbas de Santa Úrsula son de tierra apisonada y están llenas de flores que crecen al azar. La primera vez que fui, me sentí en los pliegues de la tierra.

Me voy, querido y nostálgico padre. El mozo ¡de filipina! está tocando la puerta. Es hora de cenar. Ya te seguiré contando. Besos a mamá.

Joaquín

Dobló la carta con cuidado y la metió en la bolsa del pantalón. Después buscó entre las hojas del cuaderno con la esperanza de encontrar algo más, pero había tan sólo notas aisladas, sirenas y barcos. Paseó los dedos por los contornos de cada dibujo y se imaginó a Joaquín inclinado sobre el papel. La voz de Antonio la sobresaltó. Guardó el cuaderno en su lugar y fue a recibirlo.

Sin Eugenia y Joaquín apenas se oían pasos en los corredores. Yo salía de mi cuarto para comer, después buscaba cualquier excusa y me encerraba de nuevo. Una sola vez, Antonio trató de hablar conmigo, y cuando le dije que no se preocupara, que eran cosas de mujeres, no insistió. Creo que agradecía la mentira.

Si los niños tienen un sexto sentido, Ana carecía de él. Iba feliz, despeinada y chimuela, de la cocina a las cabellerizas y de ahí al ingenio. Eso contaba Antonio cuando llegaba a dormir. Sentado de espaldas a mí mientras se quitaba las botas, hablaba como nunca lo había hecho antes. El silencio se había vuelto incómodo. Ya en la cama, nos quedábamos inmóviles durante lo que parecía una eternidad, sabiendo los dos que el otro no dormía. Antonio se levantaba al amanecer y, al ver el abatimiento en sus hombros, yo hacía un esfuerzo para no ir hacia él y abrazarlo. Pensaba que era mejor mantenerme alejada, que sería injusto hacerlo creer algo y después lo contrario, que nada es peor que un verdugo compasivo. Pensaba muchas estupideces.

El verano pasó sin que notara la llegada del otoño. Aunque había dejado mi refugio, deambulaba por las habitaciones vacías, haciendo suposiciones: si hubiera conocido antes a Joaquín, si mi padre hubiera sido distinto, si Eugenia se hubiera quedado en el Congo.

Y fue algo tan común como el tizne cayendo sobre la hacienda lo que me regresó al presente. Levanté la cara para

ver volar las hojas quemadas de la caña y oí el ruido del ingenio. La zafra había empezado.

Era una noche limpia, con una luna nueva, delgadita, y
un cielo repleto de estrellas. Me cercioré de que Ana estuviera bien dormida y salí al campo, esperando llegar a tiempo para ver la quema de la caña. Soplaba esa clase de viento
que hace que arda deprisa y se detenga en el guardarraya.
Un viento confiable. En el terreno que estaban quemando,
las llamas sobrepasaban las copas de los árboles y el estruen-
do cubría las voces de los jornaleros. Esperé a una distancia
segura, donde las chispas no llegaran, y desde ahí vi a un par
de aguilillas sobrevolar la lumbre al acecho de una rata, un
conejo, una víbora, un armadillo o un mapache. Cualquier
animal que se quedara sin refugio.

Lo que más me gusta de la quema es el olor a azúcar y
la calma que sorprende al apagarse el fuego. Esa noche, cuando el humo se disipó, un hombre se acercó a Antonio para
entregarle un costal con algo adentro.

De regreso en casa, Antonio sacó del costal unas espuelas y un ánfora de plata; las dejó sobre la mesa, se sirvió un
whisky y me pidió que me sentara. Las espuelas y el ánfora
me recordaron a las del cuadro de un antepasado suyo, aunque las iniciales no coincidían. Las tomé con cuidado e hice
girar las rodajas.

—Están aceitadas —dijo Antonio en tono sarcástico—.
El dueño era meticuloso.

Esperé a que siguiera hablando pero él se detuvo frente a la ventana, buscando la mejor manera de explicarme una
situación que ya no podía seguir ocultando.

Que los cerros de Santa Úrsula estuvieran salpicados por
manchones de marihuana era sabido desde la época de su
padre. Los llanos entre las barrancas parecían hechos para el

cultivo y eran ideales para esconderlo. El negocio, pequeño, funcionaba sin sobresaltos: la marihuana se vendía al menudeo en los pueblos cercanos, y sólo de vez en cuando aparecía muerto algún cuidador que había querido tomar el negocio por cuenta propia. El problema surgió cuando el mercado se hizo más grande. Una parte del ejército se coludió entonces con el crimen organizado, y las avionetas empezaron a sobrevolar las montañas de Santa Úrsula dos veces al año: durante la siembra de la droga, para hacer un mapeo, y en la cosecha, para repartirse la mejor parte y quemar el resto.

Yo, que me creía tan observadora, era la única que ignoraba ese secreto a voces. Antonio aprendió a callarse y luego recuperó las alianzas que su padre hizo para tener paz en medio de una guerra. La hacienda era su pasión y por ella estaba dispuesto a mucho más de lo que yo hubiera imaginado.

Antes de morir, el padre de Antonio le preguntó al Treinta, que a pesar de su juventud ya era respetado en la zona, qué quería a cambio de cuidar a su familia. El asesino le pidió unas espuelas y un ánfora de plata, como las de los antiguos hacendados. Sin embargo, el negocio de la droga resultó demasiado tentador y acabó frente al abrevadero de Santa Úrsula, con un tiro de gracia en la cabeza. El hombre que le llevó a Antonio el costal al campo donde quemaban la caña era José.

Me tembló la voz al preguntar si el arrendador también estaba en el negocio. José arriesgó la vida para advertirme que ya no estamos seguros, fue la única respuesta de Antonio.

Regresamos a México poco después, y a partir de entonces, Antonio iba solamente a supervisar al caporal y a un administrador del ingenio que contrató a raíz de la advertencia de José y que cobraba por tres. Preferí no averiguar si, además de ese sueldo, Antonio pagaba para que no asesinaran a sus trabajadores.

En la ciudad, nuestra relación siguió tensa. Por las noches, cuando nos quedábamos a oscuras, la tristeza de Antonio era una presencia física en medio de la cama. Percibiendo la tensión, los empleados hablaban en voz baja y la comida se volvió insípida, como si hubiera un enfermo en casa. Ana era quien hacía soportable la situación. Si antes pasaba la mayor parte del tiempo conmigo, ahora era la sombra de su papá. Iban juntos a la talabartería donde arreglaban botas y albardones, a buscar fundas para escopeta... Incluso, los domingos, a misa de ocho en la mañana. A la salida, Antonio le compraba tamales para después verla, entre divertido y asqueado, revolverlos hasta formar una masa de colores.

Pero no estaba hecho para esa vida y una noche me dijo que pasaría más tiempo en Colutla. ¿Y la violencia? Él sabría reconocer el peligro.

Las temporadas en México sin él me dieron un respiro, y la distancia me hizo extrañar nuestra antigua relación. Quizá aún fuera posible recuperarla. Una tarde en la biblioteca, me decidía a acercarme cuando Ana entró corriendo y, colgándose de su cuello, le contó que había soñado que le pasaban cosas horribles en Colutla. Antonio dejó su libro sobre la mesa y se quitó los anteojos. ¿Te acuerdas de cuando hablamos de los sueños? ¿En qué quedamos? En que no son verdad, contestó Ana. ¿Ya ves? No me va a pasar nada. Pero mi canguro y yo te extrañamos cuando te vas. Eso es distinto, se rio Antonio, espero que dentro de poco tu canguro y tú puedan venir conmigo. ¿Y mamá? Por primera vez en mucho tiempo, él me miró a los ojos, sereno, y supe que había dejado de necesitarme. Si ella quiere, claro, contestó.

Ana era una niña sociable, y la casa tenía una inercia propia, surgida de generaciones atrás, así que me encontré con una cantidad de horas por llenar. Para exorcizar a los demonios del aburrimiento, leía sobre el Congo. Imaginar a Eugenia en su entorno me ayudaba a armarme una historia que me reconciliara con la idea de haberla separado de Joaquín, pero me era cada vez más difícil visualizarla junto al Mark de mi imaginación y, poco a poco, el médico guapo e intrépido le cedió el lugar a un hombre del que Eugenia nunca se enamoraría. Con el paso del tiempo, rutinario, insípido, ya ni siquiera me entretenía pensar en el Congo, el aburrimiento lo cubría todo, incluso la culpa y la pasión por Joaquín que alguna vez, en lo que me parecía otro mundo, llegué a sentir. A veces creo que, de no ser por lo que sucedió más adelante, me hubiera esfumado como el gato de Cheshire; en lugar de sonrisa, de mí hubiera quedado un murmullo, el ruido de mis pasos en el jardín, subiendo y bajando escaleras, sin nada qué hacer.

A pesar de que la voz del otro lado de la línea se oía entrecortada, reconocí de inmediato a Rosalío. Antonio se había caído del caballo, y el gerente lo llevaba al hospital de un pueblo cercano.

No sé cómo se las arregló Sebastián para organizar el viaje con tanta eficiencia. Yo me dejé guiar por él. Llegamos esa misma noche, muy tarde. El administrador del ingenio nos explicó que Antonio estaba inconsciente y seguían practicándole estudios. Por el momento, lo único que nosotros podíamos hacer era rezar. Pero mi cuñado no tenía la menor intención de dejar a Antonio en manos de Dios y armó tal escándalo para que le permitieran pasar a verlo que el policía nos ordenó esperar en el patio, donde familiares de otros pacientes dormían en el suelo. El olor de una alcantarilla abierta era insoportable, y las cucarachas se paseaban entre la gente. Mientras Sebastián iba y venía de un lado a otro mascullando maldiciones, yo me dejé caer en una banca.

El médico salió a buscarnos de madrugada, cuando las cucarachas regresaban a su alcantarilla. Un sol tenue iluminó el patio y la gente dobló sus cobijas, como en un campamento. Había basura por todas partes. Para mi sorpresa, el interior del edificio estaba limpio y bien mantenido. Atravesamos una serie de corredores iluminados por ventanales antes de llegar a la zona de los cuartos privados.

Mi primera impresión al ver a Antonio fue de alivio, porque no estaba conectado a ninguna máquina. Puede respirar por sí mismo, nos explicó el médico, pero no es seguro que recobre la conciencia. Y así empezó otra espera interminable, hasta que el médico aceptó que lo trasladáramos, primero a un hospital en México, después a casa.

Para estar cerca de su hermano, Sebastián se mudó a la recámara de su infancia. Antonio le había comprado su parte de la casa cuando sus padres murieron y, durante el tiempo que estuvo con nosotros, Sebastián recuperó el espacio donde pasó su niñez y su tormentosa adolescencia. El cuñado irresponsable se había convertido en el mejor cuidador y en un apoyo invaluable para mí. Con Ana, le surgía su lado infantil: se disfrazaba de pirata, construía con ella castillos de madera, incluso inventó un lenguaje a base de gestos y gruñidos, todo para distraerla. No soportaba verla triste. A Antonio le leía novelas históricas, seguro de que una parte de su mente captaba algo. Yo prefería acompañarlo en silencio y ocuparme de las flores en el buró, del olor a lavanda que le gustaba y de la temperatura del agua a la hora del baño.

Mis días estaban regidos por un objetivo claro —el bienestar de Antonio— y mis antiguas tribulaciones se desvanecieron. Eugenia me llamaba un par de veces al mes desde África para tener noticias y, aunque evitábamos hablar de lo que sucedió en la hacienda, habíamos recuperado la cercanía. Debo confesar que fue una época apacible y, a su manera, agradable.

Una tarde, Antonio despertó por unos segundos; en el transcurso de las siguientes semanas los segundos se alargaron, movió los brazos, luego las piernas, balbuceó y, finalmente, empezó a hablar un poco, aunque nunca recuperó por completo el lenguaje y solía detenerse a media frase, desconcertado. Caminar fue un proceso difícil. Por fortuna, el derrame le había afectado también la zona donde se genera la angustia y estaba en paz. Además, su sonrisa al verme me aseguraba que también había olvidado la actitud mía que tanto lo lastimó.

En esos días, retomé la escritura. A Antonio le gustaba que estuviera con él durante las terapias, y yo aprovechaba esos momentos para armar unos cuentos que escribía por amor a las palabras. Una tarde, Sebastián tomó mi cuaderno: cuando acabó de leer, exclamó con gran entusiasmo que le gustaban los cuentos y, fiel a su costumbre de seguir sus impulsos en el momento, fue por su agenda, una libreta viejísima donde apuntaba un poco de todo, para buscar el teléfono de una amiga editora a quien no había visto en años. Sebastián es una persona difícil de olvidar y sospecho que la editora aceptó leer mis cuentos, más que otra cosa, para recuperar el contacto con él.

Esperamos su opinión con ánimos distintos. Yo, escéptica; él, lleno de planes para mí. El veredicto llegó una mañana soleada, lo que a Sebastián le pareció un magnífico presagio. Y, para mí, lo fue: aunque su amiga opinaba que mis cuentos no tenían futuro comercial, me propuso escribir para otros. A Sebastián le pareció ofensivo, pero a mí no me causaba conflicto ser una escritora fantasma. ¿Para qué negarlo? Iba bien conmigo. Te pidió que fueras un negro, dijo Sebastián, así se llaman, ve a saber a quién se le ocurrió el término. Y empuñó con furia mi cuaderno: ¡Mándala al diablo! Sin embargo, entre más lo pensaba, más me gustaba la idea. Cuando él se fuera y Ana estuviera en el colegio, tendría algo que hacer.

Por lo menos, cobra un dineral, refunfuñó Sebastián, dándose por vencido.

Poco tiempo después, anunció que regresaría a su departamento, y agradecí haber aceptado la oferta de la editora: Antonio pasaba muchas horas en terapias o descansando, y el tiempo libre hubiera sido opresivo. Mi nueva rutina se rompía tan sólo por las visitas de Sebastián y por las esporádicas del administrador del ingenio. Cuánto me gustaba escucharlo hablar de Colutla, recordar los nombres de los potreros, de los tachos, las calderas y las centrífugas, de los obreros que mandaban saludos; saber del exceso de lluvia o de la sequía; del nivel de las norias. La violencia era un tema ausente. Antonio oía los reportes con atención, asintiendo con la cabeza o pidiéndole detalles sobre algún punto específico. Eran sus mejores momentos.

A más de un año del accidente, pensé que volver a Colutla sería mejor que cualquier terapia. Esa misma tarde, se lo comenté a Sebastián y, después de consultarlo con el médico, le propusimos la idea a Antonio. Su ilusión fue conmovedora: él mismo se puso de acuerdo con el administrador para que organizara todo en la hacienda y habló personalmente con Rosalío. Después de la llamada, decidió que sería indigno llegar apoyado en un bastón, así que venció el miedo a caminar sin ayuda y empezó a dar pequeños pasos solo. Aunque yo también estaba emocionada, me preocupaba que le sucediera algo en la hacienda y fue un alivio que Sebastián decidiera acompañarnos: no se perdería por nada el reencuentro de su hermano con la tierra. Un reencuentro que sucedió tan sólo en su mente. Dos días antes de que saliéramos rumbo a Colutla, tuvo un nuevo derrame. Murió una semana después y, por su sonrisa, supe que el viaje fue un éxito.

En el velorio, me di cuenta de lo querido que era Antonio. No sólo vinieron amigos de su edad, sino jóvenes a quienes había ayudado con sus estudios, niños de un orfanatorio que patrocinaba e incluso gente que hizo el trayecto desde Colutla. Rosalío, muy elegante en un traje que Antonio le había regalado, llevó flores; el antiguo jefe de campo se mantuvo todo el tiempo de pie junto al féretro, como si lo estuviera cuidando, y el administrador me entregó una foto enmarcada de Antonio sobre la grúa. Había tantas coronas de distintos ingenios que debimos dejar varias en el jardín.

Lo velamos dos días antes de incinerarlo para llevar más adelante sus cenizas a la capilla de Colutla. Así me lo pidió la primera vez que fui a la hacienda, cuando yo pensaba que nada resquebrajaría la seguridad de mi vida con él.

Joaquín llegó en cuanto se enteró de la noticia. Lo encontré al salir a tomar aire y tuve tiempo de observarlo sin que me viera, mientras él consolaba a Sebastián. Ahí estaba el hombre por quien hubiera estado dispuesta a abandonar a Antonio. Cuando me vio, se acercó a mí con la sonrisa que aquel verano me dejaba aturdida y me abrazó diciendo mi nombre. Algo tiene Joaquín que hace bajar la guardia. Nunca había visto a Sebastián desahogarse de esa manera. En cuanto a mí, por primera vez desde la enfermedad de Antonio, pude llorar. Porque la muerte desentierra muchas cosas, lloré por el odio de mi padre y la cobardía de mi madre y lloré también por alivio, cuando sentí la mano de Ana buscar la mía. Creyendo que no lo reconocería, Joaquín se presentó diciéndole que a menudo se acordaba de ella y de sus sueños en la hacienda. Pero Ana no se había olvidado de él. Es más, todavía guardaba el cascabel de víbora que le regaló. Mientras Sebastián y yo agradecíamos otros pésames, ellos dos se sentaron a platicar en la escalera de entrada. Cuando la gente empezó a irse y fui a buscarlo, ya se había ido.

Eugenia tardó casi una semana en llegar a México. Yo leía en el jardín cuando sentí su mano acariciarme el pelo. A su lado, un hombre alto me sonrió. No era guapo y, más que intrépido, contagiaba serenidad: era el Mark de carne y hueso, el compañero de mi hermana.

Al día siguiente, fue la última misa de Antonio. Eugenia y Mark se estaban quedando en casa, y Sebastián cenaría con nosotros. La tarde estaba llena de fantasmas: la duela crujía como si los antiguos habitantes de la casa caminaran sobre ella, y dos cuadros de la biblioteca se cayeron sin razón alguna. Ana estaba inquieta, así que me quedé con ella hasta que se durmió. A pesar del cansancio, yo tenía ilusión de platicar con Eugenia y de conocer mejor a Mark. La voz de Sebastián me llegaba de la sala y me quedé un momento en el descanso de la escalera, recordando la época en que se reunía con Antonio y otros propietarios de ingenios. Entonces para mí era un cuñado cuya impulsividad me intimidaba. Ahora, un amigo divertido y solidario.

Abrí la puerta de la sala pensando que estarían solamente los tres y me encontré con Joaquín. Con su desparpajo habitual, Sebastián lo había invitado a cenar.

Como a veces sucede después de la muerte de un ser querido, quizá por la conciencia de la propia vida, el ambiente de la cena era casi festivo. Ya vendría después el duelo, ahora disfrutábamos la comida y me sentía ligera, joven y muy viva. Cuando Mark se inclinó a servirme vino, aprecié la curva de su boca y su nariz recta y delgada. Era un perfil con personalidad. Al escuchar hablar a Joaquín sobre su trabajo, le sugirió ir al Congo, un país lleno de tradiciones orales. Ellos estaban por ahora en Nigeria pero conocían a unos misioneros que estarían encantados de recibirlo. Hablas como si estuviera a la vuelta de la esquina, le dijo mi hermana. A Sebastián le entusiasmó la idea. Ve, lo animó, ¿qué te detiene aquí? ¿Una novia?, preguntó Eugenia. No, contestó Joaquín, devolviéndole la sonrisa, un gato viejo y dependiente. En la hacienda, esa conversación entre ellos me hubiera matado de celos. Esa noche comprobé, con una mezcla de alivio y sorpresa, que mi obsesión por Joaquín se había quedado allá, en ese verano en Colutla.

Tomamos el café en el salón pequeño; después de servirse, Mark se levantó con la taza en la mano para observar los cuadros y, antes de salir a contestar una llamada, Sebastián me sugirió que le enseñara los Icaza de la biblioteca. Cuando acabó de analizar cada detalle, Mark se dirigió al librero donde estaban las espuelas que habían sido del Treinta. Pobres caballos, exclamó, tocando los picos de la rodaja, y nos entretuvimos hablando de los diferentes métodos para amansarlos. Yo también prefiero por la buena, como el arrendador que me cuentas, me dijo mientras caminábamos de regreso.

Eugenia y Joaquín estaban sentados en el mismo sillón, separados por el perro de Ana, que dormía plácidamente. Eugenia se levantó para ir hacia Mark, y Joaquín se quedó en el mismo lugar, acariciando al perro con la cabeza inclinada. Verlo así me hizo darme cuenta de lo solos que estamos. Tendemos puentes, formamos alianzas y creamos lazos, pero en realidad decidimos qué ver en el otro. En gran medida, lo inventamos.

Más tarde, cuando los demás se despidieron y Mark se fue a dormir, le pregunté a Eugenia si hubiera podido enamorarse de alguien como Joaquín. Se tardó en contestar. Quizás ignorando que lo sabía, dudaba si contarme lo que sucedió entre ellos en la hacienda. Finalmente, negó con la cabeza, y yo me aparté de ella con la excusa de reavivar el fuego. El corazón me latía con fuerza. ¿Cómo pudo entonces traicionar a Mark, cómo fue capaz de lastimarnos tanto a Joaquín y a mí? Me temblaban las manos, imposible acomodar los leños. Me puse de pie, dejándolos de cualquier forma, y la observé a través del espejo. Se había servido otra copa de vino y miraba el fuego con expresión pensativa. Pero, ¿qué es en realidad el enamoramiento?, preguntó, y añadió, cambiando de tema: Voy a extrañar a Antonio, era un hombre bueno y te adoraba. Sí, pensé, y yo hubiera estado dispuesta a abandonarlo. Mi imagen en el espejo era distinta a la de entonces. Mis ojos brillaban menos y mi boca era más pálida. Eugenia, en cambio, seguía siendo la misma. Fui a sentarme de nuevo a su lado, como cuando nos quedábamos solas en la casa de nuestra infancia y construíamos juntas un mundo protegido por los muros de la fantasía, un espacio propio en el que nadie más que nosotras podía entrar.

Colutla. Hace unos meses, el nombre sonaba a sangre. Esparcida en gruesas gotas por la tierra, oculta entre la caña, líquida al bajar de la sierra para llenar en borbotones cada surco. Ahora, su sonido es de agua. La sangre se ha ido a cubrir otros pueblos. He aceptado que México es violento por naturaleza y respiro las rachas de paz como un náufrago después de cada ola. Hace tiempo, cuando descubrí el significado de estar viva —con lo bueno y malo que la palabra implica— me creí capaz de convertirme en otra persona. Hoy estoy conforme con mi lugar en el mundo, un lugar bueno, pequeño.

Debo vaciar la habitación de Antonio. Será un espacio donde pueda aislarme cuando eche de menos mi mundo entre las sombras. Dejaré que la hiedra trepe hasta la ventana y pintaré los muros de azul para que la luna se refleje en ellos.

Las casas que se mantienen en una misma familia por generaciones adquieren un poder terrible. Sebastián lo sabe, por eso, prefirió no volver a Colutla. En algunas noches de insomnio, me pregunto si yo debería ayudar a Ana a liberarse de la hacienda. Pero en la madrugada recuerdo el canto de las calandrias, el sonido del viento entre la caña, la lluvia fuerte, feroz, los rayos que iluminan la vieja iglesia, el olor a leña quemada que se ha impregnado en los muros. Será Ana quien decida si vale la pena el esfuerzo por conservarla.

Joaquín vino a cenar ayer, y ahora es ella quien lo ve con adoración. Me alegra que no haya desaparecido de mi vida. Le pedí que me contara más acerca del estudio que llevaba a cabo en Santa Úrsula y, cuando se fue, escribí con mis propias palabras la leyenda del catrín.

Una sombra al atardecer, el sonido de unas espuelas. El catrín llega cuando el sol empieza a ocultarse y se sienta en la peña que lleva su nombre. Los cañaverales se extienden a sus pies, y en el horizonte se alcanza a ver la laguna con sus playas de salitre. *Al verlas cubrirse de penumbra, el catrín se encamina hacia el pueblo y espera oculto detrás de los robles. Una sombra entre las sombras. Más tarde, cuando se callen los pájaros y los sapos croen en las charcas, la luna será su guía en las calles sinuosas donde brillará la plata de sus espuelas. A su paso, se hará el silencio.*

La noche está quieta, el viento ha dejado de soplar, no respiren, que crea que el pueblo está abandonado y busque nuevos lugares.

Los niños aprietan los párpados y se acurrucan unos contra otros; las mujeres apagan las veladoras y dejan sus costuras. Así, con las manos inmóviles sobre el regazo, esperan el paso del catrín. Cuando el ruido de las espuelas se aleje, las velas se encenderán una a una, y las madres buscarán a sus hijas con ojos turbios de angustia. Los niños preguntarán entonces si ya pueden respirar y el murmullo de sus voces tranquilizará a las mujeres.

Pero si el catrín detiene su andar frente a una ventana, hasta rezar será en vano porque es inútil luchar contra el deseo de ese hombre tan elegante y bien parecido, tan digno cuando no es presa de la lujuria. Su mirada maldita escogerá a una muchacha, y ella se levantará en un trance y lo seguirá al campo donde, bajo la luna, se perderá con él. Regresará al día siguiente, de madrugada. Labios hinchados, pelo revuelto y un dolor en el alma que cargará hasta la muerte.

Hace años que nadie oye resonar los pasos del catrín en las calles de Santa Úrsula pero los niños siguen alertas al sonido de las espuelas, al brillo de la plata, a una sombra espigada. Los adultos callan, inseguros de que su miedo pertenezca a otros tiempos.

La leyenda me transportó a esos cerros en donde parece que nada sucede y sucede todo. Quizás, algún día, cuente su historia.

He logrado deshacerme de las fotografías de mi padre, ya es raro que aparezcan en un sitio inesperado. Sin embargo, decidí conservar la que tengo frente a mí en el escritorio. Verlo en su marco, preso detrás de un vidrio, me da seguridad. Cuando trato de escribir y no encuentro inspiración, hablo con él. Una escritora fantasma, me dice su sonrisa irónica, ¿qué otra cosa podría esperase de ti? Lo saco de su cárcel y recorro con un dedo los ojos verdes, parecidos a los míos, la boca demasiado carnosa y el pelo peinado hacia atrás. Lo guardo de nuevo en su marco de carey y lo dejo frente a la única fotografía que encontramos entre los objetos de mi madre cuando la llevamos al asilo. Yo estoy detrás de un sillón, apenas puede verse mi silueta; del otro lado del cuarto, Eugenia me busca. Dos niñas jugando a esconderse. Ésa es la imagen con la que mi madre ha decidido quedarse.

Antes de ir a acostarme, saco por última vez la fotografía de mi padre, aún no acabo de hablar con él. Tienes razón, le contesto. Es verdad que escribo para que otros pongan su firma pero estoy viva y tú estás muerto.

ÍNDICE

Como si no existieras de Susana Corcuera
se terminó de imprimir en febrero de 2018
en los talleres de
Litográfica Ingramex, S.A. de C.V.
Centeno 162-1, Col. Granjas Esmeralda, C.P. 09810
Ciudad de México.

lifelong HEALTH

lifelong
HEALTH

MARY RUTH SWOPE

Whitaker House

Unless otherwise indicated, all Scripture quotations are taken from the *King James Version* (KJV) of the Bible.

Scripture quotations marked (TLB) are from *The Living Bible*, © 1971 by Tyndale House Publishers, Wheaton, Illinois. Used by permission.

LIFELONG HEALTH

Dr. Mary Ruth Swope
P.O. Box 5075
Scottsdale, AZ 85261

ISBN: 0-88368-510-8
Printed in the United States of America
Copyright © 1984, 1997 by Dr. Mary Ruth Swope

Whitaker House
30 Hunt Valley Circle
New Kensington, PA 15068

Library of Congress Cataloging-in-Publication Data

Swope, Mary Ruth.
    [Are you sick and tired of being sick & tired?]
    Lifelong health / Mary Ruth Swope.
       p. cm.
    Previously published: Are you sick and tired of being sick & tired? New Kensington, Pa. : Whitaker House, 1984.
    ISBN 0-88368-510-8 (trade paper)
    1. Nutrition—Popular works. 2. Nutrition—Religious aspects—Christianity. I. Title.
    RA784.S93   1997
    613.2—dc21   97–49497

1 2 3 4 5 6 7 8 9 10 11 12 / 06 05 04 03 02 01 00 99 98 97

CONTENTS

Acknowledgments

Special thanks to Dr. Martha Susan Brown
and other faculty members of the
School of Home Economics,
Eastern Illinois University, for their
valuable assistance.

Foreword

Last year, after being fifty pounds overweight for half my life, I realized I was dying. I had watched some of my friends die for some of the same reasons I was dying, and I determined that age fifty was not God's time for me to go to heaven—or wherever else fat people go when they eat themselves to death.

I also realized that simply desiring to be healthy would not get the job done. I had wanted to be healthy ever since I got fat. But each day brought the same results—defeat.

Gradually I became aware that it takes more than desire—it takes commitment. Not just commitment to lose weight, but a commitment to change your lifestyle in regard to nutrition, exercise, and image.

The results were dramatic. And they have been lasting. By proper eating and exercise, I dropped from 225 pounds to 165, and there I will stay the rest of my life.

Now, as I look back, I realized I incorporated nearly all of Mary Ruth Swope's principles into my return to life. In fact, if I were to write a book on the subject I would say everything that Dr. Swope has said in these pages—only she says it not just from experience, but as an outstanding authority on nutrition.

What you're about to read can mean the difference in life and death to you. Remember, it takes more than desire; it takes commitment. But once you've tasted life, you'll never want to go back to the way of death. Read this, and live!

JAMIE BUCKINGHAM
MELBOURNE, FLORIDA

CHAPTER ONE

Why Are You Sick and Tired?

Does this conversation sound familiar?

"I can't believe it's Monday already. I could hardly get out of bed this morning and come to work."

"I know what you mean. The weekend was too short."

"Where's Mary?"

"She's not coming in today. She's sick again."

"Well, I'm not feeling so great myself. I hope the boss doesn't expect me to do any extra work today. I'm so tired, I can hardly drag myself around."

Many Americans are sick and tired, but why? We have all the modern conveniences and the most abundant food supply in the world. We are the best-informed, most widely-read nation that has ever existed. Yet, our state of health proves that something is drastically wrong.

Many factors contribute to this sick and tired feeling, but I am convinced that the way we eat is the main reason for the poor health of many Americans.

How Americans Eat

Over the past thirty to forty years, the American way of eating has drastically changed. Many of these changes have been so gradual that we don't realize the extent or the danger of them. Our sick and tired state of health is directly related to these dietary changes. How has the American diet changed?

Whole grain, cooked cereals like oatmeal and cream of wheat are practically a thing of the past. Today, the modern breakfast consists of doughnuts, sweet rolls, boxed cereals, white toast, or pancakes. Coffee and sweetened fruit juices have replaced milk as the favorite breakfast drink.

Lunch menus have also deteriorated. Many Americans no longer eat lunch at home. Fast-food chains, local restaurants, and school cafeterias have replaced Mom's homemade vegetable soup and fresh whole wheat bread. Hamburgers, pizza, batter-dipped chicken, and deep-fried fish have taken over as the lunchtime favorites.

The evening meal may be prepared at home, but it is very different from the dinner Grandma used to serve. We look for the most convenient way to give our families a square meal: instant potatoes, frozen meat patties, TV dinners, and

12

canned vegetables. Our foods are refined and processed until most of the nutrients are destroyed, leaving only the calories behind.

Some of the things we eat are man-made fabrications that put together with imitation ingredients, additives, and preservatives. Would you call imitation mayonnaise, bacon bits, coffee creamer, whipped topping, and imitation ice cream *foods?*

What effect do these fabricated foods have on our bodies? Margarine is a man-made food that has been around for many years. It is made by adding hydrogen to oil to make it hard at room temperature. It is now a well-established fact that about 50 percent of the oil in margarine changes from the natural form to an unnatural fatty acid form. This "trans" form has no natural metabolic function, and our bodies don't know how to handle it. The result is that it interferes with normal fatty acid metabolism.

What about the beverages we drink? Are we drinking more, or less, water and milk? Think about it. What beverages do you drink most often?

We are drinking more soft drinks, fruit juices, beer, and wine. These are not good exchanges for pure water—the drink required by every cell for hundreds of processes.

Cola-type drinks, for example, are very acidic; disease flourishes in acid. These drinks also offend the kidneys, are addictive (due to the caffeine), soften bones and teeth, elevate blood pressure, and more. Americans are consuming eight hundred or more soft drinks annually. It's little wonder that our population is chronically, epidemically sick. Let's go back to pure water!

The American Love Affair

Americans love sweets. We sell candy bars for the high school band, purchase cookies from the scouts, and make chocolate-frosted brownies for the class bake sale. But who cares if our children's teeth and bones are brittle and decayed? So what if blood vessels are victimized, fatty hearts are developed, and resistance to infection is lowered? It was for a good cause, wasn't it?

One of my former associates was a dental surgeon who had a three-year-old girl. This man knew that sugar ruins teeth, so he had never permitted his daughter to eat any candy.

At a Christmas party in their home, one of the guests brought a box of chocolates. The little girl passed the box around to the guests, then asked if she could have a piece. The father shook his head "no." A guest seated nearby said, "Oh, come on. One piece isn't going to hurt anyone. Let her have it." The father consented. I will never forget what happened.

The child put the candy in her mouth, chewed it a few times, got a puckered-up look on her face, spit it out on the floor, and said, "Ugh! What's that *horrible* stuff?"

Most children have to learn to eat highly sweetened foods. They find them unpleasant in their mouths until they develop a taste for them. Yet, from the time they are little ones, our children are given candy and sweets as prizes and rewards.

It is no wonder that "sugarholism" is now rampant in our country. In the past one hundred years, sugar consumption has skyrocketed! Each person in America eats an average of 130 pounds of sugar each year.

130 POUNDS OF SUGAR PER YEAR

Diet and Disease

Have these changes in the American diet affected the state of our health? No doubt about it.

The first medical report of a heart attack appeared in a major American medical journal in 1912. Doctors didn't know what to call this new problem, so they made up the term *heart attack*. We are now losing one million Americans each year to this tragic disease.

Diabetes is an old disease. The Greeks described it in their writings. At the turn of this century in America, however, few people had it. Today there are an estimated ten million cases, with six hundred thousand new cases being diagnosed annually.

What about hyperactivity in children? Twenty years ago there was not one case recorded in medical literature. Doctors now estimate there are ten million diagnosed hyperactives in our nation.

Tooth decay, colon cancer, diverticulitis, hypertension, osteoporosis, prostate gland problems, ulcerative colitis, breast cancer, arthritis—these are a few of the major conditions that are now epidemic in America. But they are almost unknown in underdeveloped countries where so-called civilized groceries have not invaded their stores or landed on their dining tables.

Prior to 1950, a colony of Eskimos north of Canada ate a diet consisting mostly of seal, caribou, and homegrown vegetables. Then the U.S.

government built radar stations in the Eskimo territory and trained the local inhabitants to operate them. Because the men could no longer hunt and fish for their food supply, a modern grocery store was built in their community. The Eskimos began to eat the packaged and processed foods included in the typical American diet. The sugar intake of the Eskimos up to that time had been about 2 pounds per person per year. Within five years, the Eskimos increased their sugar intake and adopted the disastrous American way of eating. Here is what happened in less than ten years:

- Diabetes increased 400 percent.

- Prior to 1955, there had been no gallbladder surgery in the local hospital. By 1965, their gallbladder surgeries were up to U.S. figures.

- Heart attacks increased by 300 percent in ten years.

- From 1958–61, 80 percent of the teenagers had acne. No cases were reported before 1955.

- Tooth decay became epidemic. Prior to 1950, the Eskimos did not have a local dentist because they had not needed one.

- Recurring infections and anemia in infants increased greatly.

- Hypertension was greatly increased.

Within ten short years of a modernized diet, there was a dramatic increase in the incidence of the degenerative diseases prevalent in developed countries like America.[1]

CHOICES ARE HARD!

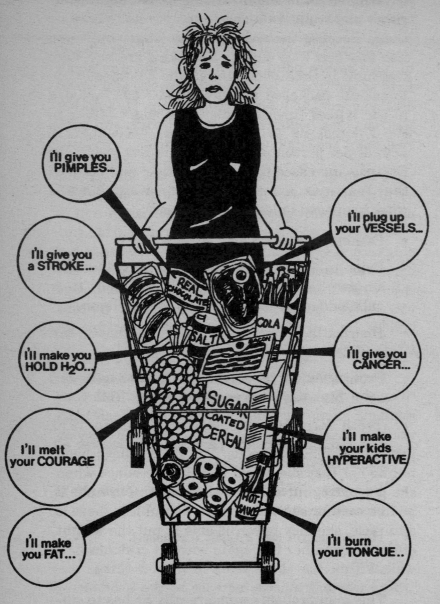

Yes, the foods and beverages we eat and drink greatly affect our health.

The wife of one of my former employers began to have severe pains in her back. She was about sixty at the time. The pains grew worse and worse until she went to a physician for help. He told her that she was beginning to get arthritis and with treatment she could expect to improve.

Although she followed his advice, she became so ill that she was bedridden and immobile. Finally, the family decided to take her in an ambulance to her son's home in another state. Her son, a medical doctor, examined her and found that her back was broken in two places. The bones of her spine had literally deteriorated—crumbled. She was diagnosed as having osteoporosis (porous bones). Soft drinks, red meat, and sugar are directly related to this condition.

I will never forget what her husband told me. "You're a nutrition teacher," he said. "Tell your students about my wife's case. We have been married for nearly forty years, and I have never seen her eat calcium-rich foods. For years I have been telling her that she would have brittle bones when she got older, but she wouldn't listen. Now she'll be in a cast for several months, and unless there is a miracle, she may never be able to put the weight of her body on her feet again without crutches or a walker."

This man probably wonders why he has to suffer the consequences of his wife's habits. She will never again be able to live a normal, happy life doing all the things she had contributed to their home and marriage.

Over the past fifty years, the American diet has changed dramatically. Some changes have been good, but the overall effect has created serious health problems. The overconsumption of meat, fats, sugar, cholesterol, salt, and alcohol has been linked with a higher incidence of six of the ten leading causes of death in the United States: heart disease, cancer, diabetes, cerebrovascular disease, arteriosclerosis, and hypertension.

DIETARY QUACKS

Americans have a pill for everything. Every year we swallow millions of capsules bought at local drug stores and supermarkets. Some people think their nutrition problems can be solved by taking huge doses of certain vitamins and minerals. Others think the answer is in eating special sugar substitutes, fiber concoctions, or products bought at the health food store.

Our nutrition knowledge is limited to what we learn from TV commercials, magazines, and so-called experts. The salespeople for most nutrition-related products usually have no training in the science of nutrition. Instead, they rely on the advertisements written by their companies to promote the sale of their wonder product. Many people have ruined their health or lost their lives because they carefully followed a salesman's directions.

A friend of mine had heard that megadoses of vitamin A would solve her skin problem and keep her hair from graying. Unfortunately, my friend was misled. She recently died of liver damage. Her death was primarily attributed to overdoses of vitamin A.

Many people have damaged their health because they followed the charlatans, the fakes, and the quacks of dietary misinformation. The letters *M.D.* sometimes follow the names of the authors of totally unreliable nutrition books.

Did you know that nutrition is a subject hardly taught in the medical schools of America? Some medical doctors are not very knowledgeable about nutrition and are even less skilled at using nutrition to treat illness and disease. Many people believe that if a medical doctor says something, then it must be true. They have such great confidence in medicine that they follow their favorite doctor wherever he leads them. That can sometimes be in ridiculous and dangerous directions.

A friend of mine felt she was overweight and needed to go on a diet. Actually, she was just pleasingly plump, but she was an older person with a new boyfriend. When she went to see her physician, he put her on a grapefruit and hard-boiled egg diet; almost nothing else was allowed. My copy of this diet has long since been thrown in the trash can. It was nutritionally dreadful.

What this diet did to my friend within a month was also dreadful. She developed bleeding gums (even with all the ascorbic acid in the grape-fruit), loss of vitality, and change in personality (she cried at the drop of a hat). But the climax came when she got the flu. She was in bed for three weeks, stayed home for an additional three weeks of recuperation, and slouched around for another two weeks after she returned to work. She had no energy, no sparkle, no pep. (The average person who had the flu that winter recuperated after about six days.) The changes in my friend's health following her close adherence to this starvation diet were nearly disastrous. It took another doctor and months of expensive treatment to straighten out her health problems.

CRASH DIETS

Many books have promoted the concepts of "eat and grow slim," "calories don't count," "the drinking man's diet," "wonder foods," "nibble and lose weight," "easy, no-risk eating," and others. If you follow the advice given in some recent best-sellers, you could seriously damage your health. Yet, these charlatan authors probably cry over their deceptions all the way to the bank! In addition to the money made from selling their books, they sometimes charge fees up to $125 a visit to those who want personal consultation on a particular health problem.

All crash diets will take pounds off your body, but they can also cause permanent damage. Crash diets can lead to heart failure, acute volvulus (obstruction) of the small bowel, kidney failure, and lactic acidosis in diabetic patients. In addition, they can cause adverse changes in personality, loss of vitality, reduced resistance to disease, anemia, headaches, and many other dangerous conditions.

Health is an interrelationship of diet, genetics, environment, lifestyle, and other known and unknown factors. Be careful about trusting your health to the sensationalists. Seek nutrition and diet information from reliable sources: authors with degrees in the science of nutrition from accredited universities.

Why are you sick and tired? The answer may be in your refrigerator, your grocery cart, or on your kitchen table. Look around and see if your way of eating could be the source of your physical problems.

Barley Green: The Best Antidote

When science and experience agree perfectly on a subject, it is time to take note. Such is true in the case of a food concentrate called barley green.

Organically grown (without pesticides, fungicides, or artificial fertilizers or without the use of heat or freezing in processing), this live food is naturally very potent. It has a proven propensity for making our bodies healthy. It accomplishes this, I'm sure, through the use of the sixteen vitamins, twenty-three major minerals (plus minor ones totaling over fifty), eighteen amino acids, a high amount of protein (12 to 16 percent by weight), and about three hundred enzymes. It is

23

also alkaline pH and contains large amounts of chlorophyll (a healing phytochemical). Truly, it is a food with real power.

A daily teaspoon or two of this nutrient-dense, all-natural powder will go a long way toward producing optimal health. (For more information, call 1-800-447-9772.)

Chapter Two

Nutrition and Your Body

Have you ever said, "My mind isn't as quick as it used to be. I keep forgetting where I put things"?

Or, you may have heard a mother say, "My daughter has had one cold after another all winter. I don't know why she's always sick."

I often hear people say, "My nerves are always on edge. I can't seem to relax."

What determines your nervous condition, how well you remember, or how effectively your body fights infection? The answer could be in your diet.

The food you eat affects four aspects of your body's performance: mental activity, nervous stability, work output, and the ability to resist infections and disease.[1]

Your Mind and Memory

The quality of your diet affects your power of concentration, the speed and the depth of your comprehension, your ability to remember, and the length of your attention span. Diet also affects your ability to do what is called sustained mental application and achievement (the ability to successfully "study hard" for long periods of time without extreme fatigue).

A number of studies have shown that people who live on very low-calorie diets or on diets of poor nutritional quality do not have a high level of mental performance. Studies have been done on men confined to concentration camps during World War II and on people living in countries where a substandard diet is the norm. These studies show that mental fatigue and inferior mental performance are associated with undernutrition. However, the mind's performance gradually returns to normal when an adequate diet is restored.

We have all known older people in their nineties about whom we say, "His mind is as clear as a bell." Unfortunately, there are also many people in their sixties or seventies who have very poor memories and substandard powers of concentration. Some of the blame for this condition can be laid at the door of the quality of their lifelong food habits. Think about it: *good nutrition does result in good mental performance.*

Breakfast and Better Grades

What about your children? Can a good diet help them to make better grades in school?

In controlled studies of children living on very meager diets, teachers complained of the pupils' inability to concentrate, their slowness to learn, their poor retention of subject matter, and their general inattention to school matters. When the diets of these same children were improved, these conditions were reported less frequently. Also, fewer students were retained in the same grade, and larger percentages of children were promoted to the next higher grade.

A child's poor diet is reflected in poor mental performance, while a good diet has positive effects on scholastic achievement. Carefully controlled studies show that children who go to school after they have had a good breakfast perform at higher levels of scholastic achievement and have better attitudes toward schoolwork than when these same children have no breakfast.

As a nutritionist working with hundreds of elementary school children, I observed that no-breakfast children were fidgety and troublesome by midmorning. Children who had eaten a good breakfast before school were still hard at work until the lunch bell rang.

We can conclude on the basis of research that raising the level of nutrient intake in a child's diet may very well be one way of assuring an improvement in his or her grades.

This conclusion also applies to adults. Improving your own state of good nutrition may restore the initiative you need to accomplish mental tasks at higher levels of performance than is possible on an inadequate diet. If you are a "no-breakfast" person, you are probably cheating yourself in terms of job satisfaction and your overall quality of health and life. You are also cheating your employer and your family.

Your Nerves and Moods

If our TV ads are a true indication of Americans' health status, millions of people must be suffering from nervousness of one kind or another. We apparently can't sleep without chemical relaxers and can't digest our food without a few pills. We need some form of stimulant to get rid of our blah moods and give us pep. Does our food intake have anything to do with these conditions?

Research studies conclude that adverse personality changes do occur during periods of prolonged calorie deficiency. The term used to describe this cluster of symptoms is "semistarvation neurosis." Words like *irritable, restless, nervous, depressed, poorly adjusted, moody, apathetic, disoriented, sullen, melancholy,* and *obstinate* are only a few of the many terms used to describe the nervous system symptoms related to nutrition.

Do you ever experience any of these conditions? Do you feel that your moods and your behavior could often be described by the terms listed above? If so, you should keep an accurate record of all the foods and drinks you consume in a three-day period. Ask a nutritionist, a dietitian, a nurse, or a doctor to help you assess the quality of your diet. It may be possible to reverse nervous instability if it is diet related. In fact, *you can experience dramatic improvement in your nervous symptoms when your diet contains nutrients that your body needs.*

NUTRITION AND YOUR JOB

Researchers have devised a whole series of tests to measure our motor performance. There is the grip test, the lifting test, the endurance test, and tests requiring eye-hand coordination. Strength, speed, and endurance in all of these tests were shown to vary with the quality of diet.

One group of soldiers was put on a restricted diet and compared with another group on a very nutritious diet. The performance test scores of the soldiers on the inadequate diet were lower than the scores of those on the good diet. By the end of the experiment, about one-third of the original strength of the men on a poor diet was lost. After returning to a nutritious diet, the men regained their original strength within three months.

Poor food habits have been shown to be associated with fatigue, physical inefficiency, and decreased work output.

One major company during World War II installed a cafeteria in its factory to provide employees the opportunity to have three good meals a day. Within months, they found that absenteeism declined and the productivity of the workers was significantly increased.

Without exception, industrial workers who ate breakfast did significantly more work in the late morning hours than their coworkers who came to the factory without eating breakfast. In addition, when a midmorning snack was fed to the non-breakfast group, it compensated for the lack of breakfast for only about half of the workers in relation to the amount of work they accomplished.

A study was done by the Seventh-Day Adventists with six thousand subjects over a nine-year period. They found that people who regularly ate breakfast had (to the surprise of some of the researchers) a mortality rate that was about three-fourths that of breakfast skippers. In other words, *in this study the breakfast skippers did not live as long as breakfast eaters*. While other factors could be involved here, such as smoking, drinking habits, and so on, this is still an interesting statistic.

BEATING THE COMMON COLD

Researchers could say, "Don't ask me why, but the laboratory, clinical, and field observations show conclusively that the presence and severity of infections go hand in hand with poor diets." These relationships are especially clear-cut in developing countries where food shortages are severe.

Perhaps the presence of adequate calories and nutrients makes it possible for the body to form antibodies necessary to overcome infections. We do not fully understand the mechanism by which

30

resistance to infections is lowered. But it is known that too high an intake of sugar decreases the activity of white blood cells. This makes it difficult for the body to fight bacteria that can cause infection and disease.

Most of us do not practice good nutrition religiously because we do not always see a direct relationship between our diets and our health. Some people seem to be careless in their food habits and go all winter without a single cold or bout with the flu. Other people are consistently conscientious about their food intake, and yet they become ill when an infectious disease hits town. Why is this?

The answer is not clear, but for some reason the defenses of those who became ill were not adequate to counterattack the offender. Maybe it was because of overwork or not enough sleep. It could be the effects of a pressured and anxiety-laden environment, or a dozen other things.

Regardless, the research is clear. *People who eat good diets are, in general, less likely to become ill with infections than people who eat poor diets.*

Are You Structurally Sound?

Does good nutrition make a difference in the structure of the body itself? X-ray pictures and other methods of health assessment have taught us how to determine the quality of our bones, teeth, fat, muscles, and blood. These are the major elements of body structure that doctors use as indicators of the nutritional state of our bodies as a whole. When these health indicators are studied together, their status determines how the person feels, looks, and acts.

X-rays of our bones disclose their nutritional status. I was impressed by a textbook photo of the X-rays of the hands of two seven-year-old boys—one of whom was undernourished.[2] The well-nourished hand had seven carpal bones compared with two for the undernourished one. The drawings of these photographs will give you some idea of the difference.

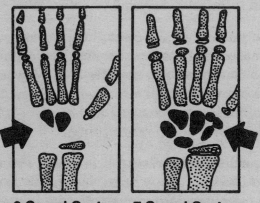

2 Carpal Centers   7 Carpal Centers

Your teeth are also a part of your body's bony structure. The health of your teeth is closely associated with your food intake. What foods are the worst enemies of your teeth? You would be correct to say refined sugar in the form of candy, cake icing, jelly, carbonated drinks, pies, and other sweets.

There is confirmed evidence that ordinary table sugar, as well as a combination of too many sweets of all types, causes tooth decay. Americans are eating much too much sugar. No wonder cavities are considered normal and many young adults have false teeth and dental plates.

The soft tissues of your body are also affected by your diet. The layer of fat directly under your skin protects against noise and bruising, and it pads the nerves. Extremely thin people are often more affected by the shrill voices of children or blaring radios than people with adequate pads of fat under their skin.

What about the size and firmness of muscles? Are these indicators of the quality of your health? An adequate diet, especially one that supplies all the amino acids (protein) needed for building tissue, positively affects muscle size, firmness, and coordination.

The content of your blood is another indicator of good nutritional status. The blood carries nutrients to all parts of your body, and it can only deliver the nutrients you have eaten. Why do doctors prick your finger or tap your veins to gain samples of blood? That is one way to obtain information about the quality and quantity of your nutrient supply. If you have a severe shortage of one or more nutrients, diagnosis of a health problem becomes easier and more certain.

Your Body Size

Body size is affected by heredity and nutrition. Inherited family characteristics have much to do with potential body build and growth. However, the dietary habits developed from infancy throughout life profoundly affect your growth and physical development.

Research shows that children in our country have made substantial height gain over their forefathers since the turn of this century. Some authors tie this fact to better economic conditions. We have had more money to spend on food, especially on the more expensive animal sources of protein. Young adults today average about two inches taller than their counterparts of sixty years ago.

This same concept has been at work in other countries, such as Japan. Present-day Japanese children are of greater height and weight than their counterparts of fifty years ago. Due to good economic times, the Japanese diet has improved in the past few decades, especially since World War II. This increase in body size has caused Japanese clothing manufacturers to change all clothing sizes to accommodate their taller, heavier population.

When I lived in San Francisco, I often observed the employees in Chinese restaurants. The grandfather who took our money at the cash register was less than 5'5" tall. His son, the maitre d', who was probably born in China but partially raised in our country, was around 5'8" tall. The grandson, born and reared in the United States, was about six feet tall.

34

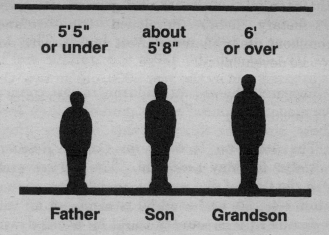

5'5" or under	about 5'8"	6' or over
Father	Son	Grandson

How Long Will You Live?

Does nutrition influence the length of your life? The U.S. Department of Health, Education, and Welfare's vital statistics show that Americans are living longer than their turn-of-the-century counterparts. Gains in longevity are undoubtedly due to a number of different factors: advances in medical science, improved public health services, and better economic and social conditions. The great gains in nutrition knowledge and improved dietary habits have helped eliminate a number of conditions related to malnutrition.

Americans are living longer, but will this trend continue? The chief causes of death in our country are thought to be diet related. Unless we alter our food patterns to lessen the incidence of chronic degenerative diseases, there cannot be continued gains in our longevity.

The medical profession said that at the beginning of this century, one in thirteen Americans had cancer; in 1982, one in four had it. They believe that through the 1990s the statistic will be one in three, and by the year 2000, one in two. Unfortunately, time has proven these predictions to be accurate so far.

The *American Institute for Cancer Research Newsletter* for May 1984 said, "The top researchers in the field of diet and cancer say that a major portion—40, 50, and even 60 percent—of all cancer deaths in this country could be avoided with proper changes in diet!"

Your Dietary Lifestyle

Where do you find yourself in regard to your eating habits? Are you doing all you can to have an

THERE IS <u>NO</u> NUTRITION *MAGIC*!

adequate diet? Let me encourage you to spend the time and money necessary to nourish your body well. Your own "health security" may prove to be more valuable to you than your "social security."

Because of our great affluence (and other factors in our society), we have become the "I want it now" generation. But there is no quick, easy, painless way to good health. Pills cannot fill all of your nutritional needs. Special diets of all kinds should be considered suspect until careful study proves otherwise. Health potions cannot be a substitute for eating the right kinds and amounts of fruits, vegetables, cereals, meats, and fresh juices.

The dietary lifestyle you choose will affect your body performance, body size, resistance to disease, and your life expectancy. If you're sick and tired of feeling sick and tired, only you can bring about the remedy. There is no magic solution!

Chapter Three

How to Eat Right

Do you ever think about what you are eating or why? Do you ever stop to consider if the foods you are eating contain any nutrients?

Most of us eat three meals a day without giving much serious thought to the choices we make. We eat foods that appeal to our eyes and taste buds, which is not necessarily what our bodies need.

Dr. Jeffrey Bland, in his book, *Your Health Under Siege,* includes a questionnaire to help us assess the quality of our dietary lifestyles.[1] The following is an adaptation of the ten items in his test, along with his suggested scores:

1. Number of times per week that you eat meals or snacks at fast-food restaurants (for an excellent diet, your score should be 0–1; if it is 8–10, your rating is a poor diet).

2. Number of soft drinks consumed per week (a score of 0–1 is excellent; 12 or more is a very

significant problem, hereafter referred to as VSP).

3. Meals per week with green, leafy vegetables (less than 5–7 is a poor diet score).

4. Number of beef, pork, or lamb meals eaten per week (0–3 is excellent; 4–7 is good; 8–10 is moderate; 14 or more is VSP).

5. Number of teaspoons of sugar added to each cup of coffee, or number of candy bars consumed per week (0–1 is excellent; 8 or more is VSP).

6. Cups of coffee per day (0–1 is excellent; 6–7 is poor diet; 8 or more is VSP).

7. Slices of whole grain bread eaten per week (14 or more is excellent; less than 5 is VSP).

8. Number of sweet desserts consumed per week (0–3 is excellent; 11–14 is poor diet; 15 or more is VSP).

9. Number of meals or snacks with milk or low-fat cheese per week (9 or more is excellent; 3–4 is poor diet).

10. Number of days per week that you do *not* eat three *balanced* meals (0–1 is excellent; 4 is poor; 5 or more is VSP).

If I had designed such an evaluation test, I would have added questions such as:

1. How many meals per week do you have deep-fried foods?

2. How many mornings a week do you eat doughnuts, sweet rolls, pancakes, French toast, coffee cake, or other highly sweetened foods for breakfast?

3. How many times per week are you drinking a liquid diet mix as your only food?

4. How many meals per day are you eating more calories than you are using through work and exercise?

5. How many servings of fruit do you eat daily?

6. How many days per week do you get two to three tablespoons of dietary bran?

For the first four items, your answers should be 0–1. For items five and six, you should eat two to four servings of fruit daily and two to three tablespoons of dietary bran every day (not crude fiber).

If you and your family are sick and tired of feeling sick and tired, then it's time to do something about it!

We all like to eat, but food is worthless if it contains no nutrients. Some foods are valued above others because they supply more nutrients to your body. Soft drinks are void of any nutrient except sugar. Milk, on the other hand, is so full of food value that it could make up the bulk of an adult diet, as long as it included foods containing iron and vitamin C. Goat's milk is best, of course. (See Proverbs 27:27.)

41

Have you ever read the labels on packaged foods from the supermarket? The most important nutrients are printed in bold type: carbohydrates, protein, and fat. Vitamins and minerals are usually listed near the end. We're all familiar with vitamins C and A, but there are many others that our bodies need for good health. There are sixteen vitamins and over twenty minerals important to human nutrition. However, those numbers could change as additional nutrients are discovered.

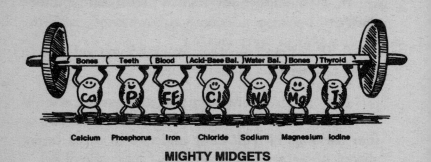

MIGHTY MIDGETS

The fact that a nutrient is needed in small amounts does not mean that its function in the body is an unimportant one. For instance, it is recommended that adults consume three micrograms of vitamin B_{12} every day. (One whole gram of vitamin B_{12} wouldn't even fill up a quarter-teaspoon, and we're talking about three-millionths of that!) But without that tiny amount, a very serious disease known as pernicious anemia can develop, causing nerve damage, paralysis, and mental retardation.

The Nutrients You Need

Nutrients do not perform their specific function alone; they work as teams. If one member is missing, the body functions will be performed poorly or the job may not get done at all. A woman I know ate mostly junk food. When she broke her wrist in an accident, her body did not contain the proper minerals needed to heal the broken bone properly. When the bone was completely knitted, the wrist had an ugly bulge on it. Her physician explained that her body had to use second-choice nutrients because adequate amounts of calcium and phosphorus were lacking.

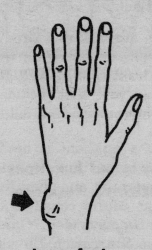

**Imperfect
Healing**

The growth and maintenance of bones depend on protein, vitamin C, vitamin A, vitamin D, calcium, phosphorus, magnesium, and fluoride, to mention only a few. However, it is dangerous to take individual vitamins or minerals without a health practitioner's supervision. Overdoses can create a shortage of other nutrients, and the body can be harmed as a result.

There are six classes of nutrients: carbohydrates, fat, protein, vitamins, minerals, and water. Their functions can be grouped into three categories:

1. Some nutrients *provide energy.*

2. Some nutrients *build, repair,* and *maintain* body tissue.

3. Some nutrients *regulate body processes.*

Many people are sick and tired because they do not get the proper nutrients from the foods they eat. If you want to stay well and have more energy, make sure your diet includes foods listed in the nutrient information that follows.

Sources and Functions of Selected Nutrients

Nutrient	Important Sources	Some Major Functions
Carbohydrates	cereal, potatoes, dried beans, corn, bread, sugar, pasta	Supplies energy so protein can be used for growth and maintenance of body cells.

Protein	meat, poultry, fish, milk, cheese, eggs, dried beans, peas, cereals	Supplies energy; part of every cell— muscle, blood, and bone; part of enzymes, some hormones & body fluids, antibodies.
Fat	shortening, butter, salad dressings, oils, cheese, cream, margarine	Supplies energy; in every cell; provides & carries vitamins A, D, and K; provides essential fatty acids.
Vitamin A	liver, carrots, leafy greens, butter, sweet potatoes, pumpkin	Functions in visual processes; helps maintain healthy skin, thus increasing resistance to infection.
Thiamin (B_1)	whole grains, fortified cereals, nuts, dry beans	Aids carbohydrate use; promotes appetite; aids nervous system.
Riboflavin (B_2)	liver, milk, yogurt, cottage cheese, eggs, salmon, green vegetables	Aids in production of energy in cells; promotes healthy skin, vision, & eyes.

Niacin	liver, meat, poultry, fish, peanuts, cereals, whole grains	Promotes healthy skin, nerves, digestion, appetite, energy use in cells.
Vitamin C	broccoli, oranges, grapefruit, papaya, mango, strawberries	Strengthens blood vessels; hastens healing; increases resistance to infection; aids in use of iron.
Calcium	milk (especially soy milk), tofu, yogurt, cheese, collard, kale, mustard, turnip greens, sardines	Aids in building bones & teeth, in blood clotting, muscle relaxation, & nerves.
Iron	prune juice, liver, dried fruits, dried beans & peas, meats	Required for oxygen utilization; increases resistance to infections; aids in use of energy.
Phosphorus	milk products, meat, eggs, cereals, whole grains, poultry, green vegetables	Used with calcium in bones & teeth; regulates many body processes.
Vitamin B_6	liver, fish, soy and lima beans, whole grain cereals, peanuts	Helps utilize protein, fat, & carbohydrates.

Vitamin B$_{12}$	liver, meat, fish, shellfish, milk, eggs, poultry (vegetarian diets should include barley green or a B$_{12}$ supplement)	Assists in the maintenance of nerve tissues and normal blood formation.
Folic Acid	green leafy vegetables, liver, dry legumes, nuts, whole grain cereals, some fruits (especially oranges)	Assists in normal blood formation; helps enzymes and other biochemical systems function.
Iodine	seafood, iodized salt	Helps regulate the rate at which the body uses energy.
Vitamin D (the sunlight vitamin)	vitamin D milk, fish liver oils, sunshine	Helps absorb calcium from the digestive tract and build calcium and phosphorus into bone.
Vitamin E	vegetable oils, green leafy vegetables, whole grain cereals, wheat germ, egg yolk, butter, milkfat	Protects vitamin A and unsaturated fatty acids from destruction by oxygen.

Calories and Energy

Most of us are familiar with the term *calories*, especially if we've ever counted them on a diet! But what are they? Calories are the amount of energy our bodies get out of the food we eat. They measure food energy.

Eating food is like filling your car with gasoline. Foods provide the fuel your body needs to run on. Just as a gallon of gasoline enables your car to go a certain number of miles, food allows your body to move and function. How long it functions depends on the amount of energy (number of calories) you put into your body through the food you eat.

If you don't fill up the gas tank with fuel, the car can't start and won't run. If you don't feed your body good food, it can't function properly and you won't stay healthy.

While calories are not nutrients, some nutrients do provide calories (energy). Carbohydrates, fat, and protein give your body energy because they contain calories. When you are on a diet, you count calories from foods containing one or more of those nutrients.

While vitamins and minerals do not provide calories, some B vitamins make it possible for the body to make the best use of the energy that carbohydrates, fat, and protein provide.

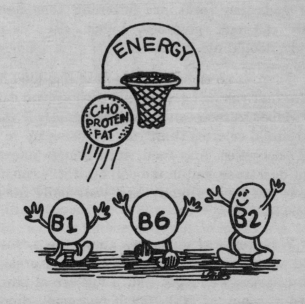

Think of it as trying to open a can of soup. You have to use a can opener to open the can to get the soup out. You don't get soup from the can opener; you get it out of the can. But you need the can opener to get to the soup. Water and some of the vitamins and minerals are like can openers. They get the energy value out of the carbohydrates, fat, and protein we eat.

Are Calories Fattening?

Most people associate calories with weight. If a person is overweight, he has to cut calories to lose, or watch his calories in order to maintain his weight. Unfortunately, many people do not understand enough about the caloric value of food to be able to balance their energy input with energy outgo. When you ask any group of women to name the foods they think are fattening, they immediately call out: potatoes, bread, rice, desserts, candy, doughnuts, potato chips.

There is no such thing as fattening food in the sense that you will get fat just because you eat any given food. A food can make you fat *only* if you eat more total calories than you are using up in your daily activities. Any food, even orange juice, carrots, or lettuce, can make you fat if it is consumed when you have already had your daily quota of calories.

We often fool ourselves about the amount of food we are eating. If one-half cup of ice cream has 150 calories, we forget that a full cereal bowl can have as many as 500–700! If one small dipper of blue cheese dressing has around 250 calories, then the three dippers we pour on our salad bar lunch total around 750. One twelve-ounce soda has about 135 calories, but four a day supplies 540 calories and a total of thirty-six teaspoons of sugar! The sugar adds nothing nutritional except glucose—a substance that adds stress to our system and can cause disease.

Another easy way to mount up hundreds of calories is to add butter, sour cream, and cheese to baked potatoes and other dishes. You can add as many as 350 calories to the innocent little 90–100 calorie potato! These extras are high in fat— something known to cause hardening of the arteries and heart disease.

I have seen youngsters and adults alike eat a handful of chocolate chip cookies, rinsing them down with a glass of milk or a large soft drink. Want to guess how many calories you can consume that way? Don't be surprised if it is 600–750, or even more!

The average adult woman who is working in a sedentary job can eat only a total of 1500–1800 calories per day without gaining weight! Can you understand why it is so easy to gain weight on a typical American diet? Just 150 unneeded calories a day result in a weight gain of thirteen pounds in a year.

A fast-food meal of a hamburger or fish sandwich, French fries, and a soft drink totals from 900–1400 calories. After a lunch like that, there aren't many calories left for dinner!

Variety, the Spice of Life

You should *not* eat the same foods day after day because allergies to these foods can develop. In addition, you can get an oversupply of some nutrients and an undersupply of others. The fact that two-thirds of the calories in the typical American diet are composed of fat and sugar explains why we fall short in vitamin A, vitamin C, calcium, and iron.

Let's say we need four one-half cup servings of fruits and vegetables every day (according to the new Food Guide Pyramid, we need three to five servings of vegetables and two to four servings of fruits daily). If we choose four servings of green beans (two cups) to meet this recommendation, the nutrient intake would be as follows:

	Calcium	Iron	B₁	B₂	B₃	Vit. A	Vit. C
	mg	mg	mg	mg	mg	IU	mg
2 cups *green beans*	126	1.6	0.18	0.22	1.2	1360	30

If you replace two of those servings of green beans with a potato at each of two meals, your nutrient intake improves.

	Calcium	Iron	B₁	B₂	B₃	Vit. A	Vit. C
	mg	mg	mg	mg	mg	IU	mg
1 cup *green beans*	63	0.8	0.09	0.11	0.6	680	15
2 med. *potatoes*	18	1.4	0.2	0.08	3.4	trace	40
Total	81	2.2	0.29	0.19	4.0	680	55

If you replace one serving of green beans with one-half cup of broccoli, you get a real bonus!

	Calcium	Iron	B$_1$	B$_2$	B$_3$	Vit. A	Vit. C
	mg	mg	mg	mg	mg	IU	mg
½ cup *green beans*	32	0.4	0.05	0.06	0.3	340	8
2 med. *potatoes*	18	1.4	0.2	0.08	3.4	trace	40
½ cup *broccoli*	68	0.6	0.07	0.15	0.6	1940	70
Total	118	2.4	0.32	0.29	4.3	2280	118

Finally, if you substitute one potato with a banana, the nutrients really mount up!

	Calcium	Iron	B$_1$	B$_2$	B$_3$	Vit. A	Vit. C
	mg	mg	mg	mg	mg	IU	mg
½ cup *green beans*	32	0.4	0.05	0.06	0.3	340	8
1 med. *potato*	9	0.7	0.1	0.04	1.7	trace	20
½ cup *broccoli*	68	0.6	0.07	0.15	0.6	1940	70
1 med. *banana*	10	0.8	0.06	0.07	0.8	230	12
Total	119	2.5	0.28	0.32	3.4	2510	110

You can easily see that variety increases the overall nutrient content of your diet. Remember, all foods are not equivalent in their nutrient content; some are better sources of certain nutrients than others. Variety is important. Well-liked foods can be included in the diet as long as other foods are selected to make up for any nutrient deficiencies.

In addition to eating fruits and vegetables, it is important to select food from the other four food groups. Milk will provide additional calcium, riboflavin, and vitamin A; meats and cereal foods will contribute additional iron and B vitamins. Fats and oils are always to be used sparingly.

GuidElines foR EatiNG

Do you need to change your eating habits? If so, how do you go about it? Here is an easy guide for you to use in planning your menus and buying your groceries.

Breads, Cereals, and Pasta Group—six to eleven servings daily. One serving is *any* of the following:

- 1 slice whole wheat or other whole grain bread
- $\frac{3}{4}$ cup cooked cereal
- $1\frac{3}{4}$ cup boxed cereal (check the sugar content!)
- $\frac{3}{4}$ cup grits, macaroni, rice, spaghetti, noodles (use whole wheat products)

Vegetable Group—three to five one-half cup servings daily. Select foods from both of the groups listed.

- Vitamin C-rich: cabbage, broccoli, green peas, spinach, tomatoes, kale, peppers
- Vitamin A-rich: dark green or yellow vegetables, broccoli, carrots, kale, pumpkin, squash, chard, collards

Fruit Group—two to four servings daily. One serving is *any* of the following.

- 1 medium orange, pear, apple, etc.
- cantaloupe, watermelon, berries, etc.
- $\frac{3}{4}$ cup fresh fruit juice

Meat and Protein Group—two to three servings daily. Remember, meat is not a required food. One serving is *any* of the following:

- 2 or 3 oz. of meat, poultry, or fish (not 6 to 10 oz.)
- 1 egg (not more than 5 per week)
- $\frac{2}{3}$ cup cooked dry beans or peas
- 2 tablespoons peanut butter (or other nut butters)

Milk and Cheese Group—2 to 3 servings daily. One serving is *any* of the following:

- 1 cup buttermilk or soybean milk
- $1\frac{1}{2}$ oz. of cheese (cheese is high in fat)
- $\frac{2}{3}$ cup cottage cheese (low fat is best)
- 1 cup yogurt (plain has fewer calories)
- $\frac{1}{2}$ cup tofu

Eating three balanced meals a day is only part of the solution to your nutrition problem. Here are some additional guidelines that will contribute to improving your health and eliminating that sick and tired feeling.

1. Eat slowly and chew your food thoroughly. Most of us eat too fast, chew our food too little, and take bites that are too big for good digestion.

2. Drink enough water to keep your urine pale. The best time to drink water is before or after meals, not during meals, so that your digestive juices won't get diluted.

3. Do not eat between meals. Your digestion can be slowed down by several hours if additional food is eaten.

4. Eat at least three to four hours before bedtime. This will give time for your food to digest, and it is less likely to be turned into fat while you sleep.

5. Exercise daily. It doesn't take a lot. Exercising twenty minutes three to four days a week will help you beat that sick and tired feeling.

6. Restrict the use of salty foods: ham, bacon, chips, salted nuts, pickles, sauerkraut. If you don't limit your salt intake, high blood pressure could be the result.

7. Eat a hearty breakfast. It will give you the energy you need to start your day and keep you going.

8. Go on a fast now and then. This will give your intestinal tract a vacation for a day or so.

9. Eat enough bran and drink plenty of water to aid in proper waste elimination. Colon cancer can be avoided by following this simple health rule.

10. Eat simple meals that contain only a few different kinds of food. Each food requires a specific enzyme for its digestion, and complicated meals require complicated chemistry.

What's So Great about Food?

"There must be an easier way," you may be saying. "Why can't I just take a nutrient supplement? Then I can eat what I want and still be healthy."

Taking a high-potency vitamin/mineral capsule or protein powder mix may seem like a simple solution to your nutrition problem, but is it? That's like living by the river and eating only the fish that wash up on the shore because you don't know how to fish.

Total dependence on nutrient supplements does not teach you how to have a balanced diet or how to plan nutritious meals for your family. If you ever lost your vitamin pills or protein concentrate, you'd be in big trouble!

The greatest danger in dependence on manufactured products or pills is that they contribute only a few of the nutrients your body needs. Remember, there are over forty nutrients presently known to be needed by our bodies. In addition, there are many unknown substances yet to be discovered and others whose value is not yet fully understood. So why take a chance on missing some vital element that you can't buy at the drug store?

Consuming nutrients in foods has other advantages. The process of digestion breaks down carbohydrates, fats, and proteins into small particles that the body can absorb. Carbohydrates are broken down to simple sugars, fats to simpler fat compounds, and proteins to amino acids.

Some people believe that by using special nutrient preparations they are sparing their bodies the hard work of digestion. Actually the body is more efficient at utilizing foods, which are combinations of nutrients, rather than purified preparations. The body is designed to process complex food materials, break them down slowly, and present them to the bloodstream from the intestines at a rate the body can best use. It has been shown that whole proteins, as contained in foods, are better utilized even by very sick, malnourished people than purified mixtures of individual amino acids.[2]

While foods contribute combinations of nutrients, many foods also contribute fiber. Fiber cannot be digested and used by the body, but it is important in stimulating the elimination of waste material. Without proper stimulation, the intestines will become lazy and unable to function at their best. Fiber is "nature's laxative."

Our highly refined American diet lacks adequate fiber. To correct this and avoid conditions like constipation, diverticular disease, gallstones, and colon cancer, we should reduce our consumption of low-fiber foods: meat, milk, eggs, and refined flour foods like bakery products. Eat more fiber-rich foods such as whole grains, fresh fruits, and vegetables. Two to three tablespoons of wheat bran or oat bran sprinkled on your bowl of cereal each morning will meet your daily fiber needs.

Why We Need Vitamin Pills

Many changes have taken place in our American food supply and the way we eat.

—More of our foods are refined; they have fewer nutrients.

—We consume two to three times the recommended amount of sweets and desserts. Calories abound, but nutrients are missing.

—Snack foods and fast foods have replaced home cooking. Convenience has been substituted for nutrients.

—The time lapse from harvest to consumer is longer. This results in vitamin and mineral losses.

—Modern food preparation methods encourage nutrient loss.

—Additives to foods are detrimental to nutrient quality.

With so many factors affecting nutrient loss, most people need a nutritional supplement. If you smoke, drink, lack exercise, and live under excessive stress, you especially need a well-balanced vitamin and mineral tablet daily.

Dr. E. Reed Gaskin, M.D., an ophthalmologist from Charlotte, North Carolina, has been impressed by the differences in his patients who have taken a vitamin and mineral supplement over a number of years and those who have not. In a letter dated January 29, 1981, he wrote, "In my practice, it seems that people who take vitamins have stronger eyes, and their general physical condition is better than those who do not take vitamins.

While a vitamin/mineral supplement is good, the idea of "more is better" can be dangerous. Some nutrients are stored in the body, and if excessive amounts are ingested, dangerous levels can accumulate. Vitamins A and D are examples of nutrients that can accumulate and can cause damage or even death. However, the effects of large doses of some nutrients are not always obvious. Large doses of vitamins force the body to work overtime to get rid of what it doesn't need, causing unknown complications.

One pathologist said, "I have never examined tissue from a female brain tumor that was not flooded with vitamin B_{12}." She went on to say that, in her opinion, doctors often give their patients enough B_{12} in one shot to last for five years. And yet their instructions to the patient are often to come back in two weeks (or less) for another shot.

There is a range of optimal nutrient intake, below which deficiency will result but above which negative consequences can occur. What are considered safe dosages of vitamin and mineral supplements? The following list is provided to help you limit your daily vitamin and mineral intake to the proper levels. [Note: the symbol "μg" stands for microgram, and "RE" stands for retinol equivalent.]

Ranges of Safe Daily Intakes of the Essential Vitamins and Minerals[3]

Vitamin A... 800–1300 μgRE
Vitamin D ....200–1000 IUs
Vitamin B$_1$ .... 1–100 mg
Vitamin B$_2$ .... 1–2 mg
Niacin... 10–25 mg
Vitamin B$_6$ .... 1–500 mg
Vitamin C.. 30–100 mg
Vitamin B$_{12}$ ....2–100 μg
Folic Acid ....200–400 μg
Pantothenic Acid .... 2–10 mg
Biotin ....10–100 μg
Vitamin E... 8–10 mg
Iron... 10–30 mg
Copper.. 2–3 mg
Zinc... 5–15 mg
Phosphorus .... 300–1200 mg
Vanadium...50–100 μg
Manganese... 2–10 mg
Chromium..50–200 μg
Selenium ....10–75 μg
Magnesium .... 250–400 mg

Molybdenum ....25–250 μg
Potassium .... 3000–6000 mg
Sodium .... 2400–3000 mg
Calcium .... 800–1200 mg

Does stress increase your need for vitamins and minerals? There is little documented evidence that physical or psychological stress significantly increases our nutrient needs above recommended daily allowances (RDA). Illness, injury, surgery, pregnancy, and lactation do increase our needs for certain nutrients. However, unless stress is exaggerated and prolonged, our own defense systems keep us balanced.

Here are some dietary guidelines to follow when you are under stress:

1. Eat plenty of fresh fruits and vegetables.

2. Decrease your sugar intake to as near zero as possible.

3. Avoid eating fried foods altogether.

4. Eat more bran and high-fiber foods.

5. Drink plenty of water.

6. Substitute some whole grain foods and legumes for meat.

7. Cut down on caffeine consumption.

8. Use one to two teaspoons of barley green each day. This will increase energy and will aid your immune system. It will also change sick cells into healthy cells.

Eating right requires planning, discipline, and determination, but the results are well worth the effort. At first you may need to refer often to the food charts and guidelines given in this chapter. But soon you will find that choosing the right foods is second nature to you—something you can't afford to live without.

Chapter Four

Your Money and Your Food

Our supermarkets are filled with an overwhelming number of food products from which to choose. But how do we know which foods will give us the most nutrients for our money?

Protein foods (especially meats, milk, cheese, and nuts) cost the most money per pound. Advertisers give us the impression that protein foods are almost magical in their qualities. We are encouraged to eat high-protein diets selected from foods and specialty products. Protein powders, bars, and drinks are promoted as necessary for a strong, healthy, beautiful body.

The first rule of efficient grocery shopping is: *Don't buy more protein than you need.* Excess protein calories are costly in dollars and cents—and to your health. This makes too much protein a double-jeopardy, pocketbook robber. Some meats have more fat than protein calories, and excess fat intake causes weight gain.

Most Americans do not lack protein in their diets. On the contrary, many consume two to three times more protein than is recommended. That is an expensive fact! Many families waste hundreds of food dollars annually on the purchase of unneeded protein foods.

Contrary to what many people think, our bodies do not require animal protein in order to be exuberantly healthy. Research supports the idea that too much protein is a major cause of premature aging and degenerative disease. Some doctors believe that excess protein causes tumorous growths and cancer. High protein intake also increases the loss of calcium from the body.

A study of vegetarian groups (Seventh-Day Adventists, Hindus, Andean Indians, and others) clearly shows their nutritional superiority. They have greater physical endurance, live longer, and have fewer diseases than those who eat meat as their chief source of protein. In addition, they lack the typical signs of early aging that meat eaters incur.

For those who are not vegetarians, research makes another important point. The body's use of protein is improved if a mixture of plant and animal proteins is consumed in the same meal. We can save food dollars and improve our nutritional status by combining meat with vegetable protein. Examples of these combinations are cereal and milk, macaroni and cheese, and the typical casserole dishes.

Many people want to cut down on meat eating, but they do not know what to substitute for meat. Here is a very simple plan to follow:

1. Combine grains (wheat, rice, corn, millet, barley, rye) with legumes or beans (lentils, split peas, black-eyed peas, soybeans, pinto beans, limas, peanuts, mung beans).

2. Combine grains with soybean milk.

3. Combine legumes or beans with seeds and nuts (almonds, sunflower, sesame, alfalfa, pecans, cashews, and so on). There are many delicious recipes that make use of this principle.

Comparison Shopping

The next page contains a chart showing the cost of different foods that provide twenty grams of protein—about one-third of what is recommended for an adult male.[1] But remember, the amount of protein is not the only factor to consider when buying protein.

When meat prices are high, many consumers select meats like hot dogs and lunch meats as their source of protein. But hot dogs and lunch meats are high in fat and high in calories. The protein equivalent of four ounces of beef served in the form of hot dogs would contain almost six hundred calories—an excessive amount for most of us. Select your protein foods with care; there is more to it than first meets the eye.

Comparative Cost of Selected Sources of Protein[2]

Food	Calories	Cost of 20 gms. of Protein
Beans, navy	300	$0.16
Peanut butter	460	.23
Bread	620	.26
Beef liver	170	.29
Eggs	250	.29
Chicken	160	.35
Milk, whole	370	.36
Hamburger	230	.47
Cheese	320	.51
Ham	130	.59
Frankfurters	490	.73
Sirloin steak	120	.88
Perch	240	.97
Bologna	500	.99
Veal cutlets	100	1.03
Bacon	450	1.46
Lamb chops	110	1.61

Buying Fruits and Vegetables

Fresh produce is nearly a thing of the past for most of us. Our production, distributing, and packaging processes are highly technical and extremely complicated. Yet, we are suffering nutritional and monetary losses compared to the time when most of our foods came directly from barns or backyard gardens!

You may ask, "Should I pay the higher prices for fresh produce or use canned, frozen, or dried fruits and vegetables?"

If you were to pick a fresh fruit or vegetable, undamaged, at its peak of maturity, and compare it with frozen and canned forms of the same food, the fresh product would rank highest in nutritional value. Frozen would rank second, and canned would be third (the prolonged heat treatment in the canning process destroys some nutrients).

The cost and nutrient content of fruits and vegetables is influenced by several factors: the type of food, how old it is, the season of the year, where it was grown, and the type of processing used.

Many fruits and vegetables are picked at their peak of maturity and rushed to nearby processing plants and quickly frozen. Such frozen products would be higher in nutritional value than their fresh counterparts that travel several days to the supermarket. Fresh fruits and vegetables may be both cheaper and more nutritious at their growing site than the same products shipped long distances. Fruits and vegetables picked green and allowed to ripen on their way to distant markets do not develop their maximum nutrient content.

The effect of processing on the nutrient content and cost of a food will depend on the type of processing, the particular nutrient of concern, and the nature of the food itself. Consider the following evaluation of different foods, all of which are considered to be good sources of vitamin C.[3]

Food	Vitamin C
4 oz. orange juice (½ cup)	
Fresh	62 mg.
Frozen, reconstituted	60
Canned, unsweetened	50
Dehydrated, reconstituted	55
4 oz. broccoli	
Fresh, raw	128 mg.
Fresh, boiled	102
Frozen, boiled	82
4 oz. potato	
Raw, peeled	23 mg.
Baked, or boiled in skin	17
French fried, *fresh*	28
French fried, *frozen*	18
Chips	20
Dehydrated, flakes, prepared	6
Dehydrated, granules, prepared	4
4 oz. spinach	
Fresh, raw	58 mg.
Fresh, boiled	32
Frozen, boiled	22
Canned	16

There is little difference, for example, between fresh, frozen, or reconstituted orange juice. Notice that dehydrated potatoes may save you time in preparation, but processing has almost eliminated the vitamin C content. Canned spinach has half the vitamin C of cooked, fresh spinach.

Cooking for Keeps

The way food is prepared at home will affect the nutritional value of the food you buy. In some areas, fresh greens are not considered "done" until they have cooked for at least two or three hours. The canned vegetable, on the other hand, would have been heated quickly and eaten promptly. Thus, it is possible that some fresh fruits and vegetables would actually have fewer nutrients by the time they are eaten than their processed counterparts.

It is not enough to bring the nutrients home from the store or out of the garden. The idea is to get them into the body! Here are a few guidelines for preserving the nutrients you pay for:

— Store food for only short periods of time in appropriately cool environments.

— Peel and cut foods as little as possible.

— Avoid soaking.

— Use only small to moderate amounts of water in cooking.

— Consume cooking liquids.

— Avoid overcooking.

The nutrient value of vegetables depends on which part of the plant is being eaten—leaf, stem, flower, fruit, seed, tuber, bulb, or root. In general, vegetables are good sources of minerals, vitamins, and fiber but are low in calories. The seed vegetables, such as corn, peas, and beans, are distinctively different from others because of their high protein content.

While vegetable protein is not considered complete by itself, it can support growth when combined with even small quantities of meat, milk, cheese, eggs, grains, nuts, or other lentils. Seed vegetables are also relatively high in calories, and their starch is well utilized by the body. With careful planning, a vegetarian diet can be very healthy.

Vegetables are an important food group and should be widely used all year round—more than just as raw salads or as a side dish.

Convenience versus Time

What is a convenience food? A broad definition would be any food that is partially or completely prepared for use when it is purchased. That would include the majority of food products in today's supermarkets. Many food items have become so well accepted that people no longer think of them as convenience foods. A loaf of bread is a good example; after all, it would have certainly been a convenience food to great-grandmother.

Most people today, however, think of convenience foods as frozen food products like boil-in-bag vegetables, TV dinners, frozen desserts, or cake mixes.

Convenience means time-saving. But there can be a nutritional and monetary cost for that saving of time. There are several things to consider when evaluating convenience foods and those prepared "from scratch."

First, compare the cost on a "per serving" basis. You can do this by adding the cost of the ingredients used in a recipe and dividing the cost by the number of servings.

A second consideration is time. How much time will actually be saved by using a convenience food? Some may be more convenient than others. How do you value your time? There may be times when the added cost in cents is worth the time saved in preparation.

Finally, there is the nutritional consideration. You don't want to be shortchanged from a health standpoint for the price of convenience. Take TV dinners or frozen meat pies, for example. While government regulations generally require a minimum amount of meat in these types of products, that amount may be much less (less than two ounces in some cases) than a serving of a home-made meal.

Certain convenience products, like specialty-type frozen vegetables, may contain added salt and sugar, which some people need to avoid. Take advantage of nutrition labeling and lists of ingredients to help you evaluate nutritional value.

The Fast-Food Phenomenon

Fast foods are now available at supermarkets, office buildings, hospitals, shopping malls, and even school lunch cafeterias. They are becoming more and more a part of the American eating pattern.

Fast foods are not the nutritional and economic bargain that many people think they are. It is estimated that the cost of fast foods is about twice as much as similar foods prepared at home.[4]

The nutritional value of a fast-food meal depends on what you select. Fast food is not necessarily junk food. However, it is typically high in calories, salt, and saturated fat. Most fast foods are also low in fiber and vitamin A. These disadvantages could affect your health if you eat at a fast-food chain every day. Nevertheless, a typical meal of burger, fries, and a shake does provide protein, B vitamins, vitamin C, vitamin D, calcium, and iron.

Beverages often contribute a major proportion of the calories in a typical fast-food meal. Iced tea without sugar may provide 2 calories, compared to a large chocolate malt with as many as 840 calories.

A Big Mac, shake, and fries contain about 1,070 calories. Substituting a glass of milk for the shake and a salad for the fries greatly improves the nutrient content. Removing the high-calorie, fat-filled, batter coating on fried chicken or seafood items is another way to eliminate many unneeded calories.

Natural and Organic Foods

The recent interest in nutrition has led to an explosion of health food stores in America. These stores offer many foods that are free from the harmful additives and preservatives often contained in supermarket brands. Health food stores also carry many whole grain flours and other unrefined food products that provide essential nutrients not found in refined and processed foods. However, any food can be classified as a health food if it provides nutrients that the body needs.

The shopper must be wary of so-called "organic" and "natural" foods. *Organic* generally refers to the way a food is grown—without pesticides or chemical fertilizers. *Natural* is used to imply something about the characteristics of the food ingredients—that a food has no additives or artificial preservatives. Many people think if they buy organic or natural foods from a health food store, those products are superior to supermarket foods. Oftentimes they are, but not always.

The scientist would define an organic food simply as one that contains the chemical element *carbon*. Vitamin C, for example, has a certain, specific chemical structure that contains carbon. Therefore, vitamin C is an organic compound. If it is vitamin C, it always has the same structure, regardless of where it comes from. Your body doesn't recognize the source of the vitamin C you put into it. Vitamin C is vitamin C, whether it comes from an orange or a tablet synthesized in a chemist's laboratory. Remember, however, there is an advantage to getting your vitamin C from foods. The food provides a mixture of nutrients, whereas the vitamin C tablet provides only vitamin C.

"Organically grown" plant foods are promoted as being nutritionally superior to those grown with chemical fertilizers. In fact, all fertilizers, whether they come from the barnyard or the farm supply store, are composed of chemicals. The plant doesn't recognize the source of the fertilizer—it simply responds in growth to the presence or absence of the chemical compounds it needs for growth.

There may be good and poor organic fertilizers as well as good and poor chemical fertilizers. Nevertheless, a plant grown organically is usually nutritionally superior to one grown with chemical fertilizers.

Advertising Gimmicks

Natural foods are not necessarily better for you, nor are they necessarily natural! Many nutrient preparations are advertised as being better for you because they are "natural."

Tablets containing "rose hips vitamin C" somehow convey to the customer that a "natural" vitamin C source is better than the standard pharmaceutical tablet. In this case, if the rose hip tablet contained only rose hip vitamin C, it would be as big as a golf ball, because rose hips have such a small percentage of vitamin C. In fact, synthetic vitamin C is added to the rose hip tablet and actually makes up more of the preparation than the plant-derived vitamin.[5] Many nutrient preparations are not as "natural" as the labels would have you believe.

Don't be misled by advertising. One *Consumer Reports* article on "natural" and "organic" foods reported a comparison of two brands of tomato sauce. The two brands, in identically sized cans, were located side by side on the store shelf. The "natural" brand claimed to have no citric acid, sugars, preservatives, artificial colors, or flavors.

The store's house brand of sauce likewise did not contain those substances, but that was deemed hardly worth noting on the label because tomato sauce almost never contains such substances. The two brands were essentially identical except for price. The "natural" brand, at eighty-five cents, cost almost three times as much as the store brand at twenty-nine.[6]

What about the "natural" granola-type cereals? Consider the comparison of a conventional cereal with *Quaker 100% Natural* granola.[7]

	Quaker 100% Natural	Cheerios
Serving Size	1 oz. ($\frac{1}{4}$ cup)	1 oz. ($1\frac{1}{4}$ cups)
Calories	120	110

Percentage of U.S. Recommended Daily Allowances

Protein	2	6
Vitamin A	*	25
Vitamin C	*	25
Thiamin (B_1)	2	25
Riboflavin (B_2)	*	25
Niacin	2	25
Calcium	2	4
Iron	2	25
Vitamin D	*	10
Vitamin B_6	**	25
Vitamin B_{12}	*	25

*contains less that 2 percent of USRDA for this nutrient
**value not given, but may be presumed to be low

Notice the serving size of the two cereals. If you eat a cup of cereal, you will get almost 500 calories in the granola but fewer nutrients in comparison with Cheerios. The amount of fruits and nuts in a serving of granola is of minimal significance to the diet. The sweeteners (usually honey or brown sugar) are often the second largest ingredient, yet they offer no significant health advantage over ordinary white sugar.

Use nutrition labeling and the list of ingredients on food labels to help you evaluate the foods you buy. Don't be taken in by pretty packages or misleading terms when spending your food dollars for nutritional value.

GETTING YOUR MONEY'S WORTH

Let's look at protein *sense* and protein *cents*. High protein foods, bars, powders, drinks, and so on, are promoted as being essential if we are to be strong, healthy, and good looking. However, as I have said, most Americans consume two to three times the amount of protein that is recommended. This can be costly in a nutritional sense, because excess protein calories can be harmful to our bodies.

There is also a monetary cost, because protein foods, especially meats, are among the most expensive foods. Thus, buying more protein than is needed is a nutritional waste of money. Remember the rule of efficient grocery shopping: Buy only as much protein as you need.

Let's look at an example of protein costs. A three-ounce patty of ground round beef, having 21 percent fat, contains twenty grams of protein and would cost about forty-seven cents. The same amount of protein in the form of navy beans (one and one-quarter cups) would cost almost sixteen cents. The utilization of amino acids in these two foods in the body would be the same; the cost would make the surprising difference.

The savings from one meal a day in this example would amount to $113.88 in one year for one person, or $455.52 for a family of four. However, few people probably would want to make this dietary change. The example is used simply as an illustration to homemakers who should think in terms of meeting protein needs for less money. Comparable savings at every meal, multiplied by 1,095 meals per year, could be one way to fight hyperinflation!

Research to date provides no evidence that extra protein improves health. Many studies show that vegetarian diets that incorporate adequate amounts of grains, legumes, nuts, sprouts, and so on, also keep people healthy. The biblical study in Daniel 1 is a good illustration of this concept.

Now let's look at some other ways to get your money's worth. Special processing, such as freeze-drying, may be expensive, but the food's nutritional value is preserved. Freeze-dried foods appear to retain their quality for years, and the simple addition of water is all that is required for their preparation.

You can take advantage of food specials and buy in quantity. However, it is not economical to buy more than can be used within a reasonable period of time. Deteriorated foods represent a loss of both money and nutrients.

Few frozen products are at peak quality after a year. Dried or low-moisture products, such as grains, can be stored for years if precautions are taken to prevent insect infestation or exposure to moisture and air. Most canned products have an extensive shelf life if the container remains undamaged and is stored in a cool environment.

Getting your money's worth takes planning and practice. Take advantage of the nutrition information available to you. Remember that advertising is designed to sell products, and misleading terms and information are often used to attract buyers. Determine your nutrient needs, and plan your shopping to meet those needs at the lowest cost.

Chapter Five

Let's Go to the Source

Can you imagine Jesus having diabetes, hypertension, or coronary heart disease? Of course not! Jesus lived in a constant state of divine health, partly because of His disciplined habits of proper eating and drinking. He also lived at a time when the limited supply of food kept Him from overeating, and strict dietary laws kept Him from being ill.

The ancient people of Israel used the Old Testament as their nutrition sourcebook. Based only on the Scripture's dietary laws, the Jews held firm beliefs about what was right and wrong to eat.

Because we have an abundance of food available to us today and there are no dietary laws to follow, each person must decide for himself how he is going to eat. If you're sick and tired of feeling sick and tired, maybe you should consider following some of the rules that Jesus practiced.

The Seed-Bearing Plants

According to Jewish law, all fruits and vegetables were permitted to be eaten. This was based on Genesis 1:29, which says, *"And look! I have given you the seed-bearing plants throughout the earth and all the fruit trees for your food"* (TLB).

About twenty fruits are mentioned by name in the Bible. Apples, apricots, grapes, figs, and pomegranates are mentioned more often than the caper, carob, citron, date, mulberry, olive, palm, and lemon.

Fig trees or figs are mentioned fifty times in the Bible. A healthy fig tree bore fruit about ten months out of the year in Palestine. Undoubtedly, Jesus would have had wide access to this fruit. In one of His most familiar parables, He used the fig tree to help make His point.

Dried fruits are mentioned in several different Bible passages. Raisins, figs, and dates were dried and pressed into small cakes. They were apparently made especially to be eaten while people were traveling or working away from home.[1] These dried fruits were high sources of energy and good sources of certain minerals. In addition, they were sanitary, easy to eat, and could keep for a long time.

Jesus probably ate dried fruit as He walked along the back roads and pathways of Galilee as a boy. On His first long journey to Jerusalem at the age of twelve, His mother may have taken along a good supply of dried fruit cakes.

No Limitations

What do we mean by the word *vegetable?* A college textbook defines the term as any herbaceous plant whose fruit, seeds, roots, tubers, bulbs, stems, leaves, or flower parts are used for food.[2] This means that fruits, cereals, nuts, and herbs are actually vegetables, yet we do not classify them as such today.

According to the Jewish dietary laws, all vegetables were permitted as food. But only the following vegetables are mentioned in the Bible by name: beans, corn, cucumbers, garlic, gourds, lentils, onions, and leeks.

There were no limitations on the methods of cooking or serving vegetables. They could be eaten with either meat or milk products. Today's frozen broccoli with cheese sauce or scalloped potatoes would have qualified as kosher in Jesus' home.

The Bible mentions corn more than any other vegetable. However, the word *corn* was used in the Bible to include cereal-type grains of various sorts. It is known that fresh corn, full ears in the husks, was served in Bible times. Jesus' noon meal at the carpentry shop may have included boiled corn on the cob or parched corn from a leather pouch. Parched grains of all kinds were commonly eaten in Israel.

We know that Jewish families ate vegetable and meat stews, called *pottage* in the Bible. (See 2

Kings 4:38–39.) Dried legumes and grains were often cooked together with the added flavor of spices and dried fruits. Beans and lentils were also cooked with onions and spices in a variety of dishes. On feast days, these foods were served with milk or cream products.

God wisely provided all the seed-bearing plants and fruits for food. His reason for doing so becomes apparent when we study the nutrient values of peas, beans, nuts, seeds, fruits, vegetables, and cereals. They contain all nutrients, in addition to the calories we need for energy. These foods are often good sources of fiber, which is needed for the elimination of waste. Good elimination reduces the possibility of our suffering some of the common intestinal diseases, including diverticulosis and colon cancer.

What Does Kosher Mean?

Jewish laws were very strict about which kinds of meat could be eaten and the way they were to be prepared. In Genesis 7:2, the Lord said to Noah, *"Of every clean beast thou shalt take to thee by sevens, the male and his female: and of beasts that are not clean by two, the male and his female."*

The terms used to describe meats were *tabor,* meaning "clean," and *tame,* meaning "unclean." Today the common word for permitted foods is *kosher,* a Hebrew word that means "suitable, correct, or proper."

Deuteronomy 14:4–7 helps our understanding by defining *clean animals*. They are the plant-eating animals (wild or domestic) that chew the cud.

> *These are the animals you may eat: the ox, the sheep, the goat, the deer, the gazelle, the roebuck, the wild goat, the ibex, the antelope, and the mountain sheep. Any animal that has cloven hooves and chews the cud may be eaten, but if the animal doesn't have both, it may not be eaten. So you may not eat the camel, the hare, or the coney.*
>
> (TLB)

Swine are also mentioned as an animal that should not be eaten. Although it has cloven hooves, it does not chew the cud. *"You may not eat their meat or even touch their dead bodies; they are forbidden foods for you"* (Leviticus 11:8 TLB) .

Jesus would not have eaten pork in any form, not even barbecued or grilled on an open pit. (See Deuteronomy 14:8.) Our favorites of baked ham, broiled pork chops, pork with sauerkraut, or even the famous BLT (bacon/lettuce/tomato) sandwich would all have been considered unclean to Jesus.

Why did God forbid the eating of meat from swine? It could be because pork is high in fat and difficult to digest. It is also a source of disease when it is not cooked properly. Pigs and hogs are carriers of *trichina,* a parasitic worm found in their intestinal tracts. Seven out of ten people who use pork products are reported to have antibodies to trichina organisms in their bloodstream. This means that at some time in their lives they have had a trichina infection.[3] It seems that the biblical admonition against pork is a valid one.

Meat and Milk Don't Mix

Not only were there lists of kosher and non-kosher animals, but there were also approved and unapproved methods of preparing them. (See Exodus 23:19 and Deuteronomy 14:21.) The Jews were told plainly not to cook or eat a young goat boiled in its mother's milk. Milk, according to Jewish definition, includes all dairy products, such as cheese, sour cream, butter, and fresh cream.[4]

In addition, a time interval of one to six hours had to elapse between the eating of meat and dairy dishes.[5] While the reason for these laws is not clear, such a practice would limit the amount of saturated fat consumed in any given meal. In any event, it is almost certain that Jesus never tasted such popular American dishes as beef stroganoff, chicken à la king, creamed tuna, or dozens of other favorite recipes in which we mix meat with cream sauce containing milk, sour cream, or cheese.

Rare, Medium, or Well-Done?

Another Jewish law had to do with the blood contained in meat. Blood is a known carrier of bacteria and spores of infectious disease. Those who eat raw blood (rare steak, for example) increase their possibility of getting sick.

Deuteronomy 12:23–25 says it this way:

The only restriction is never to eat the blood, for the blood is the life, and you shall not eat the life with the meat. Instead, pour the blood out upon the earth. If you do, all will be well with you and your children. (TLB)

Every aspect of this law was carefully observed. The Jewish slaughterers were a very select group of pious men who knew the Jewish ceremonial laws, as well as all of the rules regarding foods to be served at feasts and festivals. They had to pass an examination in order to obtain and keep their jobs.[6] It was their responsibility to make the flesh of the animals as bloodless as possible and not to let one bit of blood congeal within the muscle. This practice had many hygienic benefits.

What about today? Would we be better off not to eat meat that contains uncooked blood? I will answer the question this way: The only two Jewish dietary laws that were not revoked by the coming of Christ are the eating of strangled meats and the eating of blood. (See Acts 15:19–20.)

Adam Clarke, in his Bible commentary, presents a complete dissertation concerning the unlawfulness of eating blood. He concludes, "And thus we see that man had no right to the blood of the creatures before the flood; he had no right after this...and no man had a right to it from any concession in the law of Moses."[7] Has any such permission been given under the Gospel? He concludes that there has not been, but rather the direct opposite, as is shown in Acts 15.

How would a cook in Jesus' day have prepared meat? It could be either broiled, boiled, or fried. Meat was broiled over or under a flame with some kind of grill arrangement so that the fat drippings did not remain in contact with the meat. In boiling, the meat was cooked until the flesh fell off the bones—thereby assuring that there was no "pink flesh" to be served at the table.[8]

The Jews never fried meat in a pan containing fat, and they always had a way of draining off the blood as it cooked. Our method of coating meat with a batter and then either pan-frying or deep-frying it in oil, lard, or hydrogenated fat is definitely not kosher. Fat absorption of the batter presents a potential health problem, especially for those who frequently eat foods prepared this way.

Deep-fried foods lie in the stomach for long periods of time, causing undue stress in the process of digestion and absorption. (It can cause hours of burping!) These foods are some of the culprits thought to cause clogged blood vessels, which can lead to strokes and sudden death.

The priests of Bible times were known to have eaten too much meat. This is easily understood when one studies the sacrificial animal offerings required by religious law in those times. The priests received their share of the flesh of the animals in five main offerings. Unfortunately, they earned a bad reputation for living a self-indulgent life and often suffered from obesity and gout.[9]

Many Americans are also suffering physically because of their overconsumption of meat. According to research studies, a high-protein diet can put stress on the liver, break down protein tissues, trigger a loss of calcium from the bones, and leave toxic residues that must be eliminated.[10, 11] For optimal health, therefore, diets that get most of their protein from animal sources are not recommended.

The ordinary Jewish family ate meat once a week at the most.[12] Dr. Osee Hughes of Ohio State University concluded, from years of study, that three servings (four ounces each) of meat per week were adequate to meet the protein needs of the average adult if beans, lentils, cereals, milk, cheese, eggs, and nuts were eaten in other meals.

Kosher Eggs

Both Leviticus 11:13–19 and Deuteronomy 14:12–18 list twenty "unclean" birds. Included are all birds of prey, like the vulture, hawk, and raven. The ostrich, seagull, owl, pelican, stork, and eagle are also among those that are not to be eaten.

The Bible does not give a list of "clean" birds, so Jewish law on this point varies from community to community. Some rabbis permit the eating of turkey and pheasant, while others do not.

The Bible doesn't say anything about eating eggs, but Jewish law is specific on this point. No eggs from unclean birds may be eaten because they come from an unclean source. The eggs of clean birds may be eaten as long as they do not contain blood spots and have not been fertilized.

Eggs were used in several feast day menus and were given to mourners on the first day of the loss of their loved one. (Could this be the source of the traditional Easter egg?) They were considered by Jews to be a very nutritious product and were served with milk, honey, and wine in many different recipe combinations.

Fins and Scales

What about fish? Does the Bible label them as clean or unclean? Leviticus 11:9–12 says,

> As to fish, you may eat whatever has fins and scales, whether taken from rivers or from the sea; but all other water creatures are strictly forbidden to you. You mustn't eat their meat or even touch their dead bodies. I'll repeat it again—any water creature that does not have fins or scales is forbidden to you. (TLB)

If we were to follow the Jewish laws observed in the home and community in which Jesus grew up, we would have to change our eating patterns. We would need to eliminate from our diets all oysters, lobster, crabs, shrimp, clams, catfish, sturgeon, swordfish, and eel.

According to the Bible, the kosher fish are those that have fins and scales in the waters, in the seas, and in the rivers. (See Leviticus 11:9 and Deuteronomy 14:9.) Only fish with bony skeletons, of which there are some thirty thousand varieties, are included in this definition.

The nutritive value of poultry and fish is similar to that of beef, but the fat and cholesterol content of these two foods is lower. If you remove the skin from chicken, you can eliminate much of the fat. Poultry and fish are also considerably lower in calories than beef and are usually cheaper in price.

The Staff of Life

The diet of Jesus would certainly have included the staff of life—bread. In fact, bread was the single most important item in His diet. To eat bread literally meant, in Hebrew and Greek, "to take a meal."[13] For most Americans, eating bread is merely a supplement; we can take it or leave it.

The popular bread in the time of Jesus was far superior in nutritional quality to that of today's bread. Jewish bread was made from the whole grain, with none of the parts of the grain removed or altered by the use of modern chemicals or manufacturing processes. Because of this, the bread was dark in color, heavy in texture, very nutritious, and full-flavored. It probably contained no cane sugar, though perhaps a little honey, and no preservatives. It was made daily from freshly ground flour, with oil, and just a bit of salt added to improve the flavor.[14]

It is easy to see from the figure[15] on the next page that when the bran and germ are removed in the milling process, it results in a drastic reduction of the mineral, vitamin, and roughage content of the whole grain. If we ate whole grain bread instead of white, refined loaves, we would add much needed fiber to our diets to aid in waste elimination and to help prevent certain diseases of the intestines that are common today.

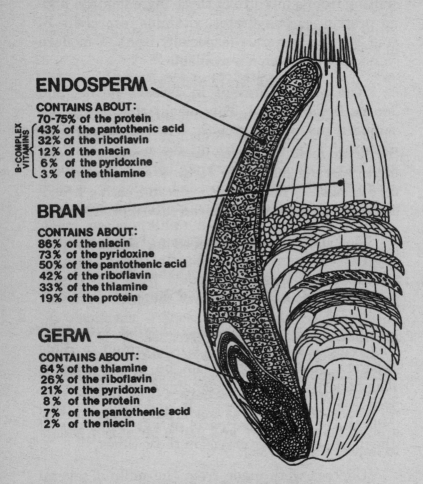

ENDOSPERM

CONTAINS ABOUT:
70-75% of the protein

B-COMPLEX VITAMINS
43% of the pantothenic acid
32% of the riboflavin
12% of the niacin
6% of the pyridoxine
3% of the thiamine

BRAN

CONTAINS ABOUT:
86% of the niacin
73% of the pyridoxine
50% of the pantothenic acid
42% of the riboflavin
33% of the thiamine
19% of the protein

GERM

CONTAINS ABOUT:
64% of the thiamine
26% of the riboflavin
21% of the pyridoxine
8% of the protein
7% of the pantothenic acid
2% of the niacin

Kernel of Wheat

The prophet Ezekiel had an interesting bread recipe. He said God told him to use the following ingredients: wheat, barley, beans, lentils, millet, and spelt. (See Ezekiel 4:9.) A bread product resulting from a mixture of these ingredients is high in protein, carbohydrates, vitamins (especially B_1 and B_2) and minerals (especially iron). A modern version of this recipe is available.[16]

The protein present in cereals, beans, and lentils is incomplete. This means that it will not support maximum growth when consumed by humans or animals, without the aid of other protein foods. Nonetheless, when certain incomplete protein foods are used in combination with each other, as in Ezekiel's beans and grains bread, or with other protein foods like milk, cheese, meat, or eggs, they satisfy our need for complete proteins.

Milk, Cheese, and Butter

The Promised Land was flowing with milk and honey. (See Exodus 3:8.) According to Bible scholars, that statement can be taken literally. The majority of the milk produced and used in Israel was that of sheep, camels, and goats. Camel's milk mixed with three parts of water was one of the most popular beverages in those times.[17]

Cheeses were made from the milk of several animals. Soured milk that formed hard lumps was dried in the sun, and the curds produced were used in cooking. Softer cheeses were made in Bible times in cloth bags in which the whey separated out and left the soft curds on the inside of the bag.[18] This was similar to what we call cottage cheese. The word *butter* is used to describe different products in the Bible. In certain contexts it means curdled milk or cream. It also could have meant the product obtained by the churning of milk—the product we think of when we hear the word *butter* today.[19]

In a Jewish home, meat dishes could not be prepared, cooked, or served with butter because it is a dairy food. But it was kosher to serve butter with bread and on all vegetables not served with meat.

Some Oil but No Fat

The eating of animal fat was to be avoided in Bible times. In fact, the shortening most often referred to in the Bible is olive oil. An example of this rule is found in Leviticus 7:23: *"Speak unto the children of Israel, saying, Ye shall eat no manner of fat, of ox, or of sheep, or of goat."* These were, you remember, the kosher meats.

Verse 25 has a further word about this matter: *"Anyone who eats fat from an offering sacrificed by fire to the Lord shall be outlawed from his people"* (TLB).

The overall fat content of the American diet now averages about 40 percent of our total calories—a figure well above the suggested desirable intake of around 25 to 35 percent. Total fat intake, animal fat intake, and cholesterol intake increases your risk of heart disease. A decrease in the calories you eat from fat sources, especially from animal sources, would lessen the risk of heart attacks, arteriosclerosis, and strokes.

If we want to decrease our consumption of saturated fats, we would need to eat less high-fat meat. Lamb, pork, and beef, in that order, are the highest in fat content of our most commonly used meats.

In addition, we need to curtail our intake of butter, cream, egg yolks, cheese, whole milk, hydrogenated margarines, shortenings, coconut oil, and other goods made from such products. We should also eat fewer fried foods, especially deep-fat fried ones, such as French fries, potato chips, fried fish, fast-food fruit pies, doughnuts, and so on.

SUGAR OR HONEY?

The only sweetener used extensively in the time of Christ was honey. Cane sugar (regular white, table sugar) was not used for food until around the fifteenth century.[20] In fact, cane sugar is not even mentioned in the Bible.

Are there any benefits to eating honey instead of sugar? Authorities are not in agreement on the nutritional benefits of honey. Dr. Jean Mayer, one of the nation's foremost authorities on nutrition, has said, "Despite claims of superior nutritional benefits by honey lovers, the fact is that honey, like other sugars, is virtually devoid of other nutrients."[21]

On the other hand, an article in the *Journal of Nutrition* says that honey contains minute amounts of many vitamins and minerals. This research also shows that the nutrients in honey vary according to the color (darker honey is more nutritious) and the locality from which it comes.[22]

There are trace amounts of nutrients present in honey that are not present in other sweeteners. Yet even the slightest nutritional benefit does not accrue when we consume cane sugar—a product devoid of any vitamin, mineral, or amino acid. Overall, the addition of sugar (whether white or brown) or liquid sweeteners (such as honey, molasses, corn syrup) is entirely unnecessary in meeting our nutritional needs. Nature has provided us with many delicious foods that have an excellent combination of starch, sugar, fiber, vitamins, minerals, and protein. But refined white sugar contains no nutrients—just empty calories. So, yes, honey is better.

SOMETHING TO DRINK

Water was scarce in many parts of the Middle East and was often considered impure, especially in the towns and villages. To compensate for this, the Israelites drank the juice from grapes, apples, dates, corn, honey, pomegranates, and other fruits. They especially drank grape juice, which is high in calcium and contains other nutrients.

How does grape juice compare in nutritive value to today's soft drinks? Grape juice is much more healthful than any of the colas or other soft drinks consumed by Americans. Soft drinks are empty calories that contribute only simple carbo-hydrates (sugar) to our diets, without the addition of a single nutrient. Our health is bound to be adversely affected if we drink large quantities of soft drinks. (See pages 13–14.)

The beverages that Jesus drank contributed more to His health and nutrition than the modern-day beverages we drink. Jesus was fortunate to have lived in a time when the main beverage choices were milk, water, or fruit juices. Fortunately, we can still make the same choices today if we want to be healthy.

Eating the Biblical Way

The Jews generally ate two daily meals, break-fast and supper. The first meal was usually light, consisting of milk, cheese, bread, or fruits, and eaten any time between early morning and the middle of the forenoon. In the early history of the Israelites, the principal meal, corresponding with our dinner, was eaten about noon. (See Genesis 43:25.) At a later period, at least on festive occasions, it was eaten after the heat of the day was over. This was supper.[23]

It is not God's fault that many of us are sick, undernourished, and unhealthy. God originally supplied every part of the world with a proper balance of foods and nutrients to sustain the local inhabitants. Man-made customs and cultural traditions are responsible for the mistakes that have led to nutrition-related disease and suffering.

The science of nutrition will never prove that God was ignorant about or negligent in supplying the perfect types, amounts, or combinations of nutrients to meet man's requirements for abundant health. However, many of us are ignorant of our nutritional requirements and negligent in supplying our bodies with these nutrients.

Do you think God is interested in your diet, or do you think His were rules designed only for earlier generations? God loves you and wants you to live a long and healthy life. If you follow the guidelines He has established in His sourcebook, the Bible, you will live an abundant life according to His perfect plan.

Eating Man's Way

Here is how I believe we are producing sick cells and, therefore, sick people. We are

— eating too much meat

— eating too much fat

— eating too many sweets

— using white rice, white flour, salt, and white shortening

— drinking soft drinks

— eating processed foods

— drinking too much coffee and tea

— overdosing on petroleum-based vitamin and mineral pills

— drinking too many highly sweetened fruit juices

— eating supersweet boxed cereals

— eating too many bakery products

— using margarine, olestra, and hydrogenated fats

— drinking tap water

— not eating whole grains

— eating low-fiber foods

— and more!

Chapter Six

How Your Diet
Affects Your Health

Cancer, diabetes, heart attack—these words strike fear into the minds of many Americans. We all know friends and relatives who have suffered from one or more of these tragic illnesses.

But what about you? Is there anything you can do to reduce the risk of your being stricken by one of these present-day killers? Recent research indicates that there is. By making a few simple changes in your lifestyle, you can lessen the risk of many common diseases by as much as 50 percent.

Your chances of remaining healthy are greatly increased if you eliminate cigarettes, alcohol, and caffeine. At the same time, you should include daily exercise, adequate water, and sufficient rest in your routine. Most of all, you should change the way you eat and what you eat.

You may be saying, "Why should I change my way of eating? I'm not sick." But are you physically healthy and robust? Or do you often feel tired, depressed, unmotivated to work, restless, sleepless, and generally unhappy? The remedy for you is probably a balanced diet. I have seen these sluggish feelings disappear when people have changed their eating habits and taken steps to regularly eat adequate amounts of healthful foods.

Maybe your problem is your weight. Can being overweight affect your health? Being 20 percent overweight is a risk factor in kidney disease, high blood pressure, certain types of cancer, diabetes, gallstones, and heart disease, to name a few.

Fat Can Be Beautiful

Nobody wants to be fat, but everyone needs some fatty tissue. Fat can be beautiful when it is stored in several strategic spots on our bodies.

Fatty tissue serves as pads—cushions on the soles of your feet, on your hands, cheeks, on your "sitters," along your muscles, and many other places. You would be very uncomfortable without these pads of fat. In addition, life would be unbearable if you got the full impact of every sound in your environment. Fat pads serve as shock absorbers over nerve endings to soften loud noises and shrill sounds.

Fatty tissue is also necessary to hold the internal organs in place and keep them from sudden injury during accidents. A dear friend of mine was an eternal weight-conscious dieter who wanted to stay as skinny as a rail. She began suffering severe back pains. Finally, yielding to an appointment with a physician, she found that all of her internal organs had dropped. Their weight was pressing against the nerve center in her lower back. Five weeks and many dollars later, surgery corrected the problem. The surgeon literally tied one organ to another to substitute for what God had planned so perfectly—the use of fatty tissue to support internal organs. In fact, today she suffers from osteoporosis.

Fat also acts as an insulator against excessive loss of body heat. Very thin people suffer more from cold weather than those who have some layers of fat stored under the skin. When you don't or can't eat properly to meet current demands for heat, your fat cells, which act as storage cells, supply the necessary fuel (energy). Fat cells provide a place to store leftover calories that your body does not need for immediate use.

God knew what He was doing when He gave both men and women some special storage bins for one of the essential nutrients—fat. Fat is beautiful when it fulfills the purposes God intended.

When Fat Is Ugly

Fat can also be ugly; it displeases the Lord, is offensive to others, and threatens our health.

Fat is ugly when it robs us of our physical beauty. That happens when we are more than 10 percent overweight for our height, age, and bone structure. Here's an easy way for you to calculate your approximate desirable weight. If you are five feet tall, give yourself one hundred points; for women, add five points, men add seven, for each additional inch of height.

A woman 5'8" tall should weigh about 140 pounds (one hundred points for being five feet tall; eight inches multiplied by five, or forty points, for the height above five feet). If she weighs more than 10 percent above 140 (154 pounds), she is considered overweight. If she weighs as much as 168 or more, she is obese.

Fat is ugly when your internal organs are smothered and squeezed into partial functioning. Excess fatty tissue surrounding your heart forces it to pump blood to *miles* of extra blood vessels every five-sixths of a second. For every pound of fat, your body forms and must nourish approximately three-fourths of a mile of extra blood vessels. So twenty-five pounds of excess fat means more than *eighteen miles* of extra blood vessels to be nourished and flushed, every five-sixths of a second!

Mortality rises as the degree of obesity increases. The statistics of the Metropolitan Life Insurance Company (USA) have shown that for a forty-five-year-old man, an increase of twenty-five pounds over standard weight reduces life expectancy by 25 percent. In other words, he is likely to die at age sixty when he might otherwise have lived to seventy-five or more had he not been obese.[1]

Fat is ugly when it complicates the birth of a baby. A pregnant woman's excessive fat can cause the death of either herself or the child. Some obstetricians refuse to take obese pregnant women as patients because they fear being blamed or sued for the tragic situations that often accompany the delivery of babies of obese mothers.

Fat is also ugly when it takes your life while you are in surgery. Surgeons will tell you that your chances of surviving a major operation decrease proportionally as your overweight condition increases. Overweight people are greater surgical risks.

LITTLE INCONVENIENCES

In addition to being ugly, being overweight can also be inconvenient. Here are some definite inconveniences that an overweight person has:[2]

— Shortness of breath and a continuous tired feeling that does not go away with more food, more rest, more relaxation, or sleep.

— More strain in doing routine daily tasks such as housecleaning, grocery shopping, grass cutting, and so on.

— More "blah" days and more absenteeism from paid employment, with a resultant loss of income.

— Limited productivity in certain jobs, with an adverse effect on income.

- Abdominal hernias and varicose veins more frequently than in normal weight adults.
- More infertility in men and more menstrual abnormalities in women.
- More infections of the respiratory tract, such as colds.
- Increased rate of skin problems, often caused by excessive perspiration in skin folds.
- Increased risks during child delivery and surgery.

Recent statistics estimate that about 50 percent of all American men over thirty and 75 percent of women over forty years of age are overweight. Large percentages are obese, meaning that they are 20 percent or more above their ideal weight.

Big Problems

There is another long list of physical conditions that are suffered more frequently by overweight and obese people than by their counterparts of normal weight. These more serious illnesses include the following:

- *Gall Bladder Disease*
  It has been reported that obese individuals suffer three times more gallstones than adults of normal weight.

- *Orthopedic Problems*
  Common symptoms are pain in the lower back and joint pains, especially of the hips, knees, and ankles.

—Complications during Pregnancy

Obese women suffer seven times more toxemia (especially of the kidney) than normal weight women; five times more infection of the urine-collecting part of the kidney, with more maternal deaths.

—Respiratory Problems

In addition to drowsiness and lack of oxygen in the blood, the lungs can also lack oxygen. Breathing is often labored and difficult.

—Liver Dysfunction

The Bromsulphalein test, which quantitatively evaluates liver function, shows that liver dysfunction is more frequently a problem among the obese than non-obese.[3]

—Degenerative Arthritis

The occurrence of arthritis increases with the increase of weight. Degenerative arthritis was observed among 80 percent of obese patients in one arthritic clinic. Excess weight adds pressure on the joints. The loss of each pound of excess weight may relieve the hip joint of three pounds of pressure.[4]

The Great Jeopardizers

The obese are more prone than people of normal weight to have cardiovascular disease, diabetes, hypertension, and, perhaps, cancer. Facts you should know about these conditions are as follows:

— *Cardiovascular Disease* (heart, arteries, capillaries, veins)

- About one million Americans die of it annually, and the major cause is overweight and obesity.
- Weight gains after twenty-five years proved to be strongly related to angina pectoris and sudden death.
- The annual death rate from hardening of the arteries (artherosclerosis) and degenerative heart disease in the U.S. for men ages fifty to fifty-nine is the highest in the world. Incidence of coronary artery disease among Americans increased proportionately with degree of overweight.

— *Hypertension* (high blood pressure)

- Research shows that it is not uncommon for overweight people to have much higher blood pressure rates than people of normal weight.
- Mortality ratios increase as the average systolic and diastolic blood pressure rises. Being overweight or obese causes blood pressure to rise.
- Circulatory problems of all kinds are aggravated. Both an increase of blood volume and blood pressure put a strain on the heart.

— *Diabetes* (insufficient insulin to handle sugars and starches)

- Statistics show that diabetes is four times more common in obese than in lean adults.

- A weight gain often precedes the onset of adult diabetes.
- Underweight people who are fifty years old or more rarely have diabetes. Contrarily, 80 percent of elderly diabetics are overweight.

The Diabetic Syndrome

Mortality among obese diabetics is four times greater than for diabetics of normal weight. According to Dr. Stephen Podolsky, diabetes mellitus is now the third leading cause of death in the United States, accounting for three hundred thousand lives each year. Only cardiovascular diseases and cancer are responsible for more deaths. The number of people with diabetes has remained around ten million in the U.S. since 1975 (the latest statistics, from 1995, still showed ten million), which means that you probably know or have known someone with the disease.

There are two kinds of diabetes. One develops in youth, called juvenile-onset. The other develops later in life and is called maturity-onset.

Juvenile-onset diabetes is caused by a failure of the body to produce insulin, which is needed for the metabolism of carbohydrates (starches and sugars). In maturity-onset diabetes, the body cells have an inability to respond normally to insulin. In both types, blood sugar fails to penetrate body cells, and they become deprived of vital energy. It is like a "water, water everywhere, and not a drop to drink" situation.

For maturity-onset diabetes, lowering one's body weight to normal and keeping it there eliminates the condition in many cases. Juvenile-onset diabetes, on the contrary, is not usually reversible.

A woman I know, who is very overweight for her height and frame, began to have the symptoms of frequent urination, insatiable thirst, dizziness, and headaches. When she went to her physician for an examination, he diagnosed her condition as diabetes (too much sugar in the blood). She was put on a strict diet, with injections of insulin every morning. All sweets were strictly forbidden. The doctor made this very, very plain.

As a lover of sweets all her life, she thought that a little piece of candy wouldn't hurt. She bought her favorite kind, chocolate kisses, and put them in a secret place upstairs in her bedroom. No one knew, she thought; it was a foolproof scheme.

But after supper one night, she left the family circle in the living room and tiptoed up to her room secretly to have a piece of her chocolate candy. One piece didn't quite do it. So she had one more. Those two didn't quite satisfy her, either. Unable to stop, she ate herself into a diabetic coma!

The panic and confusion that followed sent a shock wave throughout the household and neighborhood. It was quite a spectacle when the fire department arrived and carried her off to the hospital. About a hundred dollars and a day later, she was back home feeling guilty and embarrassed for having been so foolish. (Today's cost might be a thousand dollars or more.)

Principles to Lose By

Are you one of the eighty million Americans who are overweight? If you've decided that you need to lose those excess pounds, here are a few basic principles for you to follow:

1. *Decrease* your intake of:

— meat (beef, lamb, pork, and pork products)

— fat (fatty meats, fried foods, butter, oil, etc.)

— sugars (sweets, candy, refined sugars, etc.)

— white-flour baked goods (bread, cakes, doughnuts, etc.)

— total calories (from all food groups)

2. *Increase* your intake of:

— fresh or frozen vegetables (plain, with no butter or sauce)

— fresh fruits and unsweetened fruit juices

— freshly squeezed vegetable juices

— baked or broiled fish and poultry, without butter or skin (Remember, very little meat is ideal.)

— whole grain products (bread, cereal, pasta)

This simple plan will help you to lose weight safely and will bring about a permanent change in your eating habits.

There has been much research into the possible relationship between our diets and cancer. Through this research, it has been suggested that high consumption of animal protein, low consumption of fiber, and a high consumption of fat may be linked to colon cancer.[5] The more economically developed a society is, the greater the incidence of colon cancer.[6] The high incidence of breast cancer among North American and western European women and among immigrants adopting a high-fat Western diet points to a possible relationship between high-fat intake and breast cancer.[7]

Experimentally, obesity is also linked with cancer. Obese mice with high fat consumption tend to have a higher tumor incidence than normal animals.[8] Animal obesity plays a major role in increasing the risk of cancer of the endometrium and kidney.

Excessive consumption of beer, alcohol, red meats, caffeine, fats, and/or sugar—with low intake of vitamins C and A—has been cited as being related to high cancer incidence.

The American Medical Association has suggested that vitamin A foods (such as carrots, sweet potatoes, squash, and dark green, leafy vegetables) and vegetables of the cruciferous family (such as cauliflower, brussels sprouts, broccoli, and cabbage) appear to be linked to a lower incidence of several kinds of cancer. Very recent research confirms this.

The National Research Council's Committee on Diet, Nutrition, and Cancer suggests that we avoid foods that are salt-cured, pickled, smoked, or that contain the additives nitrate and nitrite.

The National Cancer Institute offers a five-point recommendation concerning diet in the prevention of cancer.[9]

1. Eat less fat.

2. Maintain body weight.

3. Eat more dietary fiber.

4. Avoid consuming too many or too few vitamins and minerals.

5. Drink alcohol in moderation.

Dangerous Additives

You would be wise to cut down on foods containing many artificial additives and preservatives. Some dietitians and physicians consider certain chemicals to be dangerous to health when ingested even in small quantities. The list includes: BHA and BHT (both used to preserve fats and oils in food), caffeine, carrageenan (a thickening agent), modified food starch, MSG (a crystalline salt), nitrites, propylene glycol alginate, red dye No. 40, saccharin, and sodium erythrobate.

Drs. Agatha and Calvin Thrash list the foods containing the twenty worst additives:

Cakes, crackers, pies, and doughnuts contain eleven of the twenty worst ingredients. Colas, soft drinks, punches, and powdered drink mixes contain nine of the twenty. Pizzas, gelatin, pudding desserts, beer, ice cream, and ice milk contain six of the twenty. Vegetable sauces contain five; broths and salad dressings contain four of the twenty worst ingredients.[10]

Caffeine can also cause health problems. It continues to be reported as a factor associated with high blood cholesterol levels and heart disease, and with low levels of HDL-cholesterol (the beneficial, heart-protecting form of cholesterol).

Peptic ulcers, diabetes, and hypoglycemia are also adversely affected by caffeine. Some researchers have recently reported that caffeine causes an alteration in the chromosomes in the nuclei of cells and may be linked to cancer.

How can you tell if you are drinking too much coffee? Give it up for two to three days and see if you experience the following: tiredness, anxiety, insomnia, racing of the heart, finger tremors, imperfect balance, or a sense of dread. If you do, you are using caffeine as a drug. (By the way, hot water and lemon juice is a great drink.)

According to one doctor, "If a person regularly drinks one to five cups of coffee a day, his risk of having a heart attack is 60 percent higher than if he drinks none. If he drinks six or more cups a day, his risk is 120 percent higher! Caffeine raises blood pressure, causes the heart to race or have extra beats, and interferes with sleep."[11]

We must remember that coffee is not our only source of caffeine. It may not even be the major source. Carbonated beverages, tea, chocolate, cocoa, and medicines are also major sources, as indicated in the following list.[12]

Coca-Cola	6 oz. bottle	40 mg. caffeine
Coffee	6 oz.	120 mg.
Dr. Pepper	6 oz.	38 mg.
Pepsi Cola	6 oz.	36 mg.
Tea	6 oz.	100 mg.
Decaffeinated Coffee	6 oz.	18 mg.

The pharmacological, or drug, effect of caffeine is achieved when we take sixty to one hundred milligrams into our bodies. At this level, caffeine can be harmful.

Three Life-Changing Diets

The way you eat affects the condition of your health. By making a few changes in your diet, you can bring some diseases and unhealthy conditions under control.

1. Lower your blood pressure by the way you eat.

There is a significant relationship between the amount of salt consumed and our blood pressure. Eating highly salted foods, especially snack foods, makes salt consumption excessively high. It has been estimated that many Americans eat about ten times more salt than is required for good health. The amount recommended is seven-eighths of a teaspoon daily!

A low-sodium (low-salt) diet is an excellent way to help keep your blood pressure under control. Reducing your intake of sugar and white flour foods will also help to lower your blood pressure.[13] The ups and downs in blood glucose will moderate, and exaggerated fluctuations in personality characteristics (ranging from hyperactive to catatonic) will decrease.

People with an inadequate intake of potassium often develop hypertension. This problem can be deferred by eating foods rich in potassium, such as peanuts, peas, potatoes, dates, bananas, cantaloupe, dried beans, and dark green, leafy vegetables. Meats are also a good source of potassium.

Other measures that are effective in lowering blood pressure are exercising daily, lowering weight to normal, and eliminating smoking.

2. A low-fat diet can clear clogged arteries and help heal victims of heart attacks and strokes.

Research from many sources concludes that arteriosclerosis can be reversed when the fat calories in the diet are lowered to 10 percent of the total calorie intake. That would mean giving up *all* fried foods, butter, milk, cheese, salad dressings, ice cream, hamburger, potato chips, pork, and "extra-crispy" fried chicken (which equals eighteen pats of butter in a half-chicken serving!).

If you've never had a heart attack or stroke, you can decrease your chances of having one by reducing your fat intake to 25 to 30 percent of your total calories. Less fat than this would virtually guarantee your health.

3. Some digestive problems can be corrected with proper eating habits.

It takes the stomach four hours to empty an average meal. This means that snacking between meals adds food to an already working stomach and increases the emptying time—sometimes to as much as nine hours. In addition, the fermentation that is created in the stomach can be detrimental to your mind, body, and emotions. It is recommended that five hours be allowed to pass between the end of one meal and the next time you eat.

Some people nibble and snack all day instead of eating proper meals. This can be very harmful to your body because it causes poor absorption of nutrients and reduces the amount of protein available for the body to use.[14]

The following illustration contains seven simple dietary guidelines that can change your life and improve your health.[15]

The way you eat definitely affects your health—either positively or negatively. If you want to stop feeling sick and tired, your diet will have to change. Our bodies have natural healing mechanisms that respond to proper nutrients. If you put the right foods in, you'll get a healthy body in return.

1 Eat a Variety of Foods

2 Maintain Ideal Weight

3 Avoid Too Much Fat, Saturated Fat, and Cholesterol

4 Eat Foods with Adequate Starch and Fiber

5 Avoid Too Much Sugar

6 Avoid Too Much Sodium

7 If You Drink Alcohol, Do So in Moderation

CHAPTER SEVEN

You and Your Weight

Can being overweight affect your lifestyle and the way you live?

Studies show that more non-obese than obese high school graduates go on to college. In most career fields, people without a college education cannot secure and remain in the same kinds of jobs as those with a college education. So, a person's earning power for his whole life could be adversely affected by his overweight or obese condition.

Some employers have a policy of not hiring overweight people. Law enforcement, home economics, dietetics, commercial airlines, and fashion merchandising are some careers that often enforce this policy.

The editor for a newsletter published by Weight Watchers conducted a study to determine how fat people fare in the job market. Her conclusion was that they would be more successful if they lost weight. Limited job opportunities, failure to secure jobs, and fear of applying for a promotion or a new position are part of the lifestyle of some obese people. This adds up to salary not earned, forfeited benefits, and a loss of professional prestige.

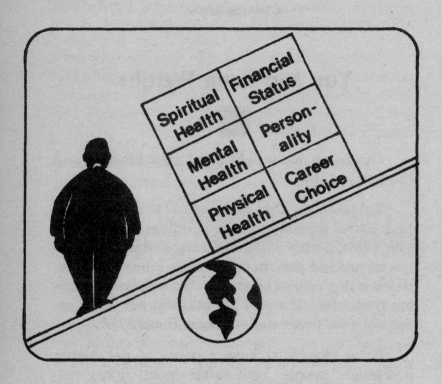

Self-Esteem and Your Weight

Being overweight causes social and psychological problems for many people. It affects their lifestyle and the way they feel about themselves.

An overweight friend shared her struggle with obesity with me.

"There is no way I can tell you how my life has changed since I became fat. Until I was thirty-nine years old, I was slim, attractive, self-confident, and successful in my career. Then I quit drinking and going to bars every night. When I did, I began to crave sweets. So I started eating ice cream instead of drinking cocktails. I ate about one-half gallon every two or three days.

"Before I knew it, I had gained fifty-nine pounds. I quit my job because I couldn't take the jokes, stares, and disgusted looks of my coworkers and customers. I began to stay at home all the time, not wanting to be seen in public.

"When I went shopping for necessities, I used to look behind me to see if people were making fun of me. Sometimes they were! This pushed my hatred of being fat even more deeply into my subconscious mind. It was terrible!

"Even my own family put me through some humiliating experiences. My children tried to be kind, but they often remarked, 'Mother, you sure are fat. Can't you stop eating so much?' My husband is the only one who doesn't mention my weight. But even if he doesn't, I know what he is thinking, and I am ashamed for him to see me undressed.

"All of these tortures are only part of my problem. I have tried every diet I ever heard about. At various times in the past twenty years, I have joined weight-loss programs, some costing nearly two hundred dollars a month. I spent thousands of dollars on doctors, chiropractors, and the medicines they recommended. Nothing has resulted in successful, sustained weight loss.

"Every aspect of my life has changed since I gained weight. I won't apply for a job even though I could help my husband with our children's college expenses. But I can't face being rejected. I know no one would hire me.

"I've even stopped going to church. I've dropped out of everything I used to enjoy, and I just sit at home and watch TV. I'm not physically able even to push a vacuum cleaner. With the slightest amount of physical labor, I become short of breath. My doctor told me I have high blood pressure and diabetes. And there seems to be no solution."

Her interview ended with a question: "Do you have any suggestions for me?" I certainly did.

How to Go on a Diet

Every year people in the U.S. spend millions of dollars trying to find a fast and easy way to lose the weight they put on over a period of years. The costs of obesity range from doctors visits to health spas, with millions being spent on appetite depressants and low-calorie soda pop. Yet many people regain the weight they lose.

One of the most effective weight-loss programs is still good old-fashioned dieting. The first step to successful dieting is to realize you must make a change in the way you eat—not a temporary fling, but a permanent change. Long-term results should be your motivation.

**Set Goals
Aim
Fire!**

Next, set your goals. Decide how much you want to lose and how long you think it will take you. Lose weight slowly, never more than two pounds each week. This will give you time to develop good eating habits that will last the rest of your life.

Here are some guidelines to use in selecting a good diet program:

1. Do not choose a diet that supplies less than 800–1000 calories a day. Your body needs to be maintained, even while you are losing weight.

2. Do not use a liquid diet as your only source of nutrients. Taking only liquids can cause the muscles of your intestines to get sluggish from

underactivity. Colon problems can result when you resume normal eating. A high-protein liquid diet can cause a nutritional imbalance in the body. This can prevent the heart from being able to receive proper electrical impulses. The result can then be sudden death.

3. Choose a diet that includes an exercise program. Physical exercise will help to strengthen your muscles and prevent flabby, sagging skin that makes you look older.

4. Choose a diet that includes all of the basic food groups: fruits, vegetables, cereals, legumes, milk products, and meat, with a sparing use of oils and fats. Your diet should be balanced, not high in anything.

5. Do not ignore your own special health needs. Check with your doctors before beginning the diet to make sure it does not conflict with any medications or health problems you may have.

The More You Eat, the More You Want

Have you ever heard of a person who wagered a bet that he could eat more pie or more pancakes than anyone in his city or town? *The Guinness Book of World Records* contains all kinds of death-defying statistics, including the following:

Ice cream—three pounds (unmelted) eaten in 90 seconds.

Pancakes—sixty-two (each six inches in diameter, with butter and syrup) consumed in 6 minutes, 8.5 seconds.[1]

It amazes me that these contestants didn't drop dead on the spot! When we eat large amounts of concentrated sweet foods (sugars and starches in the form of candies, baked desserts, ice cream, pancakes with syrup, biscuits with honey), the body is put under great stress. It gears up for this emergency situation in miraculous ways.

Suppose you eat a candy bar. The candy bar contains a concentrated solution of sugar that actually causes the lining of the stomach to hurt. The nerves in the stomach lining send a message to the brain, "Hey, I have been flooded with a supersaturated solution of sugar, and it is painful. Do me a favor; make this person thirsty. Tell him to take a drink of water so the sugar will be diluted. That will help a little bit. Then send a message to the pancreas, and tell it to speed up the production of insulin to handle all this sugar."

The brain does exactly what the messages coming into it say should be done. It tells you to get a drink, and it sends clear signals to the pancreas, which responds immediately. More insulin comes quickly flowing in.

The pancreas speeds up, working faster and faster as it works harder and harder. Before long, it has enabled the body to handle the flood of sugar. Some has been stored in the liver, some in the muscles, some converted to fat, and some used for energy.

When the supply of sugar is accommodated, the pancreas sends out an SOS to the brain. It says, "Hey! Go tell my boss to go to the refrigerator and eat some more food. I'm geared up for work, and it takes me a while to slow down. If I send more insulin into his stomach, he will black out in an insulin shock." This condition scares everybody. The victim looks and acts as if he's going to die, and some do.

If you eat sweets right before you go to bed, you may awaken in the middle of the night with a strong urge to get something more to eat. Promise yourself that you will learn not to flood your body with concentrated sweets, especially on an empty stomach or before going to bed at night.

What's So Bad about Sugar?

Sugar and sweet foods are such a part of our lives that it's hard to believe they could be all that bad for us. Americans grow up with decorated cakes on birthdays, cookies at Christmas, candy on Valentine's Day, and dessert after supper. How could something that centers around so many fond memories be so sinister? Let's look at some of the health problems created by this innocent-looking substance.

1. Sugar adds only calories and pounds to our bodies. It contains absolutely no vitamins, minerals, amino acids, or other nutrients.

2. Excess sugar causes a rise in blood fat. This condition contributes to high blood pressure and heart attacks.

3. Cavities in our teeth are primarily caused by eating too much sugar. Chewing gum and candy that remain in the mouth for long periods of time bathe the teeth with sugar and create cavities.

4. Sugar causes a rapid rise in blood sugar levels, sometimes causing a person to swing from hypoglycemia to diabetes within a one-hour period, or even less. Headaches, fatigue, forgetfulness, irritability, and blurred vision can result.

5. Too much sugar in the diet can trigger the onset of diabetes in individuals with an inherited weakness toward this disease. It causes the arteries to narrow so that the blood flow is hindered. This brings on premature aging and affects the eyes and kidneys. (Diabetes is the number one cause of new cases of blindness in the U.S.) People with diabetes often suffer disabling complications and have a shortened life span.

6. Sugar decreases the body's ability to destroy bacteria and fight infection. When we eat as much as twenty-four teaspoons of sugar in a short time, the ability of the white blood cells to destroy bacteria is decreased by about 92 percent. Our immune system is impaired, and we become easy prey to infections of all kinds. The average American eats forty-two teaspoons of sugar every day— in some form or another.

Do we need any sugar in our diets? No! We do not need any simple sugars like cane sugar, brown sugar, honey, molasses, corn syrup, and so on. If we eat fruits and complex carbohydrate foods (beans, peas, nuts, seeds, vegetables, whole grain breads, and cereals), we get more than enough sugar in our diets.

In other countries where 80 percent of the total diet is in the form of complex carbohydrates, people have virtually no tooth decay, no heart attacks, no cancer, no obesity, and no arthritis. Is it worth giving up sugar and sweets to have the benefit of good health and a productive life?

The Impulsive Eater

Many of the supersweet foods that we enjoy are eaten on impulse. We usually give little thought at the time to what all that sugar will do to our bodies and minds.

Have you ever passed a doughnut shop while walking down the street? The odor drifting into the street announces a fresh batch of superfattening foods. Not having had a fresh doughnut for a few days (hopefully weeks), you decide to rest your tired feet and have a cup of coffee and a doughnut.

Your feet weren't really *that* tired, and heaven knows you didn't need the food. You had left the breakfast table only two hours before, but the enticement of that delicious odor was more than you could resist. Impulsively, you made the choice to overeat.

Maybe you can't identify with yielding to the smells of a doughnut shop. But that doesn't mean you aren't an impulsive overeater. What about the thirty-three flavors at the ice cream store, caramel-covered popcorn at the movies, or a candy bar at the checkout counter? What about the small mint at the cash register of your favorite restaurant? After all, it contains 50–100 calories, and you just finished a big meal before you paid your bill.

THE FRUSTRATED EATER

We all eat more than we should from time to time, but some people habitually overeat. Their reasons for overeating are often emotional or psychological. They may feel unloved, unwanted, unneeded, lonely, disappointed, guilty, or fearful. Or they may be overworked, pressured, anxious, and worried.

I have a secretary whose husband works at night. She often finds herself feeling restless and afraid because she's alone. Her emotions sometimes get the best of her, and she often finds herself standing in front of the refrigerator. Before she realizes what she's doing, she eats everything in sight—consuming thousands of calories without even thinking.

Work or academic situations can also produce feelings of frustration. You may be working on an assignment or a project and may come to a point where you don't know what to do next. Before you know what is happening, you head for the coffee pot and all the goodies that surround it: the cookie jar, the doughnut box, or the leftover birthday cake. Trying to soothe your shattered nerves, you swallow 300, 400, 500 calories in a few minutes, and you end up feeling worse instead of better. The sugar in your system only increases your feeling of frustration and confusion. In addition, the unnecessary caffeine jangles rather than soothes your frazzled nerves.

Your frustration may be covered up, but the extra pounds that cling to your waist and double chin can't be disguised.

OverworkinG Your Heart

In the gospel of Luke, Jesus gives us a very serious warning:

> *Take heed to yourselves, lest at any time your hearts be overcharged with surfeiting* [overeating], *and drunkenness, and cares of this life, and so that day come upon you unawares.*
> *(Luke 21:34)*

"*Lest...your hearts be overcharged.*" This could have two meanings: a spiritual one and a physical one. When the heart becomes encased in a mass of fat, it becomes heavy and unable to perform its duties effectively and efficiently. Fatty deposits around the heart increase its workload. If you are twenty or fifty or seventy pounds overweight, your heart has to service an equivalent number of miles of extra blood vessels. Your heart can't take such stress forever. That kind of heaviness of the heart will shorten your life, as the vital statistics prove.

Another definition of the overcharged heart requires spiritual interpretation. Deuteronomy 32:15 says that when the Israelites became overfed, *"yes, fat and bloated,"* they forgot their God. *"They shrugged away the Rock of their salvation"* (TLB).

If the Israelites were harmed spiritually by their bodily fatness, could it be the same with us today?

THE CONSEQUENCES

Fatness has detrimental effects on our spirituality. In Deuteronomy 31:19–21, God spoke to Moses and said,

> *Now write down the words of this song, and teach it to the people of Israel as my warning to them. When I have brought them into the land..."flowing with milk and honey"—and when they have become fat and prosperous, and worship other gods* [like food and drink] *and despise me and break my contract, and great disasters come upon them, then this song will remind them of the reason of their woes. (For this song will live from generation to generation).* (TLB)

An obese friend told me that as long as you bless your food before you eat it, you do not have to worry about your weight; God will keep you in good health. A few months later, however, this person had an attack with all the symptoms of a slight stroke. It's true that we reap what we sow, even in the area of overeating or overdrinking.

Letting our bodies get fat is detrimental to our spiritual and physical health. We should not permit an overweight or obese condition to persist in our lives, because it is not pleasing to our God. If we fail to take heed, we may, in the end, feel like Cain when he said, *"My punishment is greater than I can bear"* (Genesis 4:13). Our punishment could easily be premature death. That *is* more than we can bear!

"Don't tell ME you can't take it with you!"

Chapter Eight

The Answer You've Been Looking For

What is the solution to overeating and obesity? Americans have tried drug therapy, hypnosis, fat removal by surgery, over-the-counter aids (appetite depressants, etc.), diets of many kinds, group therapy, punishment and reward techniques, even prayer and fasting. But few have experienced lasting results.

Diet researchers have come to one conclusion: there is no completely successful method of dieting that works for everyone over a sustained period of time. Most adults who lose weight return to their original overweight condition within two years after they stop dieting. That is definitely not success.

I have known dozens of individuals who have struggled with their own methods of diet control.

Many have sought trained medical advice and been given "speed-em-uppers," "slow-em-down-ers," "hold-the-liners," and "knock-em-outers." But drugs have not solved their weight problem. Instead, they got hooked, became nervous, and had personality changes.

Drugs and other weight-loss techniques often postpone or prevent our finding the permanent solution to diet problems.

Why Diets Fail

When we begin a diet, we usually have something motivating us to lose weight. It may be to:

— look better in a swimsuit

— become more physically attractive

— get a new job

— overcome a health problem

— attract the opposite sex

— become more self-confident

All of these reasons are related to what we think, feel, and want. They all revolve around our soulish desires.

People who lose weight for these reasons don't keep it off. In more than 90 percent of the cases, most people who diet regain the weight they have lost. In fact, many regain more than their original weight.

The problem with this kind of motivation is that it isn't good enough. Motivation to change must come from a higher and stronger source than ourselves. It must come from our spirits—from our desire to be in line with the will of God for our lives.

The word *diet* comes from the Greek word meaning "manner of living." Our diets are a way of life. The way we eat and the reasons that we diet tell a lot about the spiritual condition of our lives.

Eating is not just a physical matter. For some people, it is an emotional outlet. For others it is a spiritual problem that requires spiritual answers. Controlling your appetite and forming good eating patterns require spiritual understanding and spiritual methods.

Evaluate Yourself

What must God think when He looks at our country? There are an estimated eighty million Americans who are overweight or obese. That's one out of every four adults! Are you one of them?

Here's a test to help you evaluate your eating habits. You can determine for yourself if your ways line up with God's ways.

Circle true or false to answer each statement.

1. I do everything, even my eating and drinking, to bring glory to the Lord. (See 1 Corinthians 10:31.) *true false*

2. My highest goal is to preserve my body so that God can use me for years of productive work. *true false*

137

3. God does not mean for me to eat more food than I need; so I don't. (See 1 Corinthians 6:13 TLB.) *true false*

4. My weight is normal for my sex, height, age, and activity level. *true false*

5. I do not spend money for foodstuffs that are not nutritious. (See Isaiah 55:2–3.) *true false*

6. I do not buy foods with empty calories like sweets, soft drinks, candy, alcohol, and so on. *true false*

7. As a form of discipline, I regularly deny myself food. (See 1 Corinthians 9:27.) *true false*

8. I am a good example to others in my eating and drinking habits. (See Titus 2:7.) *true false*

9. I seldom stuff myself at a meal because God's Word warns me against it. (See Proverbs 23:1–2.) *true false*

10. I keep my weight under control because I do not want to harm my body, which is God's home. (See 1 Corinthians 3:16–17.) *true false*

How well did you do on this test? If you are walking in God's ways, then all your answers should be *true*. If you can't answer *true* to every statement, then God is ready to help you change.

"By their market baskets, ye shall know them."

Proverbs 3:6 says, *"In everything you do, put God first, and he will direct you and crown your efforts with success"* (TLB).

Your True Nature

Learning to eat properly, like learning to control all other innate appetites within us, is a spiritual matter. It requires, therefore, the application of spiritual truths and the use of spiritual weapons. God *is,* and He is one deity in three persons—Father, Son, and Holy Spirit. The triune God created triune man. He made us and said that He was pleased with His creation.

God has a perfect plan for everyone. To understand God's perfect plan for our lives, we need to understand how He said we were made to function. Experience has shown that neither scientists nor philosophers have been able to truly understand the nature of man. They probably never will if they continue to use only the scientific method, inference, or reason.

The Bible teaches that man is one person but three elements: spirit, soul, and body. (See 1 Thessalonians 5:23.) Scripture further teaches that we are made in the image and likeness of God. (See Genesis 1:27.)

How You Make Decisions

God created our bodies with five senses to be used in the decision-making process. They help us to distinguish between pleasant and unpleasant experiences, between pleasure and pain. Our taste buds function from birth, and as children we learn to like certain tastes and dislike others.

In the realm of touch, some objects feel soft and pleasurable, while others are sharp, prickly, and uncomfortable. Our ears and nervous system find certain levels of sound soothing; others can be painful. Odors that we smell and sights that we see bring happy or unhappy responses.

All of these responses are recorded in the brain, which continually gathers information and stores it for later use. From this collection of stored facts, we form our beliefs and make our daily decisions.

Man became a living soul when God formed him out of the dust of the ground and breathed into his nostrils the breath of life (Genesis 2:7). The soul is composed of three parts: the mind (intellect), the emotions, and the will. The soul is housed in the body, and it is the control center over our bodies.

The soul is the seat of the decision-making powers. Our wills cooperate with our minds and our emotions to say in regard to a matter, "I am" or "I am not"; "I will" or "I will not"; "I can" or "I cannot."

The soul controls our beliefs. Behavioral psychologists have shown conclusively that we behave in terms of our beliefs. Our beliefs are formed, modified, and solidified as a result of the cooperative working of our minds, our emotions, and our wills—the threefold nature of the soul. Hence, the soul controls our behavior.

More Than Willpower

Most dieters try to use willpower to control overeating. I know because I've tried it myself.

My mother was a marvelous cook, and often before visiting her I would decide I was not going to break my dietary routine. I would try to envision myself refusing all the freshly baked pies, cookies, muffins, and biscuits laden with homemade butter and honey. In my mind, I repeated over and over, "I will not overeat."

As soon as I stepped inside the house, I would smell a freshly baked pie. My mind told me, "Yum! You've had that before." My emotions said, "You like that kind of pie, and your mother made it just for you." My will would try to respond with, "I shouldn't eat any."

My willpower usually worked until I sat down at the table with my mother. Then she would say, "Come on, help me finish this up. It will never be better than now!" "Have another piece; you eat like a mouse." "You can diet when you get back home; enjoy yourself while you're here on vacation."

That's when I discovered that willpower is not enough. It takes more than willpower to stop that kind of temptation. It takes *won't power* that comes only from the power of the spirit within us.

Our spirits have to convince and persuade our souls to make the right decisions. Our souls must be brought under the control of our spirits. But our spirits function only to the extent and in the way that the soul decides.

Controlling Your Appetite

What does the Bible say about man's spirit? First of all, it tells us that each of us has one. *"But there is a spirit in man: and the inspiration of the Almighty giveth them understanding"* (Job 32:8).

Education does not make a man wise. Instead, it is the spirit in a man, the breath of the Almighty, that makes him intelligent. God's Spirit operating on the spirit of man brings true understanding. True wisdom and absolute knowledge are spiritual, not soulish in nature. Wisdom is not related to our mental ability (our intelligence) or our level of education. The two are quite different.

The Bible also talks about a wisdom that does not come from God. Instead, it is *"earthly, sensual, devilish"* (James 3:15). The Bible contrasts this with another kind of wisdom.

> *But the wisdom that is from above is first pure, then peaceable, gentle, and easy to be entreated, full of mercy and good fruits, without partiality, and without hypocrisy.* (v. 17)

How do we get this kind of wisdom from above?

According to the words of Jesus, He alone is the one doorway into the hidden wisdom of God.

No man can have access to the wisdom that comes from above unless he comes to the Father through the Son. Jesus said, *"I am the way, the truth, and the life"* (John 14:6).

What about the problem of an uncontrolled appetite? If you are obese, the appetite control mechanism, called the appestat, which is located in the brain, needs to be supernaturally touched by the Spirit of God. It needs to be changed, renewed, and healed. Otherwise, it will go its own way and cause you to destroy your health and your body through overeating.

In the initial creation of man, our spirits were made in the image and likeness of God. Why, then, are we such weaklings in the spiritual realm of our lives? Why has our soulish realm become so powerful?

Who's Working against You?

In addition to the Holy Spirit, there is another powerful force at work in the world. This force is also spiritual, but his purposes are evil. His name is Satan, the Accuser of the saints (Revelation 12:10), the Destroyer (John 10:10), the Father of Lies (John 8:44), and the Grand Adversary of God and man (1 Peter 5:8). His chief purpose is to prey upon men and cause them to sin.

Satan's first attack on man is recorded in Genesis 3 when he appeared as a serpent, the symbol used in Scripture to portray evil. When

Adam and Eve yielded to Satan's temptations, the image of God in man was damaged.

The Bible makes it clear that Adam's fall was the work of an evil spiritual force outside of himself. Our "falls" are often the result of wrong thinking, wrong feeling, and wrong behaving prompted by an evil force working against us. It is the Devil's work to pervert and destroy the likeness of God in us. Once we accept and understand this concept, we can begin to make progress toward becoming whole individuals who live holy lives.

The evil force of Satan works against the teaching of Christ, even in a matter as simple as our eating and drinking. Satan tries to deceive us into believing that these ordinary daily functions are not spiritual matters.

God provided the Holy Spirit to reveal Himself to men, to teach spiritual truths and to show us how to worship Him. Satan uses false prophets and teachers to persuade us to believe false ideas and doctrines. He wants us to worship him, the prince of this world. Deception is Satan's main tool in accomplishing this goal. Let's look at some of the counterfeit ideas Satan uses to deceive people.

The Education Myth

Many people believe that education will provide the solution to their problems. They think, "If we teach children what is good and bad about dietary habits, our nutrition problems will be solved."

The education received in public schools is almost entirely centered on human knowledge. Judging from the critical problems in our society, this kind of knowledge has not been very effective at changing human behavior!

Millions of dollars have been spent on producing educational materials of the highest quality. Billions more have been spent to hire the experts to use these teaching tools in the classrooms. Their goal has been either to dissuade young people from using alcohol, drugs, and cigarettes, or to persuade them to eat breakfast and drink milk. But the facts imparted to their minds have not produced change in our children's lives.

If education worked, we would not have obese dietitians, cigarette-smoking doctors, or millions of young drug addicts and alcoholics. Education of the psyche is not the answer.

I was impressed by a verse in Proverbs that says, *"It is senseless to pay tuition to educate a rebel who has no heart for truth"* (Proverbs 17:16 TLB). The soul realm, especially the mind, is the home of "the rebel." For change to take place, the rebel must humble himself and submit to the Spirit or be doomed.

The Do-It-Yourself Deception

Another popular counterfeit idea is the one that says, "It is absurd to believe in God. Believe in man, instead. Believe in yourself. You are big enough, intelligent enough, sufficient enough, talented enough to solve any problem and solve it perfectly. You belong to an enlightened generation of individuals who, with the discoveries of science and the practice of psychiatry, have no need for a so-called God."

People who believe in man without the need for God are called humanists. There are millions of them in America today. You can hear them everywhere saying, "Do your own thing." "Be your own person." "Make your own rules." "Eat, drink, and be merry, for tomorrow may never come. Even if it does, you are in full control."

However, very few people can successfully use the do-it-yourself plan for getting rid of a perverted habit, regardless of what that habit is. It takes the power of the Holy Spirit working in harmony with the spirit of man for believers to be overcomers.

Is Gluttony a Sin?

Many Christians are deluded about what is and is not *sin*. I define sin as "going away from good, going away from God."

Most Christians probably think it is a sin to drink whiskey, smoke marijuana, commit adultery, and tell lies. But gluttony (defined in the dictionary as eating to excess) is not condemned by most churchgoing people. In fact, it is faithfully practiced by them.

The Bible warns us about gluttony:

Be wise and stay in God's paths; don't carouse with drunkards and gluttons, for they are on their way to poverty. (Proverbs 23:19–21 TLB)

Take the matter of eating. God has given us an appetite for food and stomachs to digest it. But that doesn't mean we should eat more than we need. (1 Corinthians 6:13 TLB)

These verses make it clear that God is not pleased with those who overeat and feed their flesh. It may be difficult to admit that gluttony is a sin, but it is the first step toward your freedom.

The Bible says, *"If we confess our sins, he is faithful and just to forgive us our sins, and to cleanse us from all unrighteousness"* (1 John 1:9). Confession brings forgiveness, and forgiveness leads to change and a new way of living.

The Battle within You

Maybe you have confessed your sin of gluttony to God, but you can't seem to stop overeating. There seems to be something within you that wants to overeat.

Each of us has a natural tendency to indulge ourselves, to follow our whims and urges in search of pleasure and happiness. At the same time, there is a desire within us to obey God and to please Him with the way we live.

The apostle Paul struggled with this same inner conflict:

No matter which way I turn I can't make myself do right. I want to but I can't. When I want to do good, I don't; and when I try not to do wrong, I do it anyway. (Romans 7:18–19 TLB)

This teaching should bring new hope to every Christian who has been unsuccessful in losing weight.

Paul went on to say,

Now if I am doing what I don't want to, it is plain where the trouble is: sin still has me in its evil grasp....I love to do God's will so far as my new nature is concerned; but there is something else deep within me, in my lower nature, that is at war with my mind and wins the fight and makes me a slave to the sin that is still within me. In my mind I want to be God's willing servant but instead I find myself still enslaved to sin. (vv. 20, 22–23 TLB)

Most of us have felt this way, especially when we are dieting. The battle within us is spiritual in nature; two spirits are at war. The only way to win the battle is to get the Commander-in-Chief on your side. If you ask Jesus to come into your life, He will give you His own spiritual nature.

With Jesus' nature within you, your spirit rises to the top and your body is brought under the control of your spirit. Jesus gives you the power to control your appetite and to change your eating habits.

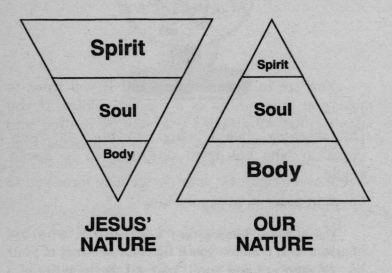

To fight a spiritual battle, you need spiritual help, and Jesus is the answer. Put Him in control of your life.

CHAPTER NINE

FIGHTING THE WAR

AGAINST FAT

You are in a war against fat! If you want to win, you must enlist as a combat soldier. If you don't enlist voluntarily, you may be drafted into the fight by a heart attack, a case of diabetes, high blood pressure, or some other disease caused by being overweight. Or your doctor may force you to enlist in order to save your life.

If you are overweight and past thirty-five years of age, this is a battle you'll fight for the rest of your life. So sign up, and you'll reap all the benefits of a career soldier: a high rank and full retirement. But remember, you can't go AWOL (absent without leave). A good soldier reports for duty every day, dressed for battle and ready to fight.

Like all soldiers, you must recognize that you can't win the battle alone. You need a leader to guide you and supply you with the necessary equipment. If you are a Christian, your Commander-in-Chief, Jesus Christ, will always be there to boost you on to victory and give you the perfect weapons to use in the battle.

THE OVEREATER'S ARMOR

The apostle Paul tells us what kind of battle we are fighting and how we can win with God's help.

> *Put on all of God's armor so that you will be able to stand safe against all strategies and tricks of Satan. For we are not fighting against people made of flesh and blood, but against persons without bodies—the evil rulers of the unseen world, those mighty satanic beings and great evil princes of darkness who rule this world; and against huge numbers of wicked spirits in the spirit world. So use every piece of God's armor to resist the enemy whenever he attacks, and when it is all over, you will be standing up.*
> *(Ephesians 6:11–13 TLB)*

What are the weapons God has given us to use against the Enemy? Paul gives us this list:

> *You will need the strong belt of truth and the breastplate of God's approval. Wear shoes that are able to speed you on as you preach the Good News of peace with God. In every battle you will need faith as your shield to stop the fiery arrows aimed at you by Satan. And you will need the helmet of salvation and the sword of the Spirit— which is the Word of God. Pray all the time. Ask God for anything in line with the Holy Spirit's wishes. Plead with him, reminding him of your needs.*
> *(vv. 14–18 TLB)*

FULL ARMOR OF GOD
Ephesians 6:13-17

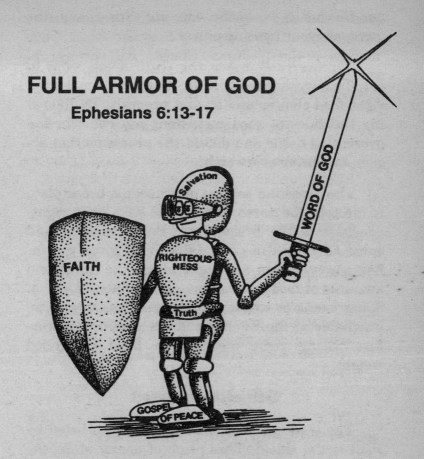

The Soldier's Garb for ALL Spiritual Battles Including Overeating!

Right and True

The Christian soldier's belt is truth. It fits around the waist to hold the long tunic in place, and it serves as a holder for the sword. This belt gives the warrior freedom to move and freedom to use the hands for battle. Having your hands free increases your fighting power.

The overeater needs the truth about what to eat. This truth gives you the freedom to make the right food choices and to diet properly. By following the rules of good nutrition, you can win the overeating battle and defeat the problems that accompany being overweight.

The Christian soldier also needs a breastplate to protect the torso. The Bible says that righteousness is the breastplate. Being morally and spiritually right in your daily living gives you inner power. If you are right about the kinds and amounts of food you eat, no one can accuse you of doing wrong or sinning. Rightness makes you impregnable to the Enemy and his weapons of warfare. Being right means you have controlled weight.

Defending Yourself

The third piece of the soldier's garb listed by Paul is the shield. This piece of armor stops the fiery arrows of the Evil One. Those fiery darts are very dangerous weapons. In Paul's time, they were made by covering the end of the dart in cloth, dipping it in pitch, and lighting it with fire. Then it was thrown as a flaming torch at the opposing forces.

Satan will try to oppose you on every side with his fiery darts. These darts are the temptations that burst into your life without warning: sweets at the workplace, soft drinks on picnics, too much meat at restaurants, fried food at your mother's house; the darts fly at us from the most innocent-looking sources.

Satan also uses subtle darts that sneak around the corner and into our minds. They are thoughts like, "Go ahead and have dessert. You deserve it. One piece won't hurt."

To fight against such fiery temptations, you need a shield as your weapon of defense. When used by Roman soldiers, shields stopped arrows in their tracks and put out the flames. In spiritual warfare, you can use the shield of faith. Your faith in God and His Word will be your shield against the forces of the Enemy.

Prepared to Fight

All soldiers wear shoes or boots of some kind. In spiritual warfare, shoes represent readiness— being prepared to fight. When you come home from work at night, you take off your shoes and relax. But a soldier has to sleep with his boots on because he never knows when the enemy will attack.

In your fight against fat, you can never let your guard down. It is a continual battle that must be fought every day—even after you have lost weight and stopped dieting.

The next piece of equipment used in the daily fight against sin is the helmet. This important head covering represents salvation—deliverance from the power and penalty of sin.

As a helmet protects the head, salvation protects our minds against the power of sin. It keeps us from making foolish decisions or being ignorant of vital information. Head knowledge serves as our deliverer from harm and eventual destruction. With experience, knowledge, and information, we can outwit the Enemy and overcome his attempts to kill us, regardless of his tricky schemes.

Ancient soldiers were skilled in the art of sword fighting. In Paul's letter, the sword represents the Word of God. You can use God's Word offensively against the Enemy by memorizing several Scriptures dealing with gluttony. Quote these verses aloud to the Enemy and tell him you will not be defeated. Memorize other verses dealing with self-control and temperance. Quote these to yourself to strengthen your spirit.

Remember, *"When the Holy Spirit controls our lives he will produce this kind of fruit in us:...self-control"* (Galatians 5:22–23 TLB).

The Power of Prayer

God has given us many spiritual weapons to use in our battle against fat: truth, righteousness, readiness, the Word of God, faith, and one final weapon—prayer.

Paul said,

Pray all the time. Ask God for anything in line with the Holy Spirit's wishes. Plead with him, reminding him of your needs, and keep praying earnestly for all Christians everywhere.

(Ephesians 6:18 TLB)

Prayer is the most powerful force in the universe. Believing prayer moves the hand of God on our behalf. To be powerful against the Enemy, prayer must be constant, intense, unselfish, and unwavering—never doubting. This kind of prayer is the strongest weapon of defense against Satan's attacks.

Your Attitude about Eating

Do you love to eat more than any other daily experience in life? Do all your conversations center around food, restaurants, and recipes? Do you hate the thought of limiting the kinds and amounts of food you eat?

The attitude you have about eating can make or break your attempt to lose weight and stay healthy. Why do you eat? Do you eat to satisfy yourself and your appetite? Or do you eat to bring glory to God?

The apostle Paul wrote, *"You must do everything for the glory of God, even your eating and drinking"* (1 Corinthians 10:31 TLB).

What does the word *glorify* mean? The dictionary definition of *glorify* is to "exalt with praise." Other words that will help us to understand *glorify* are the following: respect, promote, exalt, adore, credit, esteem, elevate, and magnify. To give glory to God means to honor Him more than we honor ourselves.

In our lives we can glorify God, glorify ourselves, glorify others, or glorify the Devil. When we overeat, who gets the glory? We must decide to whom we will give glory, even in our eating and drinking.

Does God demand that we glorify Him? According to the Scriptures, He demands and commands it. God asks for it with authority and also claims it as His right.

> *Haven't you yet learned that your body is the home of the Holy Spirit God gave you, and that he lives within you? Your own body does not belong to you. For God has bought you with a great price. So use every part of your body to give glory back to God because he owns it.*
> *(1 Corinthians 6:19–20 TLB)*

What is your motive in eating? If you choose to glorify God, there will be a tremendous change in the way you eat and the way you look!

Paul said it this way:

> *Give your bodies to God. Let them be a living sacrifice, holy—the kind he can accept. When you think of what he has done for you, is this too much to ask? Don't copy the behavior and customs of this world, but be a new and different person with a fresh newness in all you do and think. Then you will learn from your own experience how his ways will really satisfy you.*
> *(Romans 12:1–2 TLB)*

True satisfaction comes from pleasing God in all we do. What better motive can we have for losing weight and being healthy than to glorify God?

Getting Motivated

We all know that overeating does not please God, and that it is dangerous to our health. But how do we go about changing our eating habits?

Change is always difficult. We resist, resent, and rebel to one degree or another, especially when it involves something as near and dear to us as eating. But change is easier if we are highly motivated.

An athlete disciplines himself to achieve certain goals because of his strong desire to win. What should be the Christian's motivation?

Paul told us why we should discipline and deny ourselves:

> To win the contest you must deny yourselves many things that would keep you from doing your best. An athlete goes to all this trouble to win a blue ribbon or a silver cup, but we do it for a heavenly reward that never disappears....Like an athlete I punish my body, treating it roughly, training it to do what it should, not what it wants to.   (1 Corinthians 9:25, 27 TLB)

If you are a Christian, pleasing God and doing your best for Him should be adequate motivation for changing your eating habits. Denying yourself a little food each day is cheaper than joining a health spa or buying diet pills. And the permanent weight loss will mean fewer doctor's fees and medical bills. The positive aspects of self-denial far outweigh the negatives. You can't afford to live without the benefits of normal weight and good health.

If you're sick and tired of feeling sick and tired, then it's time to change. And the way to change is self-denial through the power of God's Spirit within you.

The Sure Remedy

The only sure remedy for getting rid of any unwanted habit is to submit your mind, your will, and your emotions to the mind, the will, and the emotions of God through Jesus Christ. If there is another way to solve your problem, science, medicine, psychiatry, and education have not found it.

A person who has not opened his spirit to the Spirit of God is spiritually dead. (See Ephesians 2:1–5.) He is in spiritual darkness, alienated from God. He does not and cannot understand the things of the kingdom of God because spiritual matters are spiritually discerned (1 Corinthians 2:14). He may have a very brilliant mind, but that will not help. His spirit must be connected with God's Spirit to get the power he needs to change his behavior.

Jesus said that the Spirit of truth could not be received by the world *"because it seeth him not, neither knoweth him"* (John 14:17). He went on to tell

His disciples, *"But ye know him; for he dwelleth with you, and shall be in you"* (v. 17). He was referring, of course, to the Holy Spirit.

Before the Holy Spirit can deal with our spiritual problems, He has to be welcomed into our hearts. He has to be invited in. When we allow the Spirit of God to work in and through us, our minds are renewed. In fact, the Bible says that we can have the very mind of Christ Himself (1 Corinthians 2:16).

God is the only source of true wisdom and understanding. Unless He is in control, we will not and cannot make the best decisions for our lives. We need divine illumination to know the truth. Jesus said it is the truth that sets us free (John 8:32).

Do you want to experience the truth? Do you want to be set free from obesity? Then confess your need for supernatural help. Ask the Holy Spirit to strengthen your spirit and, with persistence and patience, you will overcome.

Remember, only you can stop your "eating for defeat" syndrome. Only you can stop Satan's plan for killing you off by making you fat or obese. I believe you will stop him.

CHAPTER TEN

THE SECRET TO
PERFECT HEALTH

Just as Ponce de Leon looked in vain for the fountain of youth, people today continue to search for the secret to perfect health. The problem is that most people are looking in the wrong places.

The secret to perfect health goes beyond the physical realms of life. Man is spirit, soul, and body, and these three areas work together to determine our overall state of health. Poor health in any one area affects other realms of our lives.

How does your spiritual condition affect your body's performance? According to physicians and psychiatrists, our spiritual state of health (our mental and emotional condition) is responsible for about 80 percent or more of our physical sicknesses. Emotional stress can bring on such conditions as migraine headaches, heart trouble, stomach ulcers, high blood pressure, allergies, nervous disorders, and many others. (For more on this subject, read the book *None of These Diseases* by S. I. McMillen, M.D.)

In the Old Testament, there are both promises of health and warnings about disease. God has a promise for those who will diligently hearken to the voice of the Lord, do what is right in His sight, give ear to His commandments, and keep all of His statutes. *"I will put none of these diseases upon thee...for I am the LORD that healeth thee"* (Exodus 15:26).

In contrast, God warns that those who despise His statutes and break His covenant will be afflicted with sickness and plagues of all kinds. (See Deuteronomy 28:15–45.) It is clear that a healthy spiritual condition offers a measure of protection against disease.

The Bible says, *"A merry heart doeth good like a medicine: but a broken spirit drieth the bones"* (Proverbs 17:22).

A Healthy Spirit

Your spirit is the part of you that is like God and makes you desire to know Him. The size or quality of your spirit is not affected by your place of birth, your church affiliation, or your national origin. God gives each person the capability to develop his or her spirit to do its maximum potential.

People who are spiritually strong and healthy reflect it in their lives. They have an observable radiance on their faces, a sparkle in their eyes, and a high level of energy and vitality. Their friendly enthusiasm and free-flowing smiles set them apart from the average person.

On the contrary, people who are spiritually weak show definite symptoms of a low energy level and inability to concentrate on spiritual matters. They are drowsy during church services, sluggish during prayer, and apathetic about Christian work.

These disorders are due to lack of personal Bible study, prayer, and meditation. When these are neglected, sustained interest in spiritual matters declines and spiritual goals are not achieved.

Your spiritual condition, like your physical condition, can gradually be improved when poor habits are reversed and spiritual nourishment is restored.

Your Mind and Emotions

Your soul is composed of your intellect, emotions, and will. Does your spiritual condition affect any of these areas of your life?

Regarding the mind, the Bible says,

For to be carnally minded is death; but to be spiritually minded is life and peace. Because the carnal mind is enmity against God: for it is not subject to the law of God, neither indeed can be.
(Romans 8:6–7)

Our minds can either be centered on carnal (worldly, negative) ideas or on spiritual principles. Thoughts of fear, jealousy, anger, or inferiority cause our minds to be confused and negatively productive. This makes us low achievers and poor performers in our work, our activities, and our relationships.

Long periods of negative thinking can result in personality changes and bring on apathy, loss of willpower, and severe depression. We can become sad, sulking, stubborn, vicious-tongued people who negatively affect those with whom we live and work.

People with poor spiritual habits usually have lost the will to live, the will to get well, the will to work, the will to be generous, the will to get involved, the will to help others, or the will to commit themselves to high ideals and noble purposes in life.

TURNING NEGATIVES INTO POSITIVES

What can be done to correct a poor mental condition? Negative attitudes can only be changed by spiritual power—the power that God gives us to control our wills. *"God hath not given us the spirit of fear; but of power, and of love, and of a sound mind"* (2 Timothy 1:7).

When a person meditates on positive thoughts about people, places, and things, he becomes a positive, spiritually-minded person. Paul wrote,

> *Fix your thoughts on what is true and good and right. Think about things that are pure and lovely,*

and dwell on the fine, good things in others.
Think about all you can praise God for and be
glad about. (Philippians 4:8 *TLB*)

Studying the Word of God on a regular basis will give you plenty of good food for positive thinking. Eliminating fear and worry from our lives also produces a peaceful mental condition. Prayer is the secret to true peace.

Don't worry about anything; instead, pray about
everything; tell God your needs, and don't forget
to thank him for his answers. If you do this, you
will experience God's peace, which is far more
wonderful than the human mind can under-
stand. His peace will keep your thoughts and
your hearts quiet and at rest as you trust in
Christ Jesus. (vv. 6–7 *TLB*)

Our mental performance is greatly affected by our thoughts, and our thoughts are affected by our spiritual habits.

Fat Souls Are Beautiful

There is a kind of fatness that delights the very heart of God. The prophet Isaiah wrote, *"Let your soul delight itself in fatness"* (Isaiah 55:2). Spiritually, we can eat and eat until our minds, emotions, and wills have a high degree of pleasure, joy, and spiritual fatness. Spiritual food not only satisfies us, but it also makes our souls fat. And fat souls are beautiful.

While lean bodies have better health, strength, growth, appearance, and longevity, this truth is reversed in the spiritual realm. Fat souls are the ones who are healthy and attractive. When our spirits are fully grown and mature, our souls become fat. Soul fatness brings our behavior in line with the highest standard possible for humans to achieve—*Christlikeness*.

Jesus Christ had character qualities that set Him apart from His generation. These character qualities were related to the fact that He was God in the flesh; He was nothing but good. His constant exhortation to the disciples was that they, too, could have His character qualities if they were willing to confess Him as their Lord and Savior.

Jesus told His disciples, *"I am the good shepherd"* (John 10:14) and, *"I am the door: by me if any man enter in, he shall be saved, and shall go in and out, and find pasture"* (v. 9). If you put all your trust in Jesus, you will find spiritual food that will meet your need for spiritual health and growth.

Paul told us a number of times that when we turn toward God, we begin to take on the same character traits that Jesus exemplified in His earthly life. Certainly, Jesus had a spirit that was full of heavenly nourishment.

When we submit our stubborn and prideful wills to God, He takes over. His power comes flooding into us and does its supernatural and superabundant work. *"Christ in you"* (Colossians 1:27) is the great secret to health and success in life.

Delightful Fruit

A healthy, mature Christian produces fruit that is truly pleasing to God. Jesus said, *"I appointed you to go and produce lovely fruit always"* (John 15:16 TLB). What is the difference between the fruit produced by a fat body and that which is produced by a fat soul?

The fruit of a fat body is often related to sickness, surgery, limitations, injuries, and stumbling blocks. The fruits of the fat soul, on the other hand, are *"the fruits of righteousness, which are by Jesus Christ, unto the glory and praise of God"* (Philippians 1:11). These fruits are *"love, joy, peace, longsuffering, gentleness, goodness, faith, meekness, temperance"* (Galatians 5:22–23).

The fruits of the Spirit are perennial in nature and are produced in all stages of life. We are told in the Psalms that the godly will flourish like palm trees, and will grow as tall as the cedars of Lebanon.

> *For they are transplanted into the Lord's own garden and are under his personal care. Even in old age they will still produce fruit and be vital and green. This honors the Lord and exhibits his faithful care.* (Psalm 92:13–15 TLB)

Fruit-bearing Christians are a delight to the very heart of God. Jesus said, *"You didn't choose me! I chose you! I appointed you to go and produce lovely fruit always"* (John 15:16 TLB).

If you're sick and tired of feeling sick and tired, God has the answer for you in His Word.

The secrets to physical health and spiritual happiness are in the Bible, waiting for you to discover them. As you let God nourish your spirit and fatten your soul, those sick and tired feelings will become a thing of the past.

CHAPTER ELEVEN

LOVE IN THE KITCHEN

One Thanksgiving day, my "family" for dinner consisted mainly of students from the Philippines, Pakistan, Greece, Italy, and Ghana. While we were at the table, the conversation turned to the subject of our favorite foods. I asked each guest to tell us his favorite dish prepared by his mother.

One of the young men from the Philippines said his favorite dish was duck soup made from a just-hatched baby duckling. If his description was correct, the soup contained the whole duckling—feathers and all. Even more amazing, during World War II, his father sacrificed for him to have a serving of this soup when it cost forty dollars a bowl in a Manila hotel.

The young man from Ghana said that his favorite dish was a porridge made from a certain kind of worm that lives under the bark of a specific tree. He told us how it took his mother and all nine children an entire day to collect enough worms to make one serving of porridge for each family member. Working that hard and that long for a food delicacy for your children certainly qualifies as real love.

DiffERENT KiNds of LovE

There are several words to define different kinds of love. *Eros* is the love between a man and a woman that involves sexual passion. The Greek word *storge* is used to describe family affection. *Philia* describes the deepest kind of devotion that exists between a person and his dearest friend. But the word I want to use for love in the kitchen is *agape*.

According to Dr. William Barclay,

> The real meaning of agape is unconquerable benevolence, invincible goodwill. If we regard a person with agape, it means that nothing that person can or will ever do will make us seek anything but his highest good. Though he injure us and hurt us and insult us, we will never feel anything but kindness towards him.[1]

Dr. Barclay goes on to explain that agape is not an emotional love, like the kind we mean when we speak of falling in love with a person. It concerns the emotions all right, but it also concerns the will. It is the power to love even when we do not like a person—the power to do good to a person who is unlovable or even hostile toward us. Agape seeks nothing but the highest good for a person, regardless of the circumstances.

This is the precise kind of Christian love that needs to be at work in the kitchen!

Tough Love

The kind of love needed to provide a nutritious diet for a family today is agape love. It takes supernatural strength from God to be unwavering in our nutrition choices. We must determine to make the right decisions in meal planning, grocery buying, and food preparation.

I can think of no better place for agape love to be shown than in the kitchen. But exercising agape love consistently is not an easy matter. This is what I call *tough love,* the power to do what is right regardless of how others criticize or reject it. Once wise decisions are made, we cannot get soft and let our hearts cause us to go against what our heads tell us is best for the health of our family members. As Paul said in Romans 15:1, *"We...that are strong ought to bear the infirmities of the weak, and not to please ourselves,"* even in the matter of preparing family meals.

TV ads manipulate us to make certain choices that we know are not the best for our families. This same pressure comes from magazine articles, newspaper columnists, food manufactures, and other media sources. Sometimes, even our best friends influence us in a negative way.

Easy Love

Fewer and fewer American women seem willing to go the tough-love route in preparing meals.

They want the quickest meals possible, even when they know the nutrient value of many of these foods is questionable. Quick-fix foods are often high in calories, as well as sugar and fat content.

But who can resist using them when they're so much faster and easier to prepare than fresh foods? Who wants to spend hours washing, peeling, and cooking raw vegetables or dried beans?

This is easy love talking: "Fixing that is too much trouble, even if it is good for you." "My kids won't eat it, so there's no need to serve it." "I don't have time to go to all that fuss and bother." "I know it's not very good for them, but at least they will eat it."

This kind of attitude is very natural because it is easy. It may be painless when you say it, and you may even be applauded as the nicest mom in the neighborhood. But someone will have to pay for your laziness—probably your children.

Blame It on the Cook

When easy love is at work in the kitchen—look out! Many traditional ways of cooking create dietary problems rather than prevent them.

Frying foods in deep fat doesn't injure the fat or the pan you are using in the process. But it can put a burden on the liver, stomach, intestines, and all digestive juices. It can burden the skin with duties that are sometimes beyond its ability to perform.

Weak fingernails are also an indication that easy love is at work in the kitchen. Gelatin is not the quick cure-all or the long term solution, because it doesn't work. There are several amino acids missing in gelatin, and it has an excess of glycine. Only a balanced diet can remedy the problem of split fingernails.

Would you deliberately sprinkle or throw specks of black pepper in your own eyes or those of your children? "Of course not," you say. Did you know that the stomach lining is more sensitive than the eyeball? Too much pepper can be very irritating to the membranes of the stomach. A doctor charged me a horrendous sum of money to give me that piece of advice when a member of my family had a bleeding ulcer. My inattention to good nutrition in the kitchen was making a painful problem even worse.

Peeling. Coring. Trimming. Scrubbing. Dicing. Slicing. Soaking. All of these are simple words to describe destructive processes that have devastating effects on nutrients in foods. Right under the skin of fruits and vegetables is a heavy layer of nutrients containing minerals that regulate body processes. When we are careless in preparing raw foods, this bountiful supply of vitamins and minerals is thrown away along with valuable roughage. It takes love in the kitchen to break those old habits and to develop new ways of preparing fruits and vegetables for our families.

Corn, potatoes, and green beans are the big three American all-stars at the dining room table.

Why? Because our kids like them. So, instead of giving our family a wide assortment of vegetables, we sink into the lazy habit of serving one of these three at nearly every meal.

When I was a post-operative patient in a hospital, five of seven straight meals contained either green beans or wax beans. I told the doctor that if he lost my case, he should blame it on the lack of love and good judgment of the hospital kitchen.

Tough Love in the Morning

Serving breakfast demands tough love in the kitchen. If your mother or wife forced you to go without food for sixteen out of twenty-four hours, would you think she loved you? I wouldn't! Yet millions of American homemakers act as if breaking the fast before leaving for school or work should be left up to the individual family member, even the children! Don't fool yourself.

Tough love in the morning makes sure that the human motors leave the house with enough gas in their tanks to drive to all the places they need to go before lunchtime. Can you back your car out of the garage and drive to work on an empty gasoline tank? In the same way, you can't leave the house with an empty stomach and not suffer for it later in the morning. You'll run out of energy just when you need it most: during a test at school, at an important meeting with the boss, or while caring for your toddlers at home.

It takes tough love to get everyone up, run them around until they are hungry, and then sit patiently with them while they eat a nourishing, well-balanced breakfast. That calls for the stiffest upper lip that a mother can produce! But it is necessary, if you want to give your family an energetic start for a new day.

Some Loving Guidelines

Here are a few dietary guidelines that will help you express tough, agape love in the kitchen:

1. Feed your family a substantial breakfast every day. Serve your smallest meal at night, preferably three or four hours before going to bed.

2. Avoid foods made from refined grains, like white bread, pancakes, doughnuts, and so on. Instead, serve whole grain products like wheat, rye, and oats. Remember, cooked cereals are more nutritious than dry breakfast cereals.

3. Serve more fruits and vegetables, especially raw or steamed, whenever possible, and avoid peeling away the outer skins.

4. Serve beef, pork, or lamb only three times a week. Instead, use more fish, chicken, cheese, legume, and egg dishes in your weekly menus.

5. In cooking and serving, limit the use of spices that are hot to the tongue, such as pepper and chili powder.

6. Limit the amount of desserts, cookies, and other sweets served to your children. Instead, give them nuts, seeds, and dried fruits like raisins, apricots, and so on.

7. Do not serve beverages with meals because this delays digestion. Instead, encourage your family to drink lots of water between meals.

8. Remind your family to eat slowly and chew food thoroughly in order to receive the maximum benefit from their food.

9. As much as possible, serve meals at regular hours and avoid snacks between meals.

10. Experiment with more vegetarian dishes that include dried beans and legumes. Try to limit the amount of hamburger you use.

Love from My Kitchen

To help you show love in your kitchen, I have included several recipes that my family enjoys. I have selected non-meat recipes that have been developed for taste, texture, color, and nutrient value. For a few recipes, I have suggested a menu that will enhance the nutritive content of the meal and make it more appealing.

Golden Grain Nuggets

2 c. cooked brown rice
3 c. carrots, grated
2 c. sharp cheddar cheese, grated
2 eggs, beaten
2 T. onion, chopped

1½ t. salt

dash black pepper

Combine all ingredients. Pour into greased 2 qt. casserole dish. Cover. Bake at 375° for 35–40 minutes. Serves 7.

Menu

Golden Grain Nuggets
Spinach
Fresh or canned tomatoes
Sprig of parsley

Golden Grain Nuggets are a delicious combination of cheese and carrots. The 242 calories per serving allow the addition of other items to complete the meal. The protein is adequate for one meal, and the fat content is lower than the fat in a serving of beef. Since we need to increase our intake of complex carbohydrates, the twenty-one grams in this recipe are important.

To increase the iron content of the meal, a green, leafy vegetable such as spinach could be served. Spinach would also contribute a little protein, few calories, some calcium, more vitamin A, some of the B vitamins, and the vitamin C requirement of the day. A sprig of parsley or canned or fresh tomatoes would add color and taste to a nutritious meal.

Baked Bulgur

2 c. water or stock
1 c. bulgur
1 can cream soup (mushroom or chicken)
⅔ c. milk
1 c. cheddar cheese, grated

$\frac{1}{2}$ t. dry mustard

dash black pepper

Bring water or stock to boil. Add bulgur, cover. Cook 30 minutes on low heat or until liquid is absorbed. Combine all ingredients. Pour into an oiled 1 qt. casserole dish. Bake at 375° for 30–40 minutes. Serves 6–7.

Menu

Baked Bulgur
Lima beans or green peas
Tossed salad, including tomato and green pepper
Fruit
Milk

Bulgur is cracked wheat cereal that has not been widely used in recent years. However, this recipe offers significant amounts of protein, calcium, and phosphorus. It is low in fat, calories, and cost, but it is not high in any one nutrient. Before discarding this dish and reaching for the hamburger, consider the ways a nutritious meal can be built around bulgur.

Legumes, such as lima beans or green peas, are good sources of iron, some B vitamins, vitamin C, and vitamin A. The protein in the legumes would also complement the protein of the bulgur. A tossed salad with some tomato and green pepper would supply more vitamin C and vitamin A. By adding to this basic dish, you can build a low-cost, low-calorie, nutritious lunch or dinner.

Jamaican Loaf

1 c. cooked soybeans
1 c. cooked lentils
1 c. cooked brown rice
1 small can mushrooms, chopped
1 onion, chopped
1 clove garlic, minced
2 stalks celery, chopped
2 T. soy sauce
1 T. oil
$\frac{3}{4}$ c. bean stock
1 egg, beaten
2 t. salt

Mix together soybeans, lentils, and rice. Mash well. Sauté mushrooms and onion with garlic, celery, and soy sauce, until soft. Combine all ingredients. Pour into an oiled loaf pan. Bake at 350° for 1 hour. Serves 8.

Menu

Jamaican Loaf
Green or yellow vegetable
Fresh salad
Milk or cheese

Mediterranean Rice

3 T. olive oil
1 large onion, chopped
1 clove garlic, minced
1 green pepper, chopped
2 stalks celery, chopped
5 stuffed olives, sliced
1 large can (28 oz.) tomatoes, chopped
3 t. salt
1 t. oregano

$\frac{1}{4}$ t. basil

$\frac{1}{4}$ t. turmeric

2 c. brown rice, uncooked

1 c. cooked garbanzos or green peas

4 c. stock or water

Sauté onion and garlic in oil in large frypan, until soft. Add vegetables and spices. Simmer 10 minutes. Add remaining ingredients. Cover. Cook 45 minutes on low heat. Serves 6.

Menu

Mediterranean Rice
Tossed salad
Fruit

The Jamaican Loaf and Mediterranean Rice differ greatly in calories per serving. In the Jamaican Loaf, the protein, fat, and carbohydrates content is lower than in the Mediterranean Rice, and so there are fewer calories per serving. In order to build a meal around the Jamaican Loaf, more food items need to be added. The Mediterranean Rice, however, is almost a meal in itself.

A green or yellow vegetable, a fresh salad, and a dairy product, such as one cup of soy milk or one ounce of cheese, served with the Jamaican Loaf would make a nutritious meal without overloading on calories. Including low-calorie dishes in the daily eating plan can help control calorie intake without jeopardizing the nutritional quality.

Even though the calories per serving are high in the Mediterranean Rice, it provides excellent amounts of iron, niacin, vitamin C, and significant amounts of the other vitamins and minerals. A tossed salad would add the crunch contrast, and a serving of fruit would be ideal to complete a delicious menu.

Baked Broccoli and Cheese Timball

1 10-oz. pkg. frozen broccoli
$\frac{3}{4}$ c. nonfat dry milk powder
$\frac{3}{4}$ c. Swiss cheese, grated
2 eggs, beaten
2 T. lemon juice
2 T. butter, melted
$\frac{1}{8}$ t. black pepper
$\frac{1}{2}$ t. dry mustard
$1\frac{1}{4}$ c. vegetable stock
water for pan in oven

Cook broccoli in water. Drain; put in 1 qt. casserole. Mix other ingredients together, except water. Pour mixture over broccoli. Bake at 350° for 45 minutes, with a pan of water on bottom rack of oven. Serves 5.

One serving of this recipe provides seventeen grams of high-quality protein. It is also an attractive and delicious dish.

The milk, cheese, and egg (all animal proteins) are complete protein sources that will improve the utilization of the incomplete protein found in the broccoli. This makes the total protein content of this dish excellent, both in quantity and quality.

Meatless Meatballs

$\frac{1}{2}$ c. onion, chopped
2 T. butter

1 c. pecans, finely chopped
2 c. bread crumbs, fine
$\frac{1}{4}$ c. wheat germ
2 c. small curd cottage cheese
2 eggs, beaten
$\frac{1}{4}$ t. sage
dash black pepper
2 T. soy sauce

Sauté onions in butter, until soft. Mix other ingredients together. Add sautéed onions. Shape into walnut-sized balls (can be refrigerated 24 hours before baking). Bake on greased cookie sheets at 350° for 30 minutes. Serves 9 (4 meatballs per serving).

These Meatless Meatballs are a tasty and unique variation from the usual entree. They can be added to spaghetti dishes or cream dishes, or they can be served plain. Nutritionally, this recipe is a good buy for the money.

Soybean Stroganoff

1 c. onions sliced
3 c. fresh mushrooms, sliced
4 T. butter
$\frac{1}{4}$ c. whole wheat flour
$\frac{1}{4}$ c. cooking sherry
$\frac{3}{4}$ c. water from cooked soybeans
2 T. bouillon, beef or vegetable
2 t. Worcestershire sauce
2 t. dry mustard
dash black pepper
2 c. cooked soybeans
$1\frac{1}{2}$ c. yogurt

Sauté onions and mushrooms in butter in large frypan, until soft. Stir in flour and cook 2 minutes, until flour has browned. Mix next six ingredients. Stir into above mixture and cook until thickened. Add soybeans to sauce. Stir in yogurt immediately before serving. Serve over brown rice; garnish with fresh parsley. Serves 6.

The Soybean Stroganoff is lower in protein, iron, and the B-complex vitamins, while it is higher in calories and cost when compared to a hamburger patty. So, what is the advantage of preparing this dish?

The nutritional advantages of this recipe far outweigh the disadvantages. While it contains less protein than hamburger, the protein is of excellent quality because it is of the soybean content. It contains fewer fat calories and less saturated fat than a hamburger patty. It provides a significant contribution of carbohydrates, calcium, and phosphorus, and has more vitamin A, B_1, B_2, and C than ground meat.

This meatless Stroganoff recipe was considered delicious by our tasters. We recommend it as a good dish for a vegetarian meal. Its cost could be easily lowered by decreasing the quantity of mushrooms or by using canned mushrooms instead of fresh ones.

Baked Bean Salad

2 c. cooked pinto beans
1 c. cheddar cheese, grated
1 c. celery, chopped
$\frac{1}{4}$ c. onion, chopped
$\frac{1}{3}$ c. sweet pickle relish

2 T. mayonnaise
1 T. soy sauce
2 t. prepared mustard
½ t. chili powder

Combine all ingredients. Pour into 1½ qt. casserole dish. Bake at 400° for 20 minutes. Serve on top of corn chips or cornbread. Serves 4.

The high nutritional quality and low cost of the Baked Bean Salad makes this dish even more beneficial. With the exception of protein and vitamin B_3, all nutrients either equal or surpass those in a hamburger patty. The iron content of this recipe is equal to or higher than the iron in a hamburger patty.

Normally, we depend on meat or the animal foods to supply our daily iron needs. Liver and other organ meats, lean meats, and eggs are the richest sources of iron. Dark green, leafy and yellow vegetables, whole grain cereals, dried legumes, and dried fruit also contribute iron to our diets.

Many-Bean Soup

¼ c. each (all uncooked):
red beans
great northern beans
lima beans
pinto beans
navy beans
lentils
green split peas
chick peas (garbanzos)
7 c. water or stock
1 c. onions, chopped

1 c. celery, chopped
1 c. carrots, chopped
$\frac{1}{2}$ c. green pepper, chopped
$\frac{1}{2}$ c. parsley, chopped
1 clove garlic, minced
2 bay leaves
$\frac{1}{4}$ t. each:
marjoram
thyme
basil
rosemary
1 c. canned tomatoes, chopped

Soak beans 6–12 hours. Drain. Combine all ingredients with beans. Cook until beans are tender. Serves 6.

Split Pea Stew

$\frac{1}{2}$ c. brown rice
6 c. liquid (broth or water)
2 c. split peas, uncooked
1 c. onion, chopped
1 c. carrots, diced
1 c. celery, diced
2 t. salt
$\frac{1}{2}$ t. basil
dash black pepper

Put rice, liquid, and peas into a crock-pot or large kettle. Cover and boil. Cook until rice is soft and peas are tender (4 hrs. in crock-pot on high; 1 hr. in kettle). Combine other ingredients with the above. Cook until vegetables are done. Serves 6.

The Many-Bean Soup and the Split Pea Stew are very high in vitamin A. Our bodies cannot synthesize this essential nutrient, so we must get it from foods we eat. The adult requirement for vitamin A is about one thousand micrograms a day. The Split Pea Stew provides 65 percent and the Many-Bean Soup provides 53 percent of this requirement. Both of these recipes are low in cost and calories.

The low-fat and high-carbohydrate content of both recipes make them nutritionally attractive, since the majority of Americans need to make these dietary adjustments. A glass of soy milk added to the menu when serving the Split Pea Stew would be an excellent way to enhance the lower protein content of the stew. It would also make valuable additions to several other nutrients.

The following recipes are gifts of love from the kitchens of my friends. These dishes are not only nutritious, but they are also delicious. They are a great way to introduce your family to the benefits and blessings of meatless cooking.

Eggplant Spaghetti Sauce

In large kettle, heat 1 cup of oil. Add:
1 large chopped eggplant (cut it in small pieces)
2 onions, chopped
1 green pepper, chopped
1 carrot, diced in small pieces
Sauté for 15 min., stirring occasionally. Add:
2 large cans (28 oz.) tomatoes
1 15-oz. can tomato sauce (or 1 can Ragu sauce)
1 bay leaf
2 cloves of garlic
1 t. each of basil, oregano
$\frac{1}{2}$ t. each of marjoram, rosemary, and thyme
$\frac{1}{2}$ c. snipped parsley (dry is okay)

Reduce heat and simmer an hour or more. Just before serving, add a head of finely chopped cauliflower and 1 lb. mushrooms that have been stir-fried. Serve over whole wheat spaghetti. Serves 8 generously.

Brown Rice and Vegetables

1 c. brown rice
3 t. oil (divided)
1 c. thinly sliced carrots
3 green onions, sliced
1 med. garlic clove, crushed
1 large green pepper, cut in thin strips
1 c. thinly sliced zucchini
1 c. thinly sliced mushrooms
$\frac{1}{2}$ c. slivered almonds
4 to 5 T. soy sauce

Cook rice according to package instructions; cool. Heat 1 T. oil in skillet over high heat. Add carrots; stir about 1 minute or until carrots are almost tender. Add onions, garlic, and green pepper; stir-fry 1 minute, adding more oil as needed to prevent sticking. Add zucchini, mushrooms, and almonds; stir-fry about 2 minutes or until all vegetables are barely crisp-tender. Add rice and stir to break up grains and heat through. Season to taste with soy sauce. Serve immediately. Serves 6.

Nutty Bulgur Pilaf

1 c. bulgur
3 T. butter
2 c. beef or chicken bouillon
2 med. carrots, shredded
$\frac{1}{2}$ t. salt
$\frac{1}{2}$ c. chopped nuts

Sauté bulgur and butter in a casserole dish for about 5 minutes. Add all other ingredients and bring to a boil. Cover and bake at 350° for 1 hour. Serves 4.

Banana-Oatmeal-Date Cookies

2 or 3 bananas
1 c. chopped dates
$\frac{1}{3}$ c. oil
$\frac{1}{2}$ c. chopped nuts (walnuts)
$\frac{1}{2}$ t. salt
1 t. vanilla
1 egg (beaten)
2 c. oatmeal

Mash bananas. Add dates and oil. Mix. Add remaining ingredients. Mix. Let stand for a few minutes. Drop on greased cookie sheet and flatten. Bake at 350°, 12 to 15 minutes. Makes 4 to 5 dozen.

Pecan Loaf (or patties or balls)

$\frac{1}{4}$ c. sunflower or sesame seeds
$\frac{2}{3}$ c. flour
1 medium onion, quartered
1 c. water
1 t. basil
1 t. salt
1 c. pecans, coarsely ground
2 c. cooked brown rice
4 c. bread crumbs, blended

Grind dry pecans in blender. Remove from blender and mix together with rice and blended bread crumbs. Blend remaining ingredients until smooth. Combine all. Use for meatballs, patties, or as a loaf.

For loaf: Pack into an oiled loaf pan and bake at 350° for $1\frac{1}{4}$ hrs., or bake in an oiled 8" x 8" pan for 1 hr., hr., uncovered. It is also good served cold, in a sandwich. Leftovers freeze well. (Makes 16 slices.)

For patties: Shape patties about $\frac{1}{2}$" thick and 3" in diameter. Bake on an oiled sheet at 350° for 45 minutes.

For balls: Form balls by hand. Bake on oiled cookie sheet 40 minutes at 350°.

Scrambled Tofu

1 lb. tofu, mashed

$\frac{1}{2}$ c. onions, chopped

2 t. dried chives

2 t. chicken style seasoning

$\frac{1}{4}$ t. salt

$\frac{1}{2}$ t. onion powder

$\frac{1}{8}$ t. garlic powder

Sauté onions in small amount of water. Add remaining ingredients, heat and serve.

For more recipes that will aid good health and help prevent disease, several good books are available.[2]

With tough love in the kitchen and God's love in your heart, you can improve your family's health by changing their eating habits. Healthy bodies that are no longer sick and tired will bring glory to God and will be useful vessels for His kingdom.

Endnotes

Chapter One

1. Dr. Otto Schaefer, "When the Eskimo Comes to Town," *Nutrition Today,* Nov./Dec., 1971.

Chapter Two

1. Ethel Austin Martin, *Nutrition in Action,* 4th ed. (New York: Holt, Rinehart, and Winston, 1978), pp. 53–86.

2. *Ibid.,* p. 63.

Chapter Three

1. Jeffrey Bland, Ph.D., *Your Health under Siege* (Brattleboro, Vermont: Stephen Green Press, 1981), pp. 225–226.

2. E. M. N. Hamilton and E. N. Whitney, *Nutrition Concepts and Controversies* (St. Paul: West Publishing, 1979), pp. 144–145.

3. Internet site for the Federation of American Societies for Experimental Biology, www.faseb.org.

Chapter Four

1. Betty Peterkin, "Bargain Hunting: Meat and Meat Alternatives," *Family Economics Review,* Fall (1978), p. 26.

2. *Family Economics Review,* Fall (1978), p. 28. (Updated to reflect modern prices.)

3. *Nutritive Value of American Foods in Common Units,* Handbook No. 456 (Washington, D.C.: U.S. Dept. of Agriculture, 1975).

4. E. A. Young, E. H. Bennam, and G. L. Irving, "Perspectives on Fast Foods," *Dietetic Currents,* vol. 5 (1978), p. 5.

5. E. M. N. Hamilton and E. N. Whitney, *Nutrition: Concepts and Controversies* (St. Paul: West Publishing, 1979), p. 221.

6. "It's Natural! It's Organic! Or Is It?" *Consumer Reports* (July 1980), p. 10.

7. Ronald Deutsch, *Realities of Nutrition* (Palo Alto: Bull Publishing, 1976), p. 208.

Chapter Five

1. *Encyclopedia Judaica,* vol. 6 (New York: Macmillan Co., 1971), p. 1416.

2. Margaret M. Justin, Lucile Osborn Rust, and Gladys E. Vail, *Foods* (Boston: Houghton Mifflin Co., 1956), p. 248.

3. Drs. Agatha and Calvin Thrash, *The Animal*

Connection (Seale, Alabama: Yuchi Pines Institute, 1983), p. 10.

4. *Encyclopedia Judaica,* vol. 6, p. 40.

5. Harold P. Gastwirt, *Fraud, Corruption, and Holiness* (Port Washington, New York: Kennikat Press, 1971), p. 938.

6. *Ibid.,* pp. 28, 40.

7. Adam Clark, *The Holy Bible, with a Commentary and Critical Notes,* vol. 5 (New York: Abingdon-Cokesbury Press, n.d.), p. 808.

8. *Encyclopedia Judaica,* vol. 5, p. 938.

9. William Barclay, *The Letters to the Corinthians* (Philadelphia: Westminster Press, 1954), p. 89.

10. M. E. Swendseid, "Nutritional Implications of Renal Disease," *American Dietetic Association Journal,* vol. 70 (1977), pp. 488–492.

11. A. A. Albanese and L. A. Orts, "The Proteins and Amino Acids," *Modern Nutrition in Health and Disease,* 5th ed., edited by R. S. Goodhart and M. E. Shils (Philadelphia: Lea and Febiger, 1973), pp. 28–88.

12. Barclay, *The Letters to the Corinthians,* p. 89.

13. *The Universal Jewish Encyclopedia,* vol. 2 (New York: KTAV Publishing House, 1942), p. 516.

14. *Encyclopedia Judaica,* vol. 5, p. 938.

15. Used by permission of the Kansas Wheat Commission.

16. Carol Levergood, *God's Recipe.* For copies, write to P. O. Box EG 936, Melbourne, Florida 32935.

17. Clark, *The Holy Bible, with a Commentary and Critical Notes,* vol. 1, pp. 201–202.

18. *Encyclopedia Judaica,* vol. 6, p. 1418.

19. W. Corswant, *The Dictionary of Life in Bible Times* (New York: Oxford Press, 1960), p. 60.

20. *The Encyclopedia Americana,* International Edition, vol. 25 (Danbury, Connecticut: Americana Corporation, 1979), pp. 850–851.

21. Jean Mayer, *A Diet for Living* (New York: David McKay Co., 1975), p. 35.

22. Dr. George Kitzes, Dr. H. S. Schuette, and Dr. C. A. Elvehjem, "The B Vitamins in Honey," *Journal of Nutrition* (1943), vol. 26, pp. 241–250.

23. *International Bible Dictionary* (Plainfield, New Jersey: Logos International, 1977), p. 126.

Chapter Six

1. Ann M. Crowley, *The Social and Economic Impact of Obesity* (Ann Arbor, Michigan: University Microfilms, 1977), p. 70.

2. *Ibid.,* pp. 42–70.

3. Theodore P. Labuza and A. Elizabeth Sloan, eds., *Contemporary Nutrition Controversies* (St. Paul, Minnesota: West Publishing Co., 1979), p. 306.

4. *Ibid.*

5. Institute of Medicine, *Healthy People: The Surgeon General's Report on Health Promotion and Disease Prevention,* U.S. Dept. of Health, Education and Welfare, U.S. Govt. Printing Office (1979), p. 30.

6. Myron Winick, ed., *Nutrition and Cancer* (New York: Wiley and Sons, 1977), p. 242.

7. Ernest L. Wynder, "Nutrition Carcinogenesis," *Food and Nutrition in Health and Disease* (New York: New York Academy of Science Annals, 1977), vol. 300, p. 363.

8. *Ibid.,* p. 295.

9. *Nutrition Action,* Center for Science in the Public Interest, December 1980.

10. Drs. Agatha and Calvin *Thrash, Nutrition for Vegetarians* (Seale, Alabama: Thrash Publications, 1982), p. 85.

11. Dr. Agatha Thrash, *The Truth about Caffeine* (Washington, D.C.: Narcotics Education, Inc.).

12. *Ibid.*

13. E. Cheraskin, W. M. Ringsdorf, J. W. Clark, *Diet and Disease* (New Canaan, Connecticut:

Keats Publishing, Inc., 1968), p. 58.

14. Thrash, *Nutrition for Vegetarians,* p. 52.

15. *1980 Dietary Guidelines for Americans* (Washington, D.C.: U.S. Dept. of Health, Education, and Welfare, 1980).

Chapter Seven

1. Norris McWhirter, *1984 Guinness Book of World Records* (New York: Sterling Publishing Co.), p. 357.

Chapter Eleven

1. William Barclay, *The Letters to the Galatians and Ephesians* (Philadelphia: Westminster Press, 1958), pp. 164–165.

2. JoAnn Rachor, *Of These You May Freely Eat,* and Dr. Agatha Thrash, *Eat for Strength.* To order, write to Family Health Publications, 13062 Musgrove Highway, Sunfield, Missouri 48890.

About the Author

Mary Ruth Swope received a Bachelor of Science degree from Winthrop College, Rock Hill, South Carolina. She has a Master of Science degree in Foods and Nutrition from the Woman's College of the University of North Carolina, Greensboro. She also has a doctorate from Teacher's College, Columbia University, New York City.

After seven years of high school teaching in Vocational Home Economics programs, she served as a nutritionist with the Ohio Health Department.

Dr. Swope then joined the Foods and Nutrition faculty at Purdue University and later served as Head of Foods and Nutrition at the University of Nevada.

As a college administrator, she served as Head of Home Economics at Queens College, Charlotte, North Carolina. For eighteen years, prior to her retirement in December 1980, Dr. Swope was

Dean of the School of Home Economics, Eastern Illinois University, Charleston, Illinois.

Dr. Swope took early retirement to begin a new ministry, "Nutrition with a Mission." Through lectures and seminars, she encourages audiences to deny themselves unneeded calories, to save the money the calories would have cost, and to give it to Great Commission programs and projects.

Dr. Swope is a popular lecturer who has been a seminar speaker at PTL in Charlotte, North Carolina, and Christian Retreat in Bradendon, Florida. She has also made many TV appearances, including the 700 Club on the Christian Broadcasting Network.

Dr. Swope's current address is P.O. Box 5075, Scottsdale, AZ 85258.